Uma epopeia de dois cavalos crioulos

# MANCHA E GATO

A cavalgada de Buenos Aires a Nova Iorque

Aimé Tschiffely

Tradução: Alcy Cheuiche

Uma epopeia de dois cavalos crioulos

# MANCHA E GATO

A cavalgada de Buenos Aires a Nova Iorque

Edições BesouroBox

1ª edição / Porto Alegre/RS / 2025

# SUMÁRIO

Aos meus amigos
Mancha e Gato,
dois cavalos crioulos.

*A. F. Tschiffely*

Dedicamos a primeira edição brasileira deste livro ao Engenheiro Agrônomo Janino Tavares, nosso tio e tio-avô, o mais jovem dos fundadores da Associação Brasileira de Cavalos Crioulos (ABCCC), em 1932.

*Alcy Cheuiche*
*Jacques Cheuiche Coelho*
*Heitor Cheuiche Coelho*

## Palavras iniciais do autor

Deixem-me começar esta apresentação com um pedido de desculpas. Tenho plena consciência de que a crítica poderá encontrar falhas no meu estilo de escrever. Não tenho a pretensão de ser um escritor. Dei apenas o melhor de mim para relatar com exatidão sobre os diferentes países que atravessei e as pessoas, dos mais variados tipos, que encontrei.

Percorri cerca de dezoito mil quilômetros em dois anos e meio. Desde a Argentina, cheguei ao Norte por vales profundos, sobre montanhas geladas e rochosas de mais de cinco mil metros de altura; desci de imediato para selvas úmidas e desertos muito quentes, atravessei o istmo do Panamá, passei pela América Central, pelo México e entrei nos Estados Unidos. Cheguei a Washington com Mancha e Gato, os mesmos dois cavalos que tinha ao sair de Buenos Aires, animais com 15 e 16 anos de idade no momento da partida.

Afastado de cidades e portos, muito longe das assombrações dos homens brancos, percorri solitário a maior parte do caminho. Acampei, durante a noite, em muitos lugares distantes de qualquer habitação humana; comi e dormi com antigos povos indígenas em casas de pedra mais antigas que as dos incas.

Foram poucas as grandes aventuras, as fugas assustadoras, as façanhas atrevidas; no entanto, nos anais das viagens extraordinárias, duvido que algum ser humano, sem excluir o próprio Marco Polo, tenha tido tanto tempo como eu para ver e compreender as pessoas, os animais e a vida vegetal dos países percorridos. É evidente que uma expedição dessa natureza estava destinada a causar aventuras e riscos, mas me propus, desde o início, a evitar qualquer tipo de narrativa que pudesse sugerir, a um *viajante* sentado em sua cadeira, a ideia de que exagerei para impressionar a quem me lê.

O mais gratificante para mim foi poder demonstrar que o cavalo crioulo argentino é digno da reputação que sempre teve entre os que realmente o conhecem, ou seja, que não é superado por nenhum outro quando se trata de trabalho duro e continuado em qualquer condição. Meus dois parceiros, Mancha e Gato, demonstraram uma capacidade de resistência ao calor, ao frio, à fome e a todas as penúrias imagináveis, que surpreenderam até os mais entusiastas admiradores da raça. E o doutor Emilio Solanet, que a mim os presenteou, só pode se orgulhar deles.

Espero que nada do que digo neste livro venha a ferir os sentimentos de qualquer leitor. Embora possa parecer em alguns casos que fui áspero ao criticar pessoas e condições de vida em regiões que atravessei, posso afirmar que meu objetivo não foi esse. Ao contrário, quando pareço severo em minhas observações, em realidade fui o mais brando possível. Contar exatamente toda a verdade soaria completamente incrível para quem não a viu com os próprios olhos.

Para concluir, deixem-me declarar que não posso expressar como desejaria toda a gratidão aos muitos amigos que conheci nesta viagem, cuja hospitalidade foi sem limites. Sem dúvida, graças a tanta ajuda e estímulo, segui sempre adiante até um final feliz.

*A. F. Tchiffely*

# Introdução

*Impossível! Absurdo! Este homem está louco!*

Dessa maneira, muitas pessoas deram suas opiniões, algumas publicamente, outras em particular, quando correu a notícia de que alguém iria tentar uma cavalgada de Buenos Aires a Nova York em dois cavalos crioulos. E não se pode negar que eles tinham boas razões para isso. Quem conhece a topografia da região entre a Argentina e os Estados Unidos pode muito bem duvidar da sanidade mental de quem teve essa ideia.

O caminho não é fácil nem com bom tempo, e, além disso, dificuldades específicas devem ser consideradas. Haverá sempre alimentos e água suficientes para o cavaleiro e suas montarias? Poderão os cavalos atravessar as vastas cadeias de montanhas, os desertos de areia e suportarem as grandes variações de frio e calor? E os nativos hostis, as estações chuvosas, os insetos, as febres? Apesar disso, continuei os preparativos. Para mim, não se tratava de um impulso repentino, mas, sim, do resultado de vários anos de reflexão, embora não tenha mencionado a ideia para ninguém até decidir, de fato, fazer a tentativa.

Depois de terminar meus estudos na Suíça, passei algum tempo lecionando na Inglaterra. Depois fui para a Argentina, onde dei aulas durante nove anos na mais importante escola anglo-americana do país. Há tempos eu sentia que a vida de mestre-escola, por mais agradável que seja em diferentes aspectos, não tem futuro para uma pessoa empreendedora e amante da vida com mais ação. Eu queria variar. Era jovem, bem preparado fisicamente, e há anos girava na minha cabeça a possibilidade dessa viagem... Por fim, resolvi transformá-la em realidade.

Como resultado de várias indagações, fui à redação do jornal *La Nación*, onde conheci o doutor Octávio Peró, médico-veterinário, jornalista, escultor e muito campeiro, segundo me haviam informado, a quem submeti minha ideia. Quando ficou convencido de que eu não era mais um que chegava em busca de financiamento para façanhas imaginárias e que apenas queria informações, recebeu-me com grande cortesia e me deu toda ajuda possível. Por seu intermédio, entrei em contato com o doutor Emilio Solanet, seu amigo e colega, criador entusiasta de cavalos crioulos, uma das maiores autoridades no assunto, com quem sempre terei uma dívida de gratidão. Acolheu de bom grado a ideia e se propôs a oferecer os dois cavalos para a viagem.

Algumas palavras sobre a origem da Raça Crioula ajudarão o leitor a compreender as razões de sua capacidade e resistência. Trata-se de uma raça composta por descendentes de alguns poucos cavalos trazidos à Argentina em 1535 por Dom Pedro de Mendoza, primeiro fundador de Buenos Aires. Aqueles animais pertenciam à mais importante criação espanhola, nesse tempo a melhor da Europa, com uma mescla de sangue árabe e berbere. Que eles foram os primeiros cavalos chegados à América do Sul, trata-se de um feito sustentado pela História, pela tradição e pela circunstância de que nenhum idioma americano nativo contém alguma palavra a respeito do cavalo.

Depois, quando o forte de Buenos Aires foi atacado pelos indígenas e parte de seus habitantes massacrada – os outros refugiaram-se nos navios –, os cavalos espanhóis foram abandonados à própria sorte, vagando pelos campos. Passaram a viver e a se multiplicar segundo as leis da natureza. Alguns foram domesticados pelos *Guenoas*, outros, atacados pelos animais selvagens; a seca os obrigou a percorrer enormes distâncias em busca de água, e o clima traiçoeiro, com suas rápidas mudanças de temperatura, perdoou apenas os mais fortes. Em resumo, foram obrigados a obedecer à lei natural da sobrevivência.

A aptidão da Raça Crioula tem sido amplamente demonstrada. Durante a guerra da emancipação, e as diferentes insurreições indígenas, os cavalos crioulos realizaram caminhadas que pareceriam incríveis se não fossem feitos comprovados. O doutor Solanet, em admirável conferência pronunciada na Faculdade de Agronomia e Veterinária de Buenos Aires, disse:

> Suas caminhadas de meses, durante a Guerra da Independência não se medem por quilômetros e sim por léguas: cem, duzentas ou mais eram percorridas com frequência, terminando frente a frente com as colunas de soldados espanhóis, valentes como não se pode negar, uma vez que são de nossa própria raça. E os cavalos dos patriotas chegavam com energia suficiente para realizar uma carga vitoriosa. Na noite a seguir, descansavam e comiam o que encontravam nos campos. Suportavam o frio sem proteção e, no dia seguinte, tinham de enfrentar o calor que os castigava com areia fervente.

Os dois cavalos que o doutor Solanet me entregou – Mancha, com 16 anos de idade, e Gato, com 15 –, tinham pertencido a um chefe indígena da Patagônia chamado Liempichun e eram selvagens entre os selvagens. Amansá-los foi uma tarefa que pôs à prova a capacidade de vários domadores durante algum tempo, e quando os recebi, estavam longe de ser dóceis. Posso assegurar que Mancha, depois de uma viagem de dezoito mil quilômetros, ainda era capaz de corcovear se não fosse eu quem o montasse.

Pouco antes de me serem entregues, esses animais tinham chegado à estância El Cardal, perto de Ayacucho, na Província de Buenos Aires, com uma tropilha vinda da Patagônia. Realizaram uma caminhada de mais de mil e seiscentos quilômetros, durante a qual se alimentaram com o que havia no caminho, ou seja, capim rude e escasso.

Para um norte-americano ou europeu que gosta de cavalos, esses animais pareceriam, pelo menos, curiosos. Mancha tem pelagem vermelha com manchas brancas irregulares, arredondadas (*overo*, como se diz por aqui). Nos Estados Unidos e na Inglaterra, essa pelagem é, às vezes, denominada de *pinto*, *circus-horse* ou *piebald*. Gato, como sugere seu nome, é um *gateado*, o que os *cowboys* dos Estados Unidos chamam de *buck-skyn*. As patas robustas dos dois cavalos, seus pescoços curtos e grossos e os focinhos romanos estão distantes de um Puro-Sangue Inglês como o Polo Norte está do Polo Sul. No entanto, declaro minha opinião de que nenhuma outra raça de cavalos do mundo possui a capacidade da Raça Crioula para o trabalho contínuo forçado.

Já que o leitor irá me acompanhar nesta longa viagem, imaginando, muitas vezes, estar cavalgando Mancha ou Gato, será interessante conhecer um pouco sobre o caráter dos dois. Desde o dia em que fomos apresentados, notei diferenças entre suas personalidades, que foram se tornando mais e mais nítidas.

Mancha está sempre alerta, como um cão de guarda. Desconfia de estranhos e não permite que ninguém, senão eu, o monte. Quando quer alguma coisa, relincha e esfrega a cabeça em mim, dando-me, às vezes, uma mordida brincalhona. Ele domina Gato por completo, que nunca lhe dá o troco. Tem olhos ardentes e orelhas movediças. Mantém a cabeça erguida, as narinas dilatadas e parece estar sempre olhando ao longe, no horizonte.

Gosta muito que eu fale com ele e, diversas vezes, quando montado, me olha de soslaio. Obedece melhor à voz do que às esporas, que o enervam e contra as quais reage corcoveando. Quando desconhecidos se aproximam, murcha as orelhas e levanta uma pata traseira, em clara advertência de que está pronto para morder. No entanto, por iniciativa própria, não ataca ninguém.

No fim da viagem, em Nova York, recordo a ocasião que foi apresentado a Will Rogers, o famoso humorista norte-americano. Estávamos em Meadowbrook, antes do jogo de polo entre Estados Unidos e Argentina. Adverti Will de que Mancha estava inquieto com o excesso de gente, que tomasse cuidado. Apesar do meu aviso, ele se aproximou sem cautela, e o cavalo escoiceou ferozmente em sua direção, interrompendo o que pretendia ser uma saudação amigável. Mancha não gostou do humorista nem ele do seu mau-humor.

Gato tem um temperamento bem diferente. Foi domado com mais rapidez do que o companheiro. Quando se convenceu de que seus corcovos, e todo o repertório de recursos para me jogar ao chão, estavam esgotados, resignou-se ao seu destino e encarou os fatos filosoficamente.

De ambos, sem dúvida o mais voluntarioso, é o tipo de cavalo que, montado por alguém brutal, galoparia até cair morto. Seus olhos têm uma expressão infantil e sonhadora. Ele parece observar tudo com maravilhada surpresa. Possui um raro sentido para os pântanos, os tremedais e os terríveis poços de lama. Devido à sua exagerada confiança nos vertiginosos caminhos nas montanhas, deu-me muitos sustos, sem que se preocupasse, ao menos na aparência.

Dos dois, Gato é o mais comilão e, diferentemente de Mancha, que nunca come muito milho e aveia – alimentos raros na viagem –, sua ração deve ser bem calculada, por temor de que coma em excesso e venha a sofrer as consequências.

Quando andávamos por um caminho estreito, principalmente nas selvas densas, onde era impossível cavalgar e eu tinha que ir a pé, à frente deles, para cortar os galhos e cipós com o meu facão, Gato seguia sempre atrás de Mancha, que não lhe permitia tomar a dianteira. Se meus dois cavalos tivessem a capacidade de falar e fossem dotados de compreensão humana, eu teria escolhido Gato para lhe contar minhas preocupações e segredos. No entanto, para me acompanhar numa festa, escolheria Mancha, que iria feliz para uma noite de farra. Ele tem mais personalidade que o parceiro.

Obtidos os cavalos, restavam ainda muitos outros pontos a considerar, principalmente a respeito dos arreios de montaria, de carga e dos equipamentos em geral. Para montar, escolhi um tipo de sela usado no Uruguai e norte da Argentina, que se acomoda bem sobre o lombo do cavalo e é coberto por pelegos, ou seja, peles de carneiro. Usei esses mesmos arreios como cama, quando dormia no chão, durante toda a viagem. Carregar uma barraca era impossível, devido ao seu peso, de maneira que tive que me contentar com um poncho impermeável para me cobrir. Levei um mosquiteiro, pois, dobrado, ocupava pouco espaço e não pesava quase nada.

Tive que empregar várias semanas para meu treinamento e, muito importante, para me habituar à ideia dessa longa expedição. Como mestre-escola, eu só tinha tempo para andar a cavalo nas férias, por isso foi necessário praticar, e muito.

Pouco antes de terminar os preparativos, os cavalos foram enviados para Buenos Aires e alojados nas excelentes instalações da Sociedade Rural. Isso não foi fácil. Imagine o leitor os sentimentos de dois guerreiros vivendo no interior da África, colocados de chofre no meio de uma rua de Miami. O mais parecido com uma cidade que Mancha e Gato conheciam era uma *tolderia*, como são chamadas as aldeias indígenas de onde vieram. Levá-los à capital, o que foi feito de madrugada pelas ruas menos frequentadas, assim como os persuadir a entrar nas cocheiras de Palermo, foi um trabalho de Hércules. As ruas e casas os assustavam, para não mencionar os automóveis.

Depois de estabulados, torciam os focinhos à mais saborosa alfafa, cevada ou aveia que lhes ofereciam e devoravam com deleite a palha sobre a qual deviam deitar-se. A esse respeito, no entanto, logo mudaram, começando a apreciar as boas rações. À medida que isso acontecia, melhoravam de gênio, embora ainda não domados de um todo, e se exercitar com eles tornou-se uma tarefa interessante.

Quando tudo estava preparado, a imprensa tomou conhecimento dos meus planos. Alguns comentários foram alentadores, outros sarcásticos. Um jornal chegou a me acusar de crueldade com os animais. O redator da matéria parecia não ter massa cinzenta suficiente para entender que um homem capaz de confiar sua vida a dois cavalos teria, certamente, de considerar como sua primeira obrigação cuidar muito bem deles. Alguns, que se consideravam *experts* no assunto, trataram de me dissuadir. Outros, principalmente membros da Associação Rural e alguns desportistas conhecidos, me apoiaram solidamente, dando-me todo o estímulo a seu alcance.

De início, decidi levar comigo um cão Pastor Belga presenteado por um amigo. No primeiro dia de viagem, o cachorro chegou perto demais de um dos cavalos e levou um coice tão forte que se machucou muito e fui obrigado a deixá-lo. Esse fato foi uma bendição para ele, pois, da forma como se passaram os fatos, não teria sobrevivido à viagem.

Como me dei conta depois, a falta de água para beber afeta mais os cães do que os cavalos, suas patas não toleram os caminhos pedregosos, e caminhar com o focinho perto do chão teria sido para ele um enorme sofrimento nos desertos de areia. Além disso, havia o quesito da alimentação... Talvez um cão de pequeno porte pudesse ter sobrevivido, desde que fosse transportado, quando necessário, pelo cavalo cargueiro. Ainda assim, é algo incerto.

Devo dizer que não sou uma autoridade a respeito dos diferentes países que atravessei. Naturalmente, aprendi muitas coisas sobre seus costumes, sua história e suas tradições, mas o real conhecimento de uma nação exige anos de convívio. Assim sendo, tratarei apenas de contar o que vi e o que me aconteceu, sem inventar nada.

# A CAVALGADA DE BUENOS AIRES A NOVA IORQUE

## O primeiro dia em direção a Rosário

À medida que me afastava de Buenos Aires, as estradas pioravam. Chuvas constantes as transformaram em lama, e a cavalgada era sempre lenta, até porque a carga deslizava todo o tempo. Os únicos ruídos a quebrar a monotonia do *chap-chap* dos cavalos no barro eram o chiado de uma coruja sobre um moirão e o gemer do vento entre os fios telegráficos.

De tempos em tempos, para meu assombro, um automóvel abria caminho entre o lodo – e, mais de uma vez, me pediram ajuda para tirar um deles do atoleiro. Solicitação que fui obrigado a recusar, pois meus cavalos não estavam acostumados a esse tipo de trabalho. Cheguei a sentir raiva desses carros. Os motoristas não tinham a menor consideração e pareciam até se alegrar quando os cavalos refugavam ou se atolavam com a passagem deles. Devo confessar que, desde então, quando dirijo um automóvel, me comporto com igual desrespeito em relação a esses *colegas*.

A muitos quilômetros do povoado mais próximo, fui surpreendido por um temporal, e me alegrou chegar numa pequena casa onde recebiam hóspedes. Os cavalos foram soltos num bom potreiro, e eu, muito aliviado, entrei em busca de abrigo e calor. O rancho tinha somente duas pequenas peças, e numa delas estavam alguns campeiros secando-se diante de um fogo grande. Quando os cumprimentei de maneira correta, ou seja, apertando a mão de cada um, deram-me lugar ao lado deles e me ofereceram um mate.

O lugar estava tomado pela fumaça, que me fez arder os olhos. Depois de comer um churrasco, conversamos um pouco e, finalmente, me retirei para dormir. Passamos a noite no mesmo quarto e, como não havia camas, nos acomodamos no chão com a ajuda de nossos arreios e pelegos, que nos serviram de colchão e travesseiro.

Dormi muito bem e, no dia seguinte, continuei minha viagem.

Depois disso, cada dia foi igual ao outro. De todos os lados só se via planuras, perturbadas em sua monotonia por algum *bolicho*, pequeno armazém de estrada com suas filas de cavalos no lado de fora, homens bebendo vinho, conversando ou jogando *bocha*. O clima estava péssimo, mas, para minha sorte, eu não tinha pressa. Calculara chegar na fronteira da Bolívia em agosto, mês que assinala o começo da estação seca. Dormi sob um teto sempre que me foi possível, e foram muitas vezes.

Uma noite, cheguei num monastério e resolvi parar. Bati à porta e fui examinado por meio de um visor. Logo me abriram, e me encontrei numa comunidade irlandesa. O'Connor, o padre superior, deu-me as boas-vindas, a irmandade cuidou dos meus cavalos e foi pródiga em hospitalidade. Sentamo-nos todos à mesa, mas, para minha surpresa e certo constrangimento, percebi que apenas eu comia. Era dia de jejum. Ainda assim, os monges me prepararam um excelente jantar e, ao final da refeição, conduziram-me a um quarto de hóspedes. Ali, dormi o sono dos justos até às seis da manhã, sendo despertado apenas pelo canto que anunciava as matinas. Quando parti, depois do café, a comunidade se despediu de mim cordialmente. Sempre haverá uma boa lembrança em meu coração para aqueles amáveis irmãos.

Por fim, chegamos a Rosário. Fortes tormentas me obrigaram a transferir a partida durante dias, e os jornais começaram a noticiar que eu estava desalentado. Em verdade, dispunha de tempo sobrando para chegar na Bolívia na estação seca, e não tinha sentido me expor a tantas chuvas. Teria outras inevitáveis pela frente.

# Pelo pampa ondulado

Afinal, o tempo melhorou, e conseguimos retomar nossa viagem. Saindo de Rosário, em direção noroeste até a fronteira da Bolívia, percorremos cerca de quatrocentos quilômetros atravessando férteis regiões de pecuária e agricultura. É difícil imaginar algo menos interessante do que o andar contínuo por esses caminhos retos, ladeados de cercas de arame e postes telegráficos decorados com ninhos de joão-de-barro, lindamente construídos.

A coruja, espreitando desde a toca, ou pousada sobre um moirão, saúda o viajante com seu chiado assustador. E, principalmente nos terrenos pantanosos, o quero-quero, detestado pelos caçadores, alarma toda a população animal das cercanias com gritos semelhantes ao seu nome. Não se vê nenhuma pedra nesses lugares, o que justifica o lamaçal das estradas. Um detalhe interessante que me contaram a esse respeito: até as pedras que pavimentam as ruas de Buenos Aires vieram de longe, algumas da Escandinávia.

Existe um perigo onipresente nesse distrito: o capim mio-mio, fatal para os cavalos. Os que vivem nas vizinhanças não o comem, mas animais estranhos ao local podem fazê-lo, com infelizes consequências. Para evitar que isso aconteça pode-se adestrar os cavalos de duas maneiras: esfregar em seus dentes as sementes de sabor amargo, ou queimar um maço desse capim e lhes fumigar as narinas. Tomei essas duas precauções, mas, para maior segurança, nunca soltei Mancha e Gato onde havia mio-mio.

Chamou-me a atenção o fato de que, quanto mais me afastava de Buenos Aires, mais hospitaleiras se mostravam as pessoas. Talvez a afluência de estrangeiros na capital e suas cercanias tenha levantado suspeitas contra eles, favorecendo a quebra de antigas tradições. Nos distritos periféricos, nos encontramos com os antigos povoadores, que mantêm a lei não escrita da porta sem chave.

Passei mais de uma noite em casebres de pessoas pobres, onde partilhei do pouco que tinham, sendo sempre recebido de maneira cordial. De vez em quando, dormi em casas grandes de estâncias. Numa delas, em que cheguei num sábado à noite, o patrão me informou que, pela manhã, daria uma festa para comemorar uma boa venda de gado.

Levantei-me cedo. No caminho do galpão, meu olfato foi saudado com o aroma de carne assada. Vinha de um churrasco imponente em vias de preparação. O prato principal era *assado com couro*, uma delícia, com o complemento de dois ou três cordeiros e um par de leitões. Os homens vestiam suas *pilchas* de gala. Alguns usavam esporas de prata, ou de ferro, mas com rosetas enormes, até com dez centímetros de diâmetro. Os melhores cavalos tinham a cabeçada e as rédeas incrustadas de prata, podendo o freio também ser adornado com placas desse metal.

Os visitantes começaram a chegar cedo, homens a cavalo e mulheres em charretes. Mulheres lindas, muito bem-vestidas, na maioria jovens, com vestidos coloridos e belos sapatos e meias; aliás, é raro uma argentina andar mal calçada, seja qual for sua posição social. Na maioria, tinham belos olhos escuros, assim como os cabelos, também negros e brilhantes, resultado da mestiçagem indígena. Tudo isso, unido à perfeição da cútis natural, constituía um espetáculo digno de se ver.

Como muitos dos visitantes tinham viajado desde as primeiras horas da madrugada, não tardaram a atacar o churrasco, e, às onze horas, a festa já estava em seu apogeu, graças ao bom acompanhamento de vinho e cerveja. Além da carne, foram servidos os habituais pastéis, massas fritas, saladas e queijo com doce de marmelo. Passaram toda a manhã ali, até que, cerca de uma hora da tarde, a última faca foi limpa e devolvida ao cinturão do seu dono.

Quase todos se acomodaram para a sesta, enquanto uns poucos mais ativos se afastaram para o *jogo do osso* debaixo de umas árvores.

Quando o calor cedeu um pouco, já digerida a carne assada, começaram as maiores atividades do dia: as carreiras. Trata-se de corridas entre dois cavalos, numa distância entre duzentos e trezentos metros, sempre com muita emoção. Os jóqueis cavalgam em pelo, e a largada é feita por eles mesmos. Por isso, perde-se muito tempo, porque um sempre tenta enganar o outro, o que faz parte das regras do jogo. Por fim, depois de algumas partidas falsas, conseguem entrar em acordo e começam a correr como loucos. Com dignidade, o juiz, postado na raia de chegada, anuncia o resultado em voz baixa a um ajudante, que o grita ao público ansioso.

Muito dinheiro troca de mãos nesses encontros. E me divertiu muito o nervosismo de um homem antes da primeira carreira, que era entre um alazão e um colorado. Ele levantou a mão na qual segurava um pequeno maço de notas e as agitou gritando: *Mil pesos no colorado!* Como se tratava de uma quantia que a maioria dos presentes devia ganhar em um ano, não foi surpreendente que ninguém aceitasse a aposta. Devido a isso, baixou-a para quinhentos pesos, ainda em vão. Pouco a pouco, a quantidade foi diminuindo, até chegar a dez pesos. Nesse momento, alguém gritou: *Tchê, te jogo cinco!* Ao que o apostador respondeu: *Tá fechado!* E logo depositou o dinheiro na mão do inevitável intermediário. Eram exatamente cinco notas de um peso...

Dei-me conta de que as apostas para a última carreira não eram tão animadas como as anteriores, então perguntei qual a razão, e me disseram que um dos cavalos pertencia ao comissário, o delegado de polícia local, e, por conseguinte, era improvável que perdesse.

Terminadas as corridas, os donos de cavalos ou os que podiam pedi-los emprestados entraram num concurso de *tirar argolas*, que consiste em conseguir, correndo a cavalo, enfiar a ponta de uma lança numa argolinha de cerca de oito centímetros de diâmetro, pendurada a um poste. Depois disso, um famoso domador local deu uma fantástica demonstração de habilidade e ousadia. Feito isso, desmontou, acendeu tranquilamente um cigarro, sem nenhum tremor em suas mãos, e aguardou que encilhassem o potro seguinte.

Começava a cair a noite, e todos se acomodaram para o jantar. As diversões, porém, ainda não tinham terminado e prosseguiram mais tarde em um enorme galpão que fora esvaziado, limpo e iluminado com velas e lampiões. De um lado, sentaram-se as damas, e do outro os cavalheiros se mantiveram de pé. Os músicos, dois guitarristas e um gaiteiro, colocaram-se num canto. Todos se mostravam muito solenes.

A presença do patrão foi o sinal para que a música começasse a ser tocada. Depois de alguns instantes de timidez, um homem juntou coragem para atravessar o espaço até as mulheres e estendeu a mão direita para a jovem de sua eleição. Ela se levantou, e a dupla, de braços dados, começou a caminhar lentamente ao redor do salão. Essa atitude rompeu o gelo, e, logo, havia uns oito casais seguindo uns aos outros em lenta procissão. Por fim, resolveram começar o baile.

Terminada cada dança, os homens devolviam solenemente as mulheres a seus lugares, como se livrando delas, e voltavam para seu grupo. Para não sujar os lindos vestidos, eles dançavam levando um lenço limpo na mão direita. Os *fox-trots* e os *tangos* gozavam da preferência dos bailarinos, e uma dupla de rapazes ofereceu um número de destreza dançando o *malambo*.

O patrão e sua família já haviam se retirado, mas permaneci ali. Devia aparentar solidão e desamparo, pois uma das jovens logo se aproximou e, com visível compaixão, estendeu-me a mão. Dançamos e, quando parou a música, minha linda parceira me acompanhou até meu lugar e me deixou. Essa inversão total das normas, embora tenha surpreendido muitas pessoas, não provocou nem um simples sorriso – eram muito educados.

## A aridez de Santiago del Estero

Lentamente, nos aproximamos das regiões áridas de Santiago del Estero. A cada passo, a terra se tornava mais seca, vendo-se muitos cactos de diferentes variedades. Nas áreas mais baixas, crescia em abundância o capim do pampa, agitando no ar suas flores de um branco prateado, como um tapete de pontas de lanças de um exército medieval. Os únicos animais domésticos que subsistiam em algumas zonas desse semideserto eram as cabras, que vagavam em grandes rebanhos.

Como um trem atravessa essa região, tive a sorte de conseguir água potável, que é transportada desde Tucumán, ficando guardada em poços fechados, de cimento, sob os cuidados dos chefes das estações. Isso é feito para impedir que as pessoas exagerem no seu consumo.

As escassas cabanas que encontrei eram muito pobres, e seus habitantes tinham acentuada presença de sangue indígena. É um mistério como conseguem sobreviver apenas com algumas cabras. Crianças nuas brincavam na frente dos casebres. Cães mostrando seus esqueletos farejavam em busca de um osso no meio do lixo.

Poucos dias mais e nos encontramos nas piores áreas da região. Ali, os cavalos levantavam espessas nuvens de poeira fina, tão densas que podiam esconder a estrada, quando o vento soprava às nossas costas. Em alguns lugares, o terreno parecia coberto de neve, estranho efeito devido ao salitre. Até os arbustos e o pasto grosso e áspero, que crescem espaçados, tinham gosto de sal. As únicas plantas que prosperam são os cactos, alguns alcançando enormes alturas.

Atravessamos muitas dessas áreas áridas sem passar diante de nenhuma moradia, sem encontrar um ser vivente, com exceção de preás e de alguma cobra que se afastava, talvez assustada pelo barulho dos cascos dos cavalos. Também vi lagartos de cor brilhante, que nos olhavam como perguntando o que fazíamos ali. É estranho, mas existem graxains nessas regiões, sobrevivendo talvez da caça de lagartos e codornas esverdeadas que por ali voam em bandos.

As poucas habitações, muito distantes entre si, são das mais primitivas, como as pessoas que nelas vivem. Perto da cabana se encontra, em geral, um charco de água amarelada, sempre salobra. Para impedir que os animais bebam demasiadamente, empilham-se ramas cortadas ao redor desse único bebedouro, formando uma barreira difícil de penetrar. As pessoas também bebem dessa mesma água, às vezes filtrada com um pedaço de pano.

Eu estava preparado para essas situações e misturava bicarbonato de sódio à água, para mim e os cavalos – o que evitou que Gato e Mancha tivessem cólicas. Para isso, levava um balde de lona dobrável, do tipo usado para encher radiadores de automóveis. Colocava também, no copo, algumas gotas de iodo que, se não melhoravam o gosto da água, ao menos serviam como desinfetante.

Quem tem estômago sensível deve se afastar logo dessas paragens. A carne seca de cabra é a única comida de Santiago del Estero. E é preciso ter muita sorte para encontrar alguém que esteja disposto a ceder um pouco de sua escassa provisão.

Um dia, enquanto cavalgava aturdido pelo calor, me dei conta de que o sol se escondia atrás de uma nuvem escura. A luz foi decrescendo, então me preparei para uma tormenta. Mas logo vi que se tratava de uma nuvem de gafanhotos, tão grande que levou, pelos menos, uma hora para passar. Nem os gafanhotos queriam se instalar numa região como aquela.

Poucos dias depois, chegamos a um lugar onde a nuvem se detivera – e só quem já viu uma invasão de gafanhotos sabe o que isso significa. Tudo estava coberto por eles; cada cacto e arbusto desaparecia sob uma massa cinzenta, e alguns ficavam pendurados em cachos, como uvas. A princípio, os cavalos refugaram e deram saltos quando os insetos batiam em suas cabeças. Depois, vendo que não havia perigo, seguiram adiante, amassando muitos a cada passada. De imediato, os gafanhotos mortos eram devorados pelos outros. Só sossegamos ao sair da zona infestada, algumas horas mais tarde.

Os semidesertos e mesmo os desertos verdadeiros têm seus encantos. Talvez por isso as pessoas que ali nascem não os abandonem.

O que mais me chamou a atenção em Santiago del Estero foi o pôr do sol. Depois de um desses dias terríveis, em que os raios solares nos penetram até os ossos, os próprios cactos parecem sofrer, e as caturritas se mantêm imóveis e caladas em alguma pequena sombra, o sol costuma se esconder atrás de uma cortina vermelha. Então, os cactos elevam suas negras silhuetas, parecendo seres fantásticos erguendo os tentáculos para o céu, como em agonia, ou braços humanos suplicando em todas as direções.

Os arbustos negros contra o céu escarlate me lembravam dos quadros de sombras japoneses. Enquanto o sol vai sumindo sob um mar de chamas, a natureza parece respirar cada vez mais, e podem se ouvir os primeiros silvos dos pássaros noturnos ou o distante ladrido de um graxaim.

Mancha e Gato, meus fiéis cavalos, mantinham-se firmes como sempre, mesmo quase sem ter comido ou bebido nos últimos dias. Estavam dispostos a avançar, como nas regiões férteis que antes atravessáramos. Assim, tive vontade de os colocar a galope quando entramos no primeiro bosque, já fora de Santiago del Estero. Nossa primeira vitória fora conquistada.

Eu tinha fortes queimaduras no rosto, os lábios gretados pela areia salgada, mas me sentia feliz e orgulhoso. Tínhamos atravessado uma região que, segundo me disseram os entendidos em Buenos Aires, nenhum cavalo poderia fazer de ponta a ponta, a não ser que fosse criado e adestrado nela.

## Tucumán, o Jardim do Éden argentino

Agora o terreno se ondulava, e a mata, com suas árvores gigantescas, tinha o aspecto de um imenso parque. Acima de tudo, havia água fresca e cristalina deslizando pelas valas.

O primeiro sinal de vida humana que encontrei foi um grupo de mulheres montadas em pequenas mulas e burros. Duas estavam engarupadas, sem que o animalzinho demonstrasse sentir o peso. Algumas fumavam o clássico cigarro *chala*, enrolado com palha de milho.

Logo apareceram as primeiras granjas numa clareira da mata onde a alfafa crescia em abundância. Ao abrirem os espaços, as árvores que derrubam são transformadas em carvão de lenha, indústria importante dessa região.

Cheguei na primeira casa, onde me receberam com hospitalidade. Os cavalos puderam se fartar com excelente pasto e água, enquanto eu, depois de tirar do corpo a poeira acumulada nos últimos dias, fiquei pronto para comer muito bem.

Entrada a noite, nos sentamos para conversar e, como sempre, ouvi estranhas histórias da região, principalmente lendas sobre a astúcia dos graxains – raposas aqui chamadas de *sorros*. Algumas certamente verídicas, mas a maioria fruto da imaginação. Disse-me um dos homens que, se não há cachorros sem pulgas, também não existem graxains sem elas.

E deixo aqui uma dessas histórias:

> "Chegado o entardecer, o senhor sorro sai de seu esconderijo para ver como estão as coisas para uma boa caçada noturna. Se existe um arroio próximo, vai até lá para molhar a garganta seca. Submerge lentamente na água a parte inferior do corpo e, pouco a pouco, afunda mais, até cobrir o lombo. A pelagem se eriça, como se estivesse enfrentando um inimigo, e as pulgas são empurradas cada vez mais para cima, refugiando-se nos pelos que estão fora d'água. Nesse momento, a raposinha mergulha de um todo e sai a nado, deixando a maioria das pulgas para trás, onde os lambaris se encarregam delas."

Quando cheguei no primeiro vilarejo, senti-me aliviado porque, para minha admiração, havia ali um pequeno hotel. Gato e Mancha foram alimentados com alfafa; eu também comi bem e dormi num quarto só para mim. Passei a noite numa boa cama, sendo meu descanso interrompido apenas por um bêbado que caminhava para cima e para baixo, na única rua, ameaçando um inimigo imaginário e dando tiros para cima.

Quase todas as casas são de *quebracho*, ou seja, construídas com troncos, nos interstícios dos quais colocam barro. Os tetos, feitos de palha, conservam mais fresco o interior durante o verão. Como essa madeira não apodrece, pode-se dizer que são perenes.

A seguinte etapa nos levou para os arredores de La Banda. Chegamos numa magnífica fazenda, onde entrei para perguntar se podíamos passar a noite. O proprietário, um senhor de idade, recebeu-me com palavras acolhedoras e disse que não me permitiria seguir viagem antes de passar uma semana como seu hóspede. Cuidou de todos os detalhes para minha comodidade, e os cavalos, depois de banhados, ficaram soltos numa bela plantação de alfafa. Após correrem e se sacudirem, Mancha e Gato se dedicaram a recuperar o que haviam perdido nos últimos dez dias e logo mastigavam o pasto suculento.

Permaneci três a quatro dias com meu amável hospedeiro, mas, como ocorre com todas as coisas, o que é bom tem que terminar. Separei-me com lástima daquele homem e de sua família. Acompanhou-me uma certa distância montado num petiço reforçado, e depois da despedida final, quando se voltou para mim, vi que estava com os olhos úmidos. Esse cavalheiro pertencia ao velho tipo argentino: gente que tem a hospitalidade como religião e cuja amizade é uma garantia em qualquer momento.

Mais duas longas etapas e chegamos a Tucumán, que fica ao pé da Cordilheira dos Andes. As terras que rodeiam a cidade são belíssimas e muito férteis, sendo a indústria do açúcar a fonte principal da riqueza. Chama-se, muitas vezes, Tucumán de *Jardim do Éden* argentino. É o local onde foi declarada a independência do país em 1816.

Ao deixar Tucumán, encaminhei-me para a fronteira da Bolívia. Estava contente por ter chegado à Cordilheira dos Andes, mas muito mais me alegrei quando me despedi dela, cerca de um ano depois, no extremo norte do continente sul-americano.

Na cidade de Tucumán, encontrei mulheres bonitas e bem-vestidas. No campo, a caminho da Bolívia, elas são mais morenas pela maior mestiçagem indígena. As meninas de doze anos costumam ser muito desenvolvidas, e dizem que a maternidade não é rara entre elas.

Durante alguns dias, cavalguei entre verdes plantações de cana-de-açúcar, que bolivianos indígenas e mestiços cortavam com grandes facões. O trabalho, em aparência simples, requer muito tempo até se adquirir habilidade, rapidez e resistência, e eu ficava maravilhado ao ver esses homens em ação. Na maior parte, são grandes bebedores, o que os diferencia dos argentinos das regiões que conheço, onde a embriaguez não é uma característica geral. Por estranho que pareça, encontrei condições semelhantes em todo o trajeto andino, até o extremo norte, e depois na América Central e no México.

## Ao pé da Cordilheira dos Andes

Desde Tucumán até o Norte, a região é pitoresca. As trilhas na montanha nos levam por lindos bosques, vales profundos e rios com leitos pedregosos. Seguidamente andávamos ao lado de precipícios que caíam a pique de forma assustadora. Por ter sido bem aconselhado, passei por ali numa época do ano em que os rios estão baixos. É fácil imaginar como são nas enchentes, quando correm em direção ao distante Oceano Atlântico.

De quando em quando, passávamos ao lado de algum homem a cavalo, ou melhor, montado em um dos fortes petiços crinudos típicos da região. Os animais pareciam sempre ajaezados para uma festa, mesmo carregando alforjes na garupa, e os cavaleiros usavam ponchos de cores vivas.

É inútil lhes perguntar pelo melhor caminho, porque dirão: *Siga sempre em frente*, mesmo que a trilha tenha encruzilhadas e se retorça por um labirinto de subidas e descidas. Quando se pergunta pela distância até o povoado mais próximo, a resposta é: *Logo ali adiante, pertinho*, embora possa estar a um dia dali, isso se não nos perdermos por completo. No entanto, apesar dessas respostas inúteis, insisti em fazer perguntas a todos os transeuntes, pelo menos para ouvir uma voz humana, quebrando a monotonia dessas horas solitárias.

Como muitos mortais, essas pessoas são curiosas e habitualmente queriam saber de onde vinha e para onde ia. Minha resposta habitual é que vinha do sul e ia para o norte, o que parecia satisfazê-los. Então, despediam-se com um invariável: *Que faça boa viagem*, estimulando suas cavalgaduras.

Não era fácil andar naquelas montanhas, e mais de uma vez tivemos que dar volta por longos trechos até retomar o caminho certo. Essas situações não melhoravam meu ânimo, mas estimulavam um vocabulário de palavrões. Tenho certeza de que Mancha e Gato concordariam comigo se pudessem entender.

Vários rios tinham água suficiente para tornar a travessia perigosa. Numa ocasião, o cavalo que eu montava, não direi qual dos dois, perdeu pé, e a correnteza nos levou velozmente água abaixo até, por felicidade, desaguar num remanso. Assim, depois do susto, nos safamos apenas encharcados. O cavalo cargueiro foi mais feliz e seguiu por instinto outra travessia, passando incólume, e vindo, por conta própria, reunir-se conosco.

Naquelas alturas, Mancha, Gato e eu já éramos amigos, e muito amigos. Para ganhar por inteiro a amizade de um cavalo, acredito que temos que viver com ele ao ar livre por um bom tempo. Quando o animal atravessa uma região que não conhece, nunca se afasta de nós, ao contrário, busca companhia e nossa proteção, em caso de perigo. Meus cavalos estavam tão meus amigos que nunca precisei os deixar amarrados, mesmo quando dormia em algum lugar solitário. Costumava deixá-los soltos durante a noite, certo de que nunca se afastariam mais do que alguns metros e de que estariam ao meu lado ao amanhecer, saudando-me com um habitual relincho.

O gado anda livre pelas matas, e foi entre os arbustos espinhentos desse lugar que vi em ação alguns dos mais hábeis campeiros em toda a minha vida. É assombroso como correm reboleando o laço atrás de uma rês, com o petiço ao galope se retorcendo na trilha como uma enguia, enquanto o peão evita os galhos espinhentos, inclinando-se para um lado e outro, aguardando que surja alguma clareira onde possa laçar o animal perseguido.

Laçar campo afora é um brinquedo de criança comparado a isso. Além dos obstáculos naturais, é preciso lembrar que as reses são pequenas, ágeis e ariscas, mais próximas das cabras monteses do que de bovinos comuns. Nesses matos do norte argentino, homem e cavalo usam enormes proteções de couro, sem as quais seriam feridos pelos espinhos. Para maior segurança, os peões costumam usar chapéus, casacos e colocar proteções do mesmo material no peito das montarias.

O lugar mais importante que chegamos em seguida foi Jujuy, uma bela cidade situada num vale fértil. Aqui, como em Tucumán, se cultiva a cana-de-açúcar, mas também lindos laranjais adornam as encostas empinadas. Quase todos os trabalhadores das plantações são indígenas que descem da Bolívia para as colheitas.

Já se disse que, enquanto se consumir açúcar e café, haverá escravidão no mundo. E tive oportunidade de observar que há muita verdade nessa afirmação. Os pobres trabalhadores ganham salários relativamente justos, mas, ao final da safra, todo o dinheiro que lhes foi pago está de volta aos cofres da empresa. Algumas delas proíbem os comerciantes de vender artigos em suas vastas extensões de terra, mantendo seus próprios armazéns, ondem vendem os produtos aos indígenas por preços elevadíssimos. No dia do pagamento acontece o pior espetáculo de orgia alcoólica que se possa imaginar, e, naturalmente, as bebidas devem ser compradas nos armazéns da empresa pagadora. A seguir, não se trabalha durante dois ou três dias, pois a maioria dos empregados não tem condições para isso, ou ainda não gastou todo o dinheiro recebido.

Cedo pela manhã, depois de receber o pagamento, indígenas e mestiços se amontoam nos armazéns. Folhas de coca (das quais se extrai cocaína e que eles mastigam como se fosse tabaco), facas, facões, roupas, fumo e joias de vidro são comprados por altos preços, enquanto consumem aguardente e vinho em quantidades incríveis. A princípio, apenas se conversa, mas à medida que o tempo passa e o álcool começa a fazer efeito, o lugar ressoa como a Bolsa de Valores durante um dia de altos pregões. O armazém está repleto de homens que bebem, fumam, mastigam coca e discutem em voz alta, alguns em mau espanhol, a maioria em quíchua, que é o idioma tribal.

Alguns levam as mercadorias compradas para fora do armazém, onde seguem bebendo atirados no chão ou apoiados nas paredes. Outros carregam o vinho em baldes, encaminhando-se, tropeçando, para suas moradas imundas. Muitos ficam dormindo no lugar onde caíram. O armazém que visitei fica no alto de uma colina, e uma escadaria conduz à sua entrada. Era triste a visão de homens tropeçando e caindo ladeira abaixo até uma sanga.

Atrás do armazém alguns tinham começado uma rinha de galos, pois sem galos de rinha eles não sabem viver. As apostas eram tão animadas como a bebedeira, e os ganhadores tratavam logo de ir comprar mais uma provisão de aguardente. Um pouco mais longe estava um caixão de madeira sem tampa, dentro do qual, na chegada da noite, foram colocadas algumas velas para iluminar a cancha do jogo de osso.

A uns dez passos de cada lado do caixote, quase em completa escuridão, estavam os jogadores. Junto das velas ficavam os homens que guardavam as apostas, pois ali era atirada a *tava*, osso bovino chamado astrágalo que, conforme o lado em que cai, *suerte* ou *culo*, determina o vencedor ou perdedor. As expressões dos jogadores, entre o clarão das velas e a escuridão, mereceriam um curioso estudo de luz e sombra: faces grotescas ao arrancarem as notas de dinheiro com ar triunfante, enquanto outros olhos mostravam o desencanto.

Essa noite, dois bêbados brigaram de facão, até que um deles caiu com a cabeça partida, sangrando muito. Pouco interesse pareceu despertar esse acontecimento. Enquanto o vencedor fugia e os amigos carregavam o ferido, os que ainda tinham dinheiro continuaram a beber e a jogar. Até que o último centavo voltou aos cofres da empresa.

No dia seguinte, fui ver como estava o ferido. Cheguei no momento em que seus amigos o estavam tratando. Colocavam punhados de pimenta na ferida do crânio, para deter a hemorragia, e esse "remédio", colado ao sangue coagulado nos espessos cabelos negros, formava uma elevação do tamanho de dois punhos. Esses indígenas são tão resistentes que, dizem, só degolados conseguem morrer... Mesmo com a cabeça rachada e tendo perdido muito sangue, aquele homem se levantou e saiu caminhando depois do "curativo". Dois dias depois, estava trabalhando normalmente, à espera, talvez, do próximo dia de pagamento.

## Preparativos para a áspera viagem na montanha

Antes de partir, tive que estudar com cuidado algumas trocas na minha equipagem. O material de carga que empregara tinha dado bom resultado nas planícies, mas devia adquirir itens mais convenientes para a viagem na montanha. Ao atravessar a Argentina até esse ponto, não havia necessitado armas de fogo, embora eu portasse algumas. Na cintura levava um Smith & Wesson calibre 45, revólver de seis tiros que não exige limpeza tão assídua como uma pistola automática. Também levava uma escopeta de repetição, calibre 12, e uma Winchester 44 acomodadas na parte superior da carga. Como a munição calibre 45 é difícil de obter em muitos países, acrescentei ao meu arsenal um revólver 44 de seis tiros.

Além disso, carregava itens muito importantes: panela, chaleira, arroz, feijão, café, chá, açúcar, sal, biscoitos, sabendo que, em alguns lugares, não conseguiria alimentos. E tinha que manter a carga com o mínimo de peso possível. No cavalo que montava, carregava comigo o dinheiro, principalmente moedas de prata, as únicas aceitas pelos indígenas, e que pesam bastante. Também levava ao alcance da mão meu passaporte, cartas de crédito, mapas, bússola, barômetro e um par de livros para ler quando fosse possível.

Embora os pelegos formassem um leito bem cômodo, acrescentei à minha equipagem um cobertor de lã e um poncho impermeável, seguro que encontraríamos lugares muito frios pelo caminho. Tive cuidado para que as mantas colocadas sobre os lombos dos cavalos, debaixo dos arreios, fossem da melhor qualidade e de tamanho suficiente para que as pudesse usar como abrigo adicional em noites geladas.

Como disse no início, não podia levar uma barraca porque seu peso seria excessivo. No entanto, trouxera um mosquiteiro grande e um pequeno para proteger meu rosto, que prendia sob o chapéu de abas largas, suficiente para cobrir meu peito e os ombros. Neste, a malha era maior e de cor negra, para permitir melhor visibilidade e proteger os olhos do sol. Usei pouco esse material nas montanhas da Bolívia, embora os mosquitos e outros insetos tenham me incomodado em lugares onde nunca pensei os encontrar. Depois, quando cheguei nas regiões baixas e pantanosas dos trópicos, esses mosquiteiros me salvaram a vida. E, também, para proteger os olhos e todo o rosto contra o vento e a areia, comprei uma máscara de lã e óculos verdes, que me foram muito úteis.

Ferrados os cavalos e resolvidos muitos outros detalhes, acomodei minhas coisas e montei. Confiante, dispus-me a encarar a parte que acreditava ser a mais árdua do trajeto: cavalgar sobre a Cordilheira dos Andes até o Oceano Pacífico.

## Entre precipícios e sob vendavais até a fronteira da Bolívia

A partir de Jujuy, viajamos por um vale profundo orientado em direção norte. De vez em quando, indígenas com tropas de lhamas carregadas com sal mineral e tecidos passavam por nós. Dirigiam-se a lugares onde trocavam esses artigos por cereais, açúcar, folhas de coca e outras coisas que não dispunham onde viviam. Costumam viajar uma vez por ano, durante a estação seca, porque é impossível fazer esse trajeto quando os rios estão cheios.

Além das lhamas, também usam como cargueiros pequenos burros peludos. É raro ver um nativo cavalgando, porque preferem trotar atrás dos animais. As cargas transportadas pelas lhamas não são pesadas; caso contrário, elas se deitam e só se levantam quando o excesso de peso é retirado.

As lhamas nunca se alimentam durante o dia, só quando o sol se põe, podendo subsistir com forragens que não sustentariam burros e mulas. Nessas montanhas quase não existem árvores, sendo a lenha escassa e cara. O excremento das lhamas pode ser chamado de *carvão boliviano*, porque serve de combustível em toda parte, inclusive em La Paz. Vi muitas vezes, na capital, indígenas descarregando seus preciosos fardos em hotéis e casas particulares, onde esse excelente *carvão* é usado para cozinhar e para outros fins.

Avançávamos lentamente até a fronteira argentino-boliviana, e o vale imponente, que era nosso caminho, estava limitado por montanhas de lindas cores. Algumas avermelhadas, outras verdes e violáceas. A trilha era penosa para os animais, principalmente porque os leitos pedregosos dos rios são difíceis de atravessar. Quase todos estavam absolutamente secos, mas alguns tinham água, e era perigosa a correnteza. Os cavalos tropeçavam, e precisávamos passar e repassar os vales de um lado ao outro.

Ao entardecer, cheguei a um povoado onde todas as casas eram feitas de tijolos crus e cobertas por telhas arredondadas. Atrás delas, erguia-se um curral quadrado, de espessos muros de barro. Não se via ninguém. Passei pelas ruas estreitas sem encontrar um sinal de vida, até chegar numa praça onde uma mula, atada a um poste, parecia estar dormindo. Logo se abriu uma porta, e um rosto moreno me encarou.

Depois de algum trabalho, encontrei a casa do delegado. O referido cavalheiro dormia no chão da delegacia. Tive de o sacudir várias vezes, mas ele só abria os olhos e se virava de costas. É claro que estava embriagado, mas consegui revirá-lo o suficiente para que entendesse o que eu queria. Quando conseguiu se levantar, proporcionou-me o melhor possível, que era muito pouco.

A delegacia tinha uma única peça, certamente nunca varrida desde sua construção, com duas cadeiras quebradas, um banco e uma mesa carcomida. Sobre ela, preparei minha cama, e os cavalos foram colocados no pátio, onde receberam uma ração de palha, verdadeiro luxo para os animais dali.

No dia seguinte, continuamos nosso caminho pelo vale principal, conhecido como Quebrada de Humahuaca. Esse nome se deve a uma antiga fábula, ainda contada pelos habitantes locais, que um velho mestiço, com voz apenas audível, suave e musical, me repetiu junto ao fogo, em sua cabana primitiva:

> "No tempo de nossos antigos ancestrais, vivia em um lado do vale uma tribo poderosa e próspera. Nas ladeiras da montanha oposta se havia instalado uma outra tribo igualmente forte e bem organizada. A princípio, as duas foram boas vizinhas e comerciaram entre si de forma honrada. Porém, com o passar do tempo, a ambição e a inveja as converteram em inimigas, acontecendo entre elas terríveis combates. O cacique de uma das tribos tinha um filho, e seu inimigo, uma filha, que se

encontraram e ficaram apaixonados. O rapaz desaparecia muitas vezes durante a noite e, depois de percorrer trilhas perigosas, encontrava-se com sua amada. Logo despertaram suspeitas, e o pai da moça mandou um mensageiro ao pai do rapaz, ameaçando matar o filho do cacique, caso o surpreendesse. Essa ameaça não atemorizou o apaixonado, que continuou fazendo suas visitas em noites escuras. Em uma ocasião, foi feito prisioneiro e levado ao cacique inimigo, que ordenou que fosse decapitado. Separada do corpo, sua cabeça foi mandada para a moça, que a acariciou histericamente. Segundo a lenda, os olhos do morto se abriram e verteram lágrimas. Desde então, este vale vem sendo chamado de Humahuaca, que significa *cabeça que chora*."'

Não só os habitantes dessa região permanecem carregados de mistérios e superstições. Até as montanhas parecem assim.

Fiquei alguns dias nas ruínas de Tilcara, que estão situadas no alto de uma colina, da qual se estende uma maravilhosa vista. Não foi fácil encontrar alguém que me acompanhasse para fazer algumas escavações, porque as pessoas desse lugar têm medo das ruínas, especialmente das tumbas.

Por fim, encontrei um homem disposto a me acompanhar, e logo vi que ali estivera antes. Era muito hábil em localizar os túmulos, o que fazia batendo com os pés e cravando no chão, de quando em quando, uma varinha de ferro. Eu não notava diferença nos sons, mas aqui e ali o guia parava, fazia uma perfuração e, sentindo a presença de um buraco, tomava logo da pá e cavava a terra fofa e arenosa.

Assim, encontramos várias tumbas na forma clássica de colmeias de pedra. O morto tinha sido enterrado em posição sentada, como ainda é costume em algumas tribos sul-americanas. Em alguns desses túmulos, encontramos instrumentos de pedra e, em todos eles, esqueletos bem conservados. O que mais me chamou a atenção foi a forma dos crânios, como se a testa tivesse sido comprimida para trás. O objeto principal da minha busca era uma das máscaras de ouro que costumavam colocar no rosto dos chefes mortos, tendo várias sido encontradas em escavações nesse lugar. Em uma tumba, entre vasos e outros objetos, encontramos os ossos de uma lhama, certamente um animal sagrado. Os indígenas antigos adoravam as lhamas brancas.

Ao enfiar a mão numa tumba, entrou um pequeno espinho em um de meus dedos, que ficou infeccionado em poucas horas. De início, não dei importância ao inchaço, mas quando minha outra mão, o rosto e a perna direita começaram a inchar também, fiquei alarmado. Passados alguns dias, o envenenamento do sangue se tornou sério. Não havia médicos nas cercanias, e só encontrei um, alguns dias depois, numa aldeia distante. Parecendo pouco qualificado, ele não descobriu do que se tratava, e seu tratamento não funcionou. Aconselhou-me, então, a voltar para Buenos Aires, dizendo-me que, mesmo conseguindo me curar, não estaria em condições de fazer uma viagem tão perigosa até La Paz.

No entanto, eu não tinha percorrido toda essa distância para voltar ao ponto de partida e ser motivo de ridículo diante de pessoas que adoram esses fracassos, pois não são capazes de fazer nada de bom. Assim, preparei minhas coisas, tristemente, entregando-me nas mãos do destino. Estávamos em alturas elevadas, onde doenças atacam os estrangeiros. Naquela manhã, apertando a cincha dos meus arreios, comecei a sangrar profusamente do nariz. Estava com *puna*, como lá se chama essa afecção, e foi como um homem doente que segui cavalgando pelos leitos rochosos dos rios. Até Mancha e Gato pareciam adivinhar que algo ruim estava acontecendo comigo.

Na cabana solitária de um montanhês, me falaram de um curandeiro indígena de muita fama por lá e, quando concordei, alguém saiu para trazê-lo. Passados quatro dias, o mensageiro voltou com ele. Era um homem velho e de aparência pobre, incapaz de transmitir confiança. No entanto, quando começou a fazer perguntas pertinentes, que foram traduzidas do quíchua para o espanhol, comecei a me dar conta de que estava em boas mãos. Declarou que o caso não era grave e logo se pôs a trabalhar, mandando ferver algumas ervas secas que levava num saco debaixo do poncho sobre seus ombros. Quando as considerou prontas, foi colocando as ervas parecidas com espinafre sobre as feridas abertas.

O homem ficou me cuidando durante dois dias e, antes de partir, recomendou-me que não comesse carne, ovos, nem tomasse bebidas alcoólicas e consumisse apenas uma infusão de ervas que me deu. Os honorários por seus serviços profissionais, incluindo as longas viagens, alcançaram o montante de um boliviano, ou seja, alguns centavos. E quando lhe entreguei cinco vezes essa quantia, pude ler o agradecimento em seu rosto enrugado. Cinco dias depois, consegui retomar minha viagem, embora as feridas não estivessem totalmente cicatrizadas, impedindo que usasse a bota do pé direito. Improvisei uma sandália e cobri as bandagens com uma meia grossa, habilmente tecida pelas mulheres quíchuas com lã de lhama.

Estávamos num enorme vale semidesértico, onde nada cresce exceto alguns cactos e onde os ventos gelados, soprando das alturas, tornam a viagem muito desagradável. Areia fina e até pequenos seixos eram jogados contra meu rosto machucado. Meus lábios gretados incharam de tal forma que me faziam muito mal.

Um dia, encontrei uns indígenas que conduziam burros carregados para um lugar distante na montanha. Conversei com eles e fiquei feliz em saber que falavam bem o espanhol. Disse-lhes que ia para a fronteira, e eles me ofereceram companhia por um atalho que nos levaria por uma trilha melhor. De início, meus novos amigos se mostraram tímidos, mas, após algumas folhas de coca e um traguinho de aguardente, logo se tornaram mais comunicativos.

Mantivemos algumas conversas interessantes, enquanto andávamos bordeando precipícios, e esses homens me ensinaram uma quantidade de coisas que foram úteis no futuro. Entre elas, preveniram-me a respeito de algumas ervas venenosas que crescem nesta e em outras regiões da montanha, capazes de matar mulas e cavalos.

No meio da tarde, chegamos numa casinha solitária no alto de uma cordilheira. Chamamos, e como ninguém nos respondeu, entramos por uma abertura em uma das paredes de pedras empilhadas. De início, não consegui ver nada, mas quando meus olhos se acostumaram com a escuridão, vi um velho deitado num canto sobre umas peles de cabra. No meio da peça havia um buraco com cinzas, certamente o lugar onde fazia o fogo.

Ao aproximar-me, o ancião se deu conta da minha presença e perguntou quem eu era. Trocamos algumas palavras, e logo vi que estava quase cego e surdo. Quando lhe perguntei se teria alguma comida para nós e nossos animais, ele respondeu que não tinha absolutamente nada, pois esperava seu filho que vinha de dois em dois dias para lhe trazer comida e cuidar das poucas cabras que tinha. O cheiro ali dentro era tão repulsivo que precisei sair de tempos em tempos para respirar melhor.

Depois de algum tempo, surgiu um velho com roupas de montanhês, inclusive sandálias pesadas. Apresentou-se como filho do outro ancião, embora, pelo seu aspecto, não aparentasse menos de oitenta anos. Ofereci-lhe de beber, dei-lhe algumas folhas de coca e prometi pagar bem se conseguisse pasto para meus cavalos famintos. Não havia por ali nenhuma vegetação, salvo em canhadas que só os habitantes conhecem. O homem concordou em trazer a forragem e saiu levando uma rede. Fiquei olhando como saltava sobre as rochas com agilidade de um gamo. Duas horas depois, quando começou a escurecer, ele voltou com um grande fardo de pasto nas costas.

Atendidos Gato e Mancha, pensei em comer alguma coisa, e foi difícil fazer o homem confessar que tinha carne seca de cabra e aveia escondidas fora da casa. Um pouco mais de aguardente e folhas de coca o convenceram a trazer o que havíamos pedido e a acender o fogo para ferver água em uma vasilha de argila. Ainda que os pratos de madeira e as colheres que usamos para tomar a sopa estivessem imundos, acredito que nunca comi nada melhor na minha vida.

Era tarde quando nos acocoramos em redor do fogo, pois lá fora a temperatura estava abaixo de zero. A conversa ficou mais animada de estômago cheio. Assim, quando oferecemos mais folhas de coca e alguns cigarros, os olhos dos dois velhos brilharam de alegria. Naquela noite, junto ao fogo, além do gemer do vento, escutei muitas histórias misteriosas naquela pequena casa de pedras amontoadas, no alto de uma montanha gelada, na fronteira boliviana.

Quando chegou a hora de dormir, não foi fácil nos acomodarmos no pequeno espaço, mas logo estávamos todos enrolados em nossos ponchos, deitados no chão. À medida que as brasas se apagavam, o frio ficava mais intenso, e pude ouvir lá fora os cavalos mastigando e exalando esses espirros característicos quando o frio lhes penetra no focinho.

Durante dois dias, aproveitei a boa companhia desses parceiros e de seus pequenos burros lanudos. Embora a trilha fosse ruim e perigosa em alguns lugares, estou seguro de que diminuí alguns quilômetros nesse trajeto e que, seguramente, evitei um caminho pior ao lhes ter dado fé. Senti-me triste quando eles tiveram que seguir numa direção diferente da minha. E os vi desaparecer por um vale lateral, deixando-me sozinho outra vez com meus amigos Mancha e Gato.

Mais ao norte, passamos por pequenas aldeias e povoados onde encontrei outro tipo de habitantes, embora também indígenas e mestiços. As mulheres carregam os filhos pequenos às costas, apoiados numa larga tira de pano. Usam chapéus brancos em forma de barcos e saias compridas de diversas cores. Todas calçam sandálias, sendo algumas com solas de borracha aproveitada de velhos pneus.

Antes de saber disso, tinha visto nas trilhas marcas que pensei terem sido feitas por automóveis, em lugares onde esses veículos jamais poderiam ter chegado... Eram das mulheres que costumam trotar pelos caminhos enquanto preparam fios de lã. Fazem isso girando um pedaço de madeira parecido com um pião, atravessado por um eixo da espessura de um lápis, no qual o fio vai se enrolando.

Ao norte da Argentina, passei dois dias na pequena propriedade de um colono. Era dono de alguns burros e, enquanto discutíamos sobre a inteligência dos diversos animais domésticos, meu hospedeiro, ardente defensor dos asnos, me disse que nenhum puma poderia matar um desses animais nascidos naquela região – nas cercanias havia muitos desses felinos. Assim, para me agradar e demonstrar o que dizia, o homem levou um dos seus burros até uma canhada e o atou num arbusto solitário. Feito isso, nos afastamos uns cento e cinquenta metros para ver o que ia acontecer.

Passadas duas horas, comecei a pensar que não havia pumas por ali. A noite era clara e, com o auxílio do meu binóculo, podia ver muito bem o burro. Foi quando o animalzinho dobrou os joelhos e se deitou de lado. No mesmo momento, o homem tocou no meu braço para me prevenir. Pude ver o puma, que se arrastava lentamente em direção do pobre asno. Este, agora deitado sobre o lombo, dava coices e manotaços com as quatro patas, ao mesmo tempo que zurrava furiosamente. O puma fez um grande círculo em volta dele e se afastou, sumindo na escuridão.

O homem me disse que os pumas só atacam saltando sobre o pescoço da presa, então tive de confessar: nunca suspeitara que os burros tivessem tanta inteligência e sangue frio em circunstâncias como a que acabávamos de assistir.

Após alguns trajetos difíceis e noites mal dormidas, chegamos a La Quiaca, uma cidade fronteiriça. Antes disso, tivemos que atravessar o ponto mais elevado da região, chamado Três Cruzes, que se encontra a mais de três mil e quinhentos metros acima do nível do mar. A doença chamada *puna* fizera meu nariz sangrar muitas vezes, mas meus cavalos não pareciam afetados pelo ar rarefeito. Em verdade, portaram-se sempre bem, mesmo nas maiores altitudes.

Alegrou-me vê-los em melhor estado do que ao partimos de Buenos Aires, quando há pouco tinham chegado de uma longa viagem desde a parte mais meridional do continente. Tínhamos feito cerca de dois mil quilômetros, mas isso era apenas o começo. Apesar das boas condições com que chegaram à fronteira, um desafio muito maior estava pela frente: ultrapassar as principais cadeias de montanhas dos Andes bolivianos e peruanos em nosso caminho para o Oceano Pacífico.

Fizemos um merecido descanso em La Quiaca, embora o lugar não seja dos mais agradáveis. Não há vegetação nas cercanias, e os ventos frios sopram dia e noite, carregando nuvens de areia que tudo escondem. Mandara enviar por trem, para esse lugar, uma certa quantidade de feno, porque sabia que nada encontraria aqui, e os cavalos precisavam estar fortes para a etapa seguinte: o difícil trajeto até La Paz. Como não havia estábulos nem currais, deixei Mancha e Gato atrás da estação da estrada de ferro, num pequeno potreiro infelizmente exposto, dia e noite, ao frio e ao vento. Senti muito por isso, mas nada podia fazer.

Minha saúde melhorara bastante, porém, ainda deixava a desejar. Boa cama, alimentação em horas regulares e uma quantidade razoável de sono logo fizeram maravilhas em mim. Nesse meio-tempo, alimentei os cavalos e corrigi pequenos defeitos na minha equipagem.

## Na terra dos quíchuas

Depois de um bom descanso, e disposto tudo do meu jeito, cruzamos um pequeno rio, pouco profundo, perto da ponte ferroviária internacional. Logo trotávamos pela região desértica, arenosa, feita, principalmente, de colinas altas e áridas. Seguimos assim durante dois dias, até chegarmos no alto de uma dessas montanhas. Aos nossos pés surgiu um lindo vale e, pela primeira vez em quase três semanas, vi uma extensão de pasto verde. Melhor ainda, por ali apareceram algumas árvores. Até os cavalos apressaram o trote quando seguimos por aquela descida. Quanto a mim, nunca sentira tanta alegria ao escutar o canto dos pássaros, porque passaram-se muitos dias sem que visse uma única ave.

Mais um longo dia por profundos desfiladeiros nos levou a Tupiza. A partir dali, existe uma linha férrea até La Paz, mas não podia seguir seu trajeto porque, por aquele caminho, eu sabia que não encontraria forragem para os cavalos. Assim, prossegui pela parte baixa do vale, onde existia pasto suficiente para os dois.

Todos os indígenas das cercanias de Tupiza falam o quíchua e poucos entendem o espanhol. Assim, tive que conseguir um pequeno dicionário, que me ajudou a conhecer as palavras certas para solicitar as coisas que necessitasse. São pessoas muito interessantes, mas bastante primitivas, vivendo em locais quase inacessíveis, escondidos entre as dobras das montanhas.

Muitos ainda vivem de forma tribal, chefiados por um cacique, geralmente eleito pela maioria do grupo. Orgulhoso do cargo, nunca deixa sua choça sem levar um bastão adornado com anéis de prata, símbolo do seu cargo. Os caciques podem ter muito poder em algumas tribos; todos se submetem a eles e aceitam sua palavra como decisiva.

À semelhança dos antepassados incas, muitos vivem no sistema comunitário; assim, quando um dos membros da tribo deve trabalhar sua roça, todos os homens da comunidade se unem a ele e, com suas pás de madeira parecidas com remos, cavam a terra entoando estranhas canções. Feito o trabalho, passam para a propriedade de um outro, e seguem assim até que as roças de todos estejam laboradas.

Durante a conquista espanhola e a subsequente ocupação, uma trilha que se iniciava em Potosí passava por essas regiões e descia até Tucumán, na Argentina. Na retirada dos espanhóis durante a Guerra da Independência, devido à pressa, muita prata foi enterrada pelo caminho. Em diversos lugares, pode-se ver escavações feitas por aventureiros em busca de um *tapado*, como são chamados em espanhol esses tesouros escondidos. E os habitantes da região costumam dizer: *Nos lugares onde aparecem luzes misteriosas durante a noite, é certo que ali foi enterrado algo de valor.*

Eu mesmo vi essas luzes, que atribuo à fuga de gás subterrâneo. Algumas ondulam pelo solo como cobras luminosas, outras se erguem verticalmente como colunas de um templo grego ou parecem altas palmeiras. A luz tem uma cor esverdeada fosforescente. Quando o nativo distingue uma delas e pode localizar o lugar exato onde surgiu, crava uma estaca no chão ou deixa alguma outra marca para poder voltar no dia seguinte, pois é muito supersticioso para trabalhar à noite. Muitos não se atrevem a violar uma tumba antiga, mesmo sabendo que ali podem encontrar uma grande riqueza.

A Igreja Católica predomina em toda a Bolívia, e embora muitos povos indígenas tenham santos padroeiros, acredito que saibam pouco sobre a religião propriamente dita. Gostam de construir pequenas capelas no topo das colinas e montanhas que dominam suas aldeias, e os sendeiros que conduzem a elas são invariavelmente retos e íngremes, tanto é que costumam ser impraticáveis para um homem branco.

Os indígenas bolivianos são bastante místicos e supersticiosos. Podemos vê-los a caminho de uma festa em aldeia distante levando santos de madeira pintados com exagero. A tribo inteira caminha ao som de flautas e ao compasso de enormes tambores. De vez em quando, param para descansar e consumir, à saúde do santo, bebidas alcoólicas que levam em vasilhas de barro, em garrafas e até dentro de abóboras.

Vi, em uma pequena aldeia, uma festa indígena particularmente animada, onde se reunira gente das imediações e outros convidados que haviam percorrido longas distâncias, subindo e descendo montanhas. De pé ou ajoelhadas diante de algum santo, várias jovens se entregavam a todo tipo de contorções, emitindo queixumes em seu idioma, para mim incompreensível.

Por sorte, o funcionário local do governo, que me acompanhava, atuou como intérprete. Segundo ele, todas as moças imploravam em quíchua para que o santo as ajudasse a encontrar um marido. E, enquanto o faziam, os homens as observavam sem a menor emoção, o que é característico entre a maior parte dos indígenas, que não demonstram em seus semblantes nem alegria, nem sofrimento. Perto de onde estavam rezando essas jovens, havia outro santo, diante do qual um grupo de mulheres mais velhas se lamentava, gemia e agitava os braços como as pás de um moinho holandês. Elas pediam que o santo castigasse seus maus maridos, que lhes desse morte súbita pelos maus-tratos que sofriam.

Apesar desses espetáculos, a maior atração de qualquer dessas festas é a aguardente que consomem em quantidades inacreditáveis. Somente os que ainda têm equilíbrio suficiente dançam ao som de instrumentos das mais variadas formas.

## Uma longa e esquecida trilha espanhola do ouro

Mancha, Gato e eu tivemos que vadear rios perigosos, depois de descer ladeiras escarpadas e subir outras de imediato. Meus cavalos, de passo seguro, converteram-se muito rápido em precavidos montanheses. Nunca demonstravam nervosismo, nem mesmo em trilhas estreitas bordeando precipícios. Esse fato me infundiu confiança porque, durante muito tempo, me perguntara como se comportariam nessas situações.

Um dia, quando nos aproximávamos do topo de uma elevação, avistei um indígena que, diferentemente dos demais, não se intimidou ao me encontrar. Embora não pudéssemos nos entender, travamos uma conversa animada por meio de sinais, divertindo-nos os dois com isso. O homem insistia em apontar para o horizonte, onde identifiquei uma nuvem pequena e amarela. Era evidente que meu novo amigo queria me explicar alguma coisa sobre ela. Foi então que, ao me fazer sinais para que o acompanhasse até detrás de uma grande pedra, me dei conta de que algo anormal estava acontecendo com o tempo.

Logo a seguir, a ventania começou a varrer o cimo da montanha, com a potência de uma avalanche. Pedras de granizo, algumas do tamanho de ovos de pomba, voavam horizontalmente diante de nós. Estou certo de que teria sido um desastre se estivéssemos num descampado. Os cavalos ficaram atrás de nós, com as cabeças baixas, não se movendo mesmo com os fortes estrondos e com a terra se estremecendo. Pareciam saber que o nosso lugar, amontoados atrás daquela pedra, era o mais seguro.

O furacão durou poucos minutos, e o céu ficou claro com a mesma rapidez com que escurecera. Antes que pudesse dar ao meu amigo algumas folhas de coca, trazidas para essas ocasiões, ele desapareceu pela encosta escarpada.

Apesar da máscara, meus lábios estavam gretados e sangrando. Usava, também, óculos de proteção em ocasiões especiais, porque logo me sentia incomodado com eles. Mais de uma vez, indígenas fugiram gritando ao me verem com essas coisas no rosto. Decerto, me confundiram com algum espírito maligno.

Em outros tempos, havia lugares de descanso do governo nas principais estradas da Bolívia, chamados *postas* – dos quais ainda restam alguns poucos. De início, encontravam-se mais ou menos a sete léguas um do outro, e ali o viajante podia contratar guias e carregadores, além de comprar forragem a preços razoáveis. Muitos deles tinham mulas, que eram alugadas para transporte de passageiros e carga. Desse modo, podia-se viajar de uma *posta* a outra, sem necessidade de comprar esses animais. A estrada de ferro, recentemente construída, foi responsável pela diminuição desses locais de parada.

A grande altura, numa região fria e árida, parei na primeira *posta*. Tratava-se de um espaçoso prédio de pedra, com uma única peça, tendo amplos currais, também de pedra, em anexo. Quando entrei, vi dois indígenas corpulentos com calças largas, do tipo bombachas, ponchos pesados e boinas de lã. No meio da sala, havia uma mesa de pedra, e nas paredes, espécies de nichos, onde, como fiquei sabendo depois, os viajantes deviam se acomodar para dormir. Sem falar o quíchua, tive dificuldade para que me entendessem. Porém, finalmente, meus cavalos receberam suas rações de palha, e eu me regalei com uma sopa de cevada acompanhada de biscoitos chamados *tantas*, que servem de pão.

Pouco antes de escurecer, chegaram outros indígenas, que estavam trabalhando em suas pequenas glebas de terra nas encostas da montanha. Como sempre, dei folhas de coca e um cigarro para cada um, o que facilitou nosso relacionamento. Também fiz alguns truques de magia que ainda recordava, e eles se encantaram com tudo. Pela manhã, deixei-os olhar a paisagem com o meu binóculo, uma maravilha que muito os agradou, a julgar pela gesticulação.

A *chicha*, cerveja nativa, é encontrada por toda parte. Até nas margens de algumas trilhas é comum encontrar uma mulher indígena, sentada sob um arbusto, com um recipiente tosco cheio dessa bebida para vender. Ela desfia lã enquanto espera pelos viajantes sedentos. Quando se bebe *chicha*, deve-se sempre derramar um pouco do líquido no chão, tradição antiga que atrai boa sorte. Ao passarmos, no caminho, por indígenas trabalhando a terra, é comum que algum deles nos ofereça a bebida. Se não estiver disposto a tomar, basta derramar um pouco no chão. Ao fazê-lo, supõe-se que o viajante está pedindo sorte para as novas colheitas.

Em geral, nesses lugares, eu bebia mais *chicha* do que água, geralmente de má qualidade. Certa manhã, quando me levantei, depois de ter dormido numa choupana dos nativos, vi um grupo de homens e mulheres acocorados, formando um círculo e falando de maneira contida. Aos olhá-los melhor, descobri que falavam com a boca cheia. Mastigavam milho até formar uma pasta e depois a cuspiam dentro de um recipiente de madeira colocado diante deles. Ao investigar o propósito daquilo, um homem que falava espanhol me explicou que estavam preparando o *moco*. Ao perguntar para que servia, ele me olhou admirado e explicou que era o primeiro passo para o preparo da *chicha*.

Depois disso, tive muitas oportunidades de assistir à preparação da bebida nacional da Bolívia. O milho deve ser, de início, colocado na água durante um dia. Depois, é espalhado no chão e coberto com um pano úmido. Assim, os grãos começam a inchar e a fermentar. No outro dia, esse milho deve ser colocado em grandes vasilhas de barro e fervido durante trinta e seis horas. Quando é retirado do fogo, espera-se esfriar e acrescenta-se o *moco*.

Esse processo é análogo ao que se faz para produzir malte a partir da cevada e, com ele, preparar a cerveja. O que realmente acontece é que o milho mastigado se impregna com saliva, que contém diástase. Quando em contato com a pasta de milho cozido, essa enzima atua sobre o amido, convertendo-o em açúcar de malte, obtendo-se, assim, uma cerveja doce. Devido ao clima, o malte se infecta com leveduras ou, intencionalmente, pela adição de líquido fermentado. De qualquer modo, acontece a fermentação, e o açúcar do malte se transforma em álcool.

Durante doze horas, o produto fermentado é posto a ferver em enormes vasilhas, momento em que começa a espumar. Realiza-se o milagre: a *chicha* está pronta. Quanto mais envelhecer, mais forte será, mas, em geral, é consumida antes de três dias de preparo, sendo já muito forte. Quero registrar que, embora conhecendo os detalhes do preparo da *chicha*, continuei a bebê-la.

Dizem que as montanhas da Bolívia têm o clima mais extraordinário do mundo. Durante o dia, pode fazer muito calor, mas, logo após o entardecer, a temperatura cai abaixo de zero. Esse fenômeno se deve ao fato de que a meseta boliviana se encontra em região tropical, mas em grande altitude em relação ao nível do mar. Passei muitas noites tiritando em pequenas casas de pedra, dormindo no chão, junto das pessoas e dos cães. Também era difícil obter palha suficiente para a manutenção dos cavalos.

Assim, alegrou-me muito avistar a montanha de Potosí. No entanto, embora parecesse próxima, levei muitos dias até ver a cidade, pouco depois de ultrapassar uma região coberta de neve. Potosí é conhecida por sua riqueza mineral, principalmente em prata. É linda de se ver, com suas ondulações de diversas cores.

## Potosí, a antiga Meca dos gananciosos conquistadores espanhóis

A cidade de Potosí foi erguida pelos invasores espanhóis logo depois que submeteram os desafortunados incas e se inteiraram dos ricos minérios que essa montanha contém. Ainda hoje, diversas empresas exploram novas e antigas jazidas. Enquanto conversava com um técnico, perguntei-lhe se as riquezas daquela região não se esgotariam logo. A resposta foi surpreendente: *em relação aos minérios que contém, sua exploração ainda nem foi convenientemente iniciada.*

A história de Potosí, no horror do tempo dos conquistadores, nunca foi escrita em seus detalhes – basta referir a mina chamada *Socabón*, em cuja entrada ainda está gravada, na pedra, uma cota de armas espanhola.

Comenta-se entre os descendentes de indígenas que pelo menos vinte mil de seus ancestrais foram obrigados a entrar ali à força para trabalhar, e nenhum deles voltou a ver a luz do sol.

A cidade se conserva, em muito, como era no tempo dos espanhóis. A maior parte de suas casas possui primorosos balcões e janelas pequenas com grades de ferro. As ruas são as mesmas, com seus pavimentos de cascalho, dando a sensação de que estamos nos antigos dias coloniais.

Um dos prédios mais notáveis da América do Sul é a antiga Casa da Moeda de Potosí. Em lugar das modernas estruturas de aço, foram trazidas enormes vigas de madeira dura das matas do norte da Argentina, e outras, penosamente arrastadas pelos escravos indígenas desde as florestas ocidentais do Brasil. Isso aconteceu há cerca de trezentos anos, e pode-se imaginar quanto sofrimento e quantas vidas custou o transporte dessas toras colossais.

Quase todas as relíquias, móveis e tesouros artísticos desapareceram da velha Casa da Moeda durante as revoluções dos últimos anos. Mas, apesar disso, considero esse prédio de Potosí um dos locais mais interessantes que visitei em toda a minha viagem.

## Entre os aimarás

A cidade de Potosí estava coberta de branco quando a deixamos para trás. Apesar de todos os conselhos recebidos, resolvi seguir o caminho mais curto até o Lago Poopó. Em outros tempos, essa foi a rota principal dos espanhóis, sendo hoje utilizada apenas por uns poucos nativos. A maioria dos habitantes desse labirinto de montanhas nunca se aventura a sair de lá. Vivem e morrem no lugar em que nasceram.

As regiões para onde nos dirigimos são habitadas por aimarás, que falam um idioma próprio – uma língua pouco musical, que parece brotar do fundo da garganta. Aliás, bem de acordo com o temperamento belicoso dessa etnia. São comuns suas rebeliões contra os opressores brancos, com muito derramamento de sangue. Também costumam lutar com tribos vizinhas, principalmente por disputas de terras. Disseram-me que essas pendências tribais atravessam gerações.

Esses indígenas raramente dão ou vendem víveres para brancos. Cada vez que tentei fazer isso, a resposta foi sempre a palavra *jañua*. Em Potosí, comprei um dicionário espanhol-aimará para me fazer entender. Porém, de nada me serviu, pois a única palavra que ouvi deles foi essa: *jañua*, que significa "não há nada".

Pessoas que sabem lidar com os aimarás me disseram que, ao ouvir essa palavra, eu devia ignorá-la, entrar na choupana do emburrado e comer o que encontrasse... o que nunca fiz, naturalmente, pois até em pensar nisso eu ficava chocado. Tentei ser cortês, sem resultado algum. Infelizmente, só se submetem ao direito da força. Quando os ameacei primeiro e depois disse que os pagaria, venderam-me os alimentos de que precisava – até com um pouco de boa vontade. Talvez porque os brancos e mestiços que os ameaçam pegam tudo e não pagam nada.

## A caminho do Lago Poopó

Em alguns lugares, a estrada era tão ruim que temi por Mancha e Gato. Zigue-zagues intermináveis nos levavam penosamente para cima e para baixo, quase sem transição, junto a abismos de dar medo. Quando eu respirava aliviado por ultrapassar um precipício, logo surgia outro.

Tive um episódio ao mesmo tempo incômodo e curioso em um povoado ao qual cheguei já noite adentro. Não encontrava ninguém e fui passando de choça em choça até chegar à morada de uma mulher idosa. Custei a explicar que desejava falar com o cacique, mas, quando ela finalmente me deu a entender, por gestos, que havia compreendido, ouvi ao longe o rufar de tambores. Pensei tratar-se de alguma festa da aldeia, mas, como a escuridão era densa, não me arrisquei a seguir sozinho na direção do som. Então, coloquei as mãos nas costas da mulher e disse com firmeza: *Cacique!* Sem qualquer reação ou protesto, ela saiu da choça e desapareceu na escuridão.

Demorou muito, mas voltou com três homens, dos quais um era o cacique. O trio estava tão embriagado que mal parava de pé. Quando lhe pedi comida, o chefe pareceu furioso e passou a me insultar com palavras e gestos. Como estava cansado e com muita fome, perdi a compostura, peguei o *borracho* pelo pescoço e o sacudi. Essa atitude assustou tanto a mulher quanto os outros homens, que saíram correndo. E quando soltei o cacique, ele fez o mesmo.

Ali, sozinho, comecei a pensar que certamente esse fato poderia provocar um levante contra mim. Como estava escuro demais para prosseguir viagem, resolvi me preparar para o pior. Junto da cabana, vi um daqueles fornos em formato de colmeia que os indígenas usam para assar *tanta* – como chamam o pão – e resolvi me refugiar ali. Fui até o cavalo cargueiro, tirei a espingarda, bastante munição e me abriguei debaixo do forno, disposto a me defender.

O tempo foi passando sem que nada acontecesse, e eu lutava para dominar o sono. Tentei ficar desperto, mas acabei dormindo, e muito. A luz do dia já invadia o ambiente quando abri os olhos e reconheci, ao fundo, a voz do cacique, que chegava trazendo ovos cozidos, sopa e *tanta*. Saí arrastando-me do meu esconderijo e só então me dei conta de que dormira sobre as cinzas. Meus cavalos ainda estavam encilhados, mas comiam pasto que alguém havia lhes dado. Passei a mão no rosto e sorri, imaginando que estava como um limpador de chaminés.

O cacique parecia bem dócil – talvez não tanto pelo susto que lhe dera, mas pela ressaca da bebedeira. Um dos homens que estavam com ele falava algumas palavras de espanhol e me disse que morrera um membro da tribo. Estava explicado o bater de tambores, pois os velórios indígenas costumam se transformar em festas com muita *chicha*, música e até dança.

Quando terminei de comer, dei água para Mancha e Gato e me preparei para retomar a viagem. No entanto, como não sabia qual o caminho para chegar a um lago que deveria atravessar, dei ordens ao cacique para que me servisse de guia. Quando meu intérprete lhe traduziu isso, ele começou a se retorcer como se estivesse sentindo muita dor. Indicou-me o segundo em comando, que disse ter problemas nas pernas. Em seguida, o cacique saiu e voltou com uma mulher – certamente sua esposa – que deveria me acompanhar para mostrar a trilha. Recusei e decidi continuar a viagem sozinho.

Só fiquei sabendo que tomara o caminho certo quando, ao entardecer, surgiu diante de mim um lago. Estava situado em uma meseta entre as montanhas, a grande altitude, e em sua margem havia muitos flamingos e, o que é melhor, grande quantidade de patos. A perspectiva de uma boa refeição me fez logo preparar a arma e disparar um cartucho de chumbo miúdo no meio da aglomeração. Atitude certamente pouco esportiva, mas eu não estava ali pelo prazer da caçada, e sim para comer. Além disso, um tiro assim me permitia economizar munição, sempre escassa.

Pouco depois de atirar, chegaram alguns nativos correndo, e cheguei a acreditar que haveria confusão. Porém, quando se aproximaram, começaram a rir bem alto, e um deles me saudou com um cordial *buenas tardes*. Esse mesmo, que falava bem o espanhol, me pediu que fizesse o favor de matar alguns flamingos para eles. Queriam suas penas para fazer adornos que usam em ocasiões festivas. Consenti em fazer isso, com a condição de que cozinhassem os patos para mim, alimentassem meus cavalos e me dessem guarida durante a noite.

O trato foi feito e, algum tempo depois, eu devorava carne de pato muito bem assada, enquanto os aimarás escolhiam as melhores plumas, e Mancha e Gato comiam palha de cevada atrás da choupana. Como sempre, distribuí entre eles folhas de coca e cigarros. A seguir, depois que comi à saciedade, começamos a conversar, sendo o meu espanhol traduzido pelo sorridente intérprete.

Tudo foi muito bem, até que lhes contei os fatos da noite anterior. Ao saber que quisera obrigar o cacique a me acompanhar como guia, alguns dos homens saltaram, gritaram e agitaram os braços. Pensei que estavam furiosos pela maneira como eu tratara o chefe da tribo vizinha, mas era o contrário. Lamentavam que ele não tivesse vindo comigo, o que o cacique jamais teria feito, uma vez que as tribos eram inimigas. E, se quis mandar a mulher em seu lugar, foi certamente para tentar se desfazer dela.

Cada vez que indígenas do interior da Bolívia querem falar com um homem branco – ou mais ou menos branco –, tiram os grandes chapéus que usam sobre os gorros de lã, ajoelham-se e ficam em posição de quem fosse lhes beijar os pés. Esse costume degradante vem do tempo da conquista, quando os nativos eram tratados como cães...

Quando os primeiros raios violeta e púrpura anunciaram o novo dia, encilhei os cavalos, despedi-me dos meus amigos da beira do lago e montei. Agora com os estômagos cheios, Mancha, Gato e eu trotamos alegremente por uma boa trilha.

Aqui e ali, comecei a ver rebanhos de alpacas pastando, algumas erguendo as cabeças para nos olhar com curiosidade. Elas se parecem com as lhamas, mas sua lã é muito mais comprida; têm o pelego tão espesso e enrolado que parecem bolas lanudas. Também nesse trajeto, vi de longe um rebanho de vicunhas. Esses animais, pequenos e elegantes, pertencem à mesma família da lhama e da alpaca, mas se assemelham a gazelas.

Em razão do valor de suas peles, as vicunhas têm sido tão perseguidas que estão ameaçadas de extinção. Embora atualmente a lei as proteja, continuam sendo caçadas por brancos e indígenas. Com sua lã, produzem-se tecidos valiosos, a tal ponto que um sul-americano que possui um poncho de vicunha o usa com grande orgulho. Na verdade, são peças quase impermeáveis à garoa e oferecem proteção tanto contra o calor quanto contra o frio.

Também no alto dessas montanhas encontra-se a rara chinchila-real, um animalzinho inofensivo que praticamente desapareceu em razão de sua pele valiosa.

Raras vezes eu parava ao meio-dia, a não ser que encontrasse algum lugar onde meus cavalos pudessem pastar – o que era raro. Então, os deixava livres durante uma hora, enquanto eu fazia anotações, verificava a temperatura e determinava a altitude com o meu aneroide. Nessas paradas, eu fumava e, depois, trocava o cavalo da montaria. Sempre, antes de encilhar, examinava os lombos e os cascos dos dois. O que montara pela manhã devia servir de cargueiro à tarde. Mas, algumas vezes, passava um dia inteiro – ou mesmo dois ou três – montando o mesmo cavalo. Isso dependia do terreno que estávamos percorrendo e do estado do lombo dos animais. Hoje, me orgulho muito de que Mancha e Gato nunca tiveram machucaduras graves nos lombos.

O trajeto a partir do lago foi agradável, tanto pela trilha fácil de seguir quanto pela ótima refeição que fizera. O fato de levar comigo outro pato assado também me ajudava a ver tudo cor-de-rosa.

Devido ao ar rarefeito dessas regiões elevadas, os nativos, pela constante respiração profunda, desenvolveram peitos largos. Essa capacidade pulmonar lhes permite realizar façanhas de resistência nas altíssimas montanhas. Em algumas delas, um homem branco mal consegue caminhar e é vítima constante de desmaios, como já disse, causados pela puna, ou mal das alturas.

Vi homens que chegavam de lugares distantes, carregando pesadas cargas sobre os ombros e sempre andando ao trote. Paravam um pouco em alguma choupana, arriavam a carga e colocavam cinzas nas chagas das costas. Vi alguns se deitarem perto de um muro e apoiarem nele os pés. Indaguei a razão disso, e me disseram que essa é a melhor posição para descansar, pois faz o sangue voltar a circular por todo o corpo. Esses rudes filhos das montanhas, quando comparados aos maratonistas olímpicos, fazem estes parecerem simples crianças brincando de correr.

Fazia muito frio logo depois do entardecer. Por isso, comecei por acomodar os cavalos do melhor modo possível e lhes dar toda a palha que o posteiro da parada quis me vender. A palha é trazida dos vales por jovens que a carregam nas costas. Em vez de prestar o serviço militar, espera-se que eles trabalhem nesses locais de parada por algum tempo, ajudando na manutenção das trilhas e na construção de estradas. Tranquilo com Mancha e Gato, entrei na casa, estendi minhas cobertas sobre a cama de pedra e me deitei.

Tinha dormido um pouco quando fui acordado por batidas de cascos e vozes humanas. Isso significava que deveria me levantar, para evitar que os animais recém-chegados fossem postos junto dos meus e houvesse briga pelo pasto. Um indígena estava lá fora com duas mulas carregadas e me disse que estava levando o correio para uma mina. Fiquei ali até que tudo se acomodasse e voltei para minha cama gelada.

As estrelas ainda brilhavam quando todos começaram a se movimentar e, como não me sentia bem do estômago, preparei um chá com folhas de coca, que foi um bom remédio. E me lembrei de um poema popular sul-americano que diz: “O que comeu, bebeu e montou, não perguntes de que morreu”.

Encilhar não foi tarefa fácil, porque meus dedos estavam inchados e doloridos pelo frio. Só consegui apertar a cincha puxando a tira de couro com os dentes, ao modo dos gaúchos do pampa. Durante todo o dia, abrimos caminho por lugares onde não se via um ser vivente – um silêncio tumular impressionante –, distraindo-me apenas com o movimento das nuvens entre as montanhas. Ao anoitecer, chegamos ao ponto mais alto.

Na direção oeste, em linha reta, estendia-se o imenso altiplano da Bolívia, com o sol do crepúsculo cintilando sobre o Lago Poopó. Parecia um imenso espelho dourado refletindo as nuvens. Mais além, prosseguia a escura e áspera cadeia de montanhas. Era quase inacreditável que aquele lago estivesse a mais de três mil e quinhentos metros acima do nível do mar. E só então me dei conta do quanto havíamos subido nas últimas três semanas.

Fiquei ali até escurecer, contemplando o espetáculo celestial, mas sabendo que nossa descida seria longa e perigosa em alguns trechos. Assim que partimos pela trilha rochosa, pensei que logo encontraríamos a linha férrea que segue para La Paz e que poderíamos prosseguir por uma planície. A noite era muito escura, mas não tardou a surgir no céu uma lua brilhante, que nos permitiu seguir viagem sem maiores riscos.

## O altiplano que conduz a La Paz

Cansados, entramos em uma pequena aldeia onde a maioria dos habitantes já dormia. Depois de muita procura, encontrei a casa da autoridade local, onde consegui abrigo para passar a noite. Saciada a sede e a fome dos meus cavalos, depois que consegui também comer um pouco, mostraram-me o quarto em que podia dormir. Encontrei-o repleto de indígenas encolhidos sob seus cobertores no chão. Consegui que alguns deles se movessem e abri espaço para mim e os arreios que me serviam de cama. No dia seguinte, haveria uma festa – razão da chegada dessa gente por antecipação, prontos para se divertir desde o amanhecer.

Embora a atmosfera do quarto não fosse das que recomendam os apóstolos da saúde pública, e apesar do ataque dos insetos, logo eu dormia e sonhava com coisas agradáveis – e só me mexi quando um madrugador me empurrou na escuridão. Estava disposto a descansar por um dia antes de seguir para La Paz, e, como havia forragem em abundância, resolvi ficar.

Meu alojamento era péssimo, mas já dormira em lugares ainda piores – e mais à frente, eu não sabia o que encontraria.

Os convidados chegaram à aldeia em grupos – homens, mulheres e crianças –, todos ao trotezito. Muitas mulheres carregavam bebês acomodados em ponchos às costas, e nenhuma delas fiava lã.

A festa, como a maioria delas por essas plagas, consistia simplesmente em beber e dançar, se assim se pode chamar esses pulos e requebros. Tambores e flautas produziam uma música monótona, composta por algumas poucas notas repetidas à exaustão, durante horas, sem intervalos. Logo o álcool começava a fazer efeito, e os *borrachos* iam caindo e dormindo no chão, sem que ninguém se incomodasse com eles. O baile ao ar livre continuou até o escurecer, quando começou a fazer frio. Aí, as pessoas se repartiram pelas choças, onde continuaram a se divertir.

Curioso para ver o que aconteceria, aproximei-me de uma pequena palhoça e fiquei escutando a música. A única abertura para o exterior era pequena e quadrada, a uns sessenta centímetros do chão, servindo de porta e janela. Por ali, enxerguei um amontoado de gente, mal iluminado pela luz vacilante de pauzinhos embebidos em graxa, que serviam como velas. A orquestra se espremia num canto e, como era impossível se mover, as pessoas dançavam aos pulos, no mesmo lugar, ao ritmo dos tambores. O mau cheiro de corpos sujos e suarentos, misturado às emanações do álcool, fez-me sair dali em busca do ar frio e seco da noite.

Estava diante da porta do meu alojamento quando se aproximou pela estrada um grupo de perseguidos e perseguidores. Brigavam atirando pedras redondas uns nos outros, com essas fundas que homens e mulheres indígenas usam para reunir seus rebanhos. Em pouco tempo, os brigões desapareceram na escuridão. Disseram-me que essas brigas ocorrem com frequência nas festas, quando se encontram diferentes tribos, mas que, geralmente, não causam muito dano. Afugentados os perdedores, os vencedores voltam para a festa, e ambos os grupos aguardam uma nova oportunidade para pelear.

No dia seguinte, a viagem foi mais fácil. Estávamos num altiplano arenoso, no qual, finalmente, Mancha e Gato conseguiram trotar, o que fora impossível na área montanhosa, onde seguir em frente já era uma façanha. Mas pouco há o que ver nesse deserto, onde, é claro, logo começou a faltar água. A atmosfera é tão seca e diáfana que se pode enxergar a enormes distâncias, o que acontece em toda a meseta boliviana. Não segui os trilhos da estrada de ferro, deixando-os para o oeste, porque sabia que, na rota escolhida por mim, passaríamos por muitos povoados onde seria possível obter forragem para meus cavalos.

Em um desses lugares, deparei-me com outra festa, das muitas que vi nesta terra. Porém, desta vez, os indígenas executavam uma espécie de dança macabra. Os músicos estavam colocados em círculo, tocando imensos tambores e soprando em flautas de formas estranhas. Enfeitados com cocares de penas coloridas, montados em armações de taquara, fizeram-me lembrar dos amigos do lago. Outros se vestiam como demônios, e alguns pareciam representar os ferozes conquistadores espanhóis, com barbas postiças e incríveis máscaras brancas. Os demônios usavam pesadas peles de alpacas negras e máscaras com narizes duplos.

Posso dizer que, resumidamente, eram disfarces grotescos, mas muito representativos. As mulheres não usavam fantasia, mas participavam do espetáculo, formando uma fila ondulante que, encabeçada por um demônio, abria caminho entre os músicos. Enquanto isso, outros homens disfarçados saltavam dentro do círculo, fazendo enorme alarido, sob o olhar dos espectadores, que a tudo assistiam solenemente.

Depois de algumas jornadas aborrecidas, chegamos a Oruro, uma cidade mais ou menos ativa, que deve seu movimento às importantes minas das redondezas. Perto dali estão localizadas algumas tumbas pré-históricas, em forma de grandes estruturas quadradas feitas de adobe, mas não consegui descobrir nenhuma lenda a respeito delas.

As miragens são comuns no altiplano, e muitas vezes acreditei ver lagos diante de mim e montanhas com aspecto de ilhas flutuantes. Frequentemente olhava para trás, para contemplar o caminho seco que acabara de percorrer, impressionado ao ver grandes lagoas.

Esperava encontrar boa forragem para meus cavalos, mas aqui também só consegui palha de cevada. A princípio, os dois tiveram dificuldades com os espinhos das espigas, que se cravavam nas gengivas e causavam ferimentos. Para curá-los, eu arrancava essas cerdas e esfregava sal nas gengivas com um pauzinho enrolado em pano – espécie de escova de dentes...

Fiquei alojado num hotel bastante bom, em frente à praça principal de Oruro. Mas a verdade é que o proprietário hesitou em me entregar a chave do quarto. Isso porque meu aspecto estava mais para um bandoleiro: roupas de couro, armas de fogo e o rosto queimado e ferido pelo sol. Na sala de jantar, fui colocado numa mesa dos fundos, recebendo olhares desconfiados de alguns paroquianos. De algum modo, um repórter adivinhou a identidade deste Robinson Crusoé, tipo cavaleiro andante, e chegou à noite para me entrevistar. No dia seguinte, já na hora do café da manhã, a atitude dos demais hóspedes foi bem diferente.

Saindo de Oruro, deixamos outra vez os trilhos para o oeste, tomando o caminho da cordilheira. Passamos por várias aldeias muito pobres, em algumas das quais também celebravam festas. Em um desses lugares, fui convidado para a dança e, quando comecei a brincar – dando uma cambalhota e caminhando apoiado nas mãos –, os espectadores ficaram encantados. Perguntaram-me se era assim que os brancos costumavam dançar.

Estávamos ainda entre os aimarás, o que me permitiu observar mais alguns de seus costumes. Certa ocasião, quando estava hospedado no escritório de um corregedor, nome dado à autoridade local, foi levado a ele um assassino. Infelizmente, não consegui entender a conversação em língua nativa, mas não era difícil saber do que se tratava.

O acusado e a autoridade estavam apoiados numa parede. O corregedor, cumprindo suas funções, empunhava um chicote com o qual, de vez em quando, batia no homicida. Os acusadores se mantinham ajoelhados no chão, em semicírculo – os homens à frente, as mulheres atrás. Às vezes, todos começavam a falar ao mesmo tempo, sendo necessário exigir silêncio. Não fiquei sabendo como terminou esse julgamento, porque já estava longe antes que o veredito fosse dado.

Estava-se formando por ali um conflito, pois, nas proximidades, fora assaltada a moradia de um branco, e duas aldeias que atravessei pareciam completamente desertas. No entanto, disseram-me que esse não era o caso, que as pessoas estavam escondidas em suas casas, espiando pelas frestas. Mas tratava-se da calma que precede a tormenta, porque, dois dias depois que passei por ali, começaram os distúrbios. Mais tarde, me contaram que uma multidão de prisioneiros fora levada a La Paz sob forte escolta armada. Essa rebelião me fez passar fome por quarenta e oito horas, obrigando-me a dormir uma noite numa choça abandonada, na qual, por segurança, também coloquei os cavalos.

Encontramos novamente a estrada de ferro em Viacha, uma cidade do altiplano a uns trinta quilômetros da capital. As autoridades militares foram muito amáveis comigo e me acomodaram no quartel. No dia seguinte, segui por uma boa estrada de areia, bastante reta, até La Paz, que, situada numa depressão profunda, não pode ser vista desde a planície.

Muitos indígenas transitavam por essa estrada, conduzindo à frente lhamas e burros carregados de mercadorias para o mercado. Alguns homens trotavam com pesadas cargas nos ombros, lembrando formigas operárias. Usavam gorros com proteção para as orelhas e vestiam calças compridas, abertas na parte de trás, para que pudessem dobrá-las até os joelhos ao atravessar barro ou água.

Trotamos por essas retas intermináveis e, impaciente como eu estava, achei que nunca chegaríamos ao destino, que parecia próximo em razão da atmosfera diáfana. Minha espera foi recompensada quando chegamos à beira da profunda depressão em cujo fundo está situada a cidade – quase gritei de alegria, pois havíamos vencido uma etapa importante.

Ali estava La Paz, a capital onde muitos disseram que jamais chegaríamos. Gato e Mancha arquearam os pescoços e olharam também, com as orelhas apontadas e os focinhos espichados. Tinham visto, nas encostas verdes, o capim que lhes faltara durante tantos dias. Ou, talvez, como eu, estivessem admirando a paisagem.

Desde o alto, La Paz parecia uma cidade de brinquedo, com suas primorosas igrejas, casas e jardins, tudo em miniatura. Ao longe, elevavam-se outras montanhas e, ao sul, o monarca andino, o Illimani, coberto de neve, cintilava ao sol, parecendo muito próximo.

## La Paz, a cidade escondida

Os cascos dos cavalos tamborilavam sobre as pedras nos arredores da cidade e, pouco depois, já estávamos misturados ao tráfego da área central.

Algumas pessoas pareciam reconhecer quem éramos e nos saudavam com entusiasmo. Quando perguntei a um policial qual o caminho para a embaixada argentina, ele, amavelmente, me guiou até lá.

O embaixador e os funcionários me receberam com sinceras congratulações, pois nunca esperaram que chegaríamos. Em poucos minutos, Mancha e Gato foram desencilhados, cuidados e alimentados, ficando a pastar na grande área nos fundos da embaixada. Na aparência, pareciam recém-chegados de uma simples cavalgada matinal. Ninguém diria que esses cavalos crioulos tinham feito o enorme trajeto entre a Patagônia e a capital da Bolívia.

Minha estada foi bastante agradável. Todos me trataram com amabilidade, e muitos me encantaram com suas maneiras distintas, até cavalheirescas. Algumas dessas pessoas haviam estudado no exterior, principalmente na França, falavam vários idiomas e tinham viajado pelo mundo. No entanto, essa elite contrastava ainda mais com o povo das ruas, onde muitas pessoas não se comunicavam senão em quíchua e aimará.

A cidade, com muitas ruas subindo e descendo, algumas bastante íngremes, exige automóveis potentes. Durante o dia, multidões de indígenas chegam aos mercados, sempre movimentados e pitorescos, e ali vendem e trocam os mais diversos artigos. Pode-se adquirir tecidos de lã a preços muito baixos, desde que o comprador saiba regatear – arte que exige prática e habilidade. Todos os mercados possuem pontos de venda de ervas medicinais e amuletos. Entre os medicamentos mais estranhos que encontrei, estavam estrelas-do-mar, pardais desplumados e secos, entre outros artigos raros que devem servir em seus rituais.

La Paz dispõe de um excelente museu arqueológico, onde passei algumas horas interessantes e instrutivas. Como muitas outras cidades da América Latina, sua antiga arquitetura colonial se mistura com construções modernas.

Na Europa, é comum que as cidades conservem seu estilo antigo, incorporando o moderno de forma harmônica, o que nem sempre ocorre por aqui. A exceção é Buenos Aires, onde os portenhos conseguiram preservar a arquitetura original, integrando o moderno com belíssima uniformidade.

Na Bolívia, as pessoas gostam muito de comer o que chamam de *picante*, uma refeição pelas quatro horas da tarde. Trata-se de um prato preparado com carne de peru, pato e outras carnes. Um dia, não resisti à tentação de prová-lo. Depois da primeira garfada, tive que correr para enxaguar a boca, porque a pimenta era forte demais para um ser humano de outras plagas.

Quando meus cavalos e eu nos sentimos bem descansados, despedi-me dos novos amigos e conhecidos e tratei de continuar nossa viagem. Quando chegamos ao alto, de onde havíamos contemplado La Paz pela primeira vez, puxei as rédeas e dei uma olhada – desta vez, saudosa – para a linda cidade a nossos pés.

## Titicaca, o lago sagrado

Estávamos outra vez sobre os planaltos que dominam La Paz, trotando pelo caminho reto em direção a Viacha. Observei a disposição com que andavam Gato e Mancha e, logo, meu pensamento se concentrou num só objetivo: ultrapassar as principais cadeias montanhosas dos Andes e chegar ao Oceano Pacífico!

Apressei os cavalos, mas Mancha, em vez de me obedecer, virou a cabeça e me olhou com um olho, como se dissesse: "O que é isso, companheiro? Nos deixe, ao menos uma vez, em paz". E seguiu movendo levemente a cabeça de cima para baixo, a cada passo, como se acompanhasse meu pensamento anterior: "Sim, faremos isso!"

Com as rédeas balançando de um lado para o outro, o fiel Gato trotava com sua carga. Ele também estava disposto a me seguir para onde me desse vontade. Sem pararmos em Viacha, continuamos em direção ao Lago Titicaca. Ficaram para trás as ruínas pré-históricas de Tiahuanaco, relíquia do passado que visitei com tanto prazer.

Hoje, não resta muito do que foi um templo colossal, exceto as enormes colunas que se erguem em filas e um dos grandes ídolos de pedra que eram adorados pelos povos antigos. A *Porta do Sol*, com suas notáveis entalhaduras, mantém-se em perfeito estado. Mais adiante, no extremo oeste, encontra-se um enorme bloco de pedra com degraus – provavelmente trata-se da entrada principal do templo.

Nos arredores, sobrevivem outras ruínas que os habitantes das proximidades chamam de o *Palácio do Inca*. Um de seus blocos de pedra talhada mede cerca de oito metros de altura por seis de largura, com espessura de um metro e meio. Continua um mistério o modo como essas pedras colossais foram transportadas até aqui. No entanto, certamente são oriundas da margem setentrional do Lago Titicaca, onde foram descobertas antigas pedreiras com o mesmo tipo de rocha utilizada em Tiahuanaco.

Para mim, a hipótese mais provável é que tenham sido transportadas pelo lago, em enormes balsas – isso porque o nível das águas deveria ser mais alto, chegando próximo ao local onde estão as ruínas. No caminho para o lago, vi algumas rochas talhadas, idênticas às de Tiahuanaco. Talvez tenham caído das balsas e, como não havia meios de recuperá-las, foram deixadas ali. Seja qual for a teoria elaborada por técnicos ou visitantes, é provável que o transporte de tais gigantes de pedra siga, ainda por muito tempo, fazendo parte dos mistérios da engenharia daquele mundo ancestral.

A uns quatro quilômetros das ruínas está a aldeia de Tiahuanaco, onde me alojei num hotel pequeno e descuidado. Infelizmente, os conquistadores espanhóis não compreenderam o valor cultural dos antigos templos e os destruíram sem piedade. Até poucos anos atrás, pedras ainda eram retiradas para pavimentar ruas desse povoado, utilizando-se blocos talhados como portais de casas.

A igreja foi construída com materiais retirados das ruínas, destacando-se dois enormes ídolos de pedra colocados em sua entrada. Ali permanecem, com seus olhos de coruja, testemunhas indignadas da ignorância e da destruição.

No pátio dos fundos do hotel, vi algumas pedras ricamente talhadas que devem ter pertencido ao templo. Eram usadas como cochos para porcos e lavatórios para as pessoas, embora pouco utilizadas para essa rara função.

De Tiahuanaco, dirigimo-nos para o norte, por meio de um planalto arenoso, até chegarmos a um ponto de onde tive a primeira visão do Lago

Titicaca. Suas águas de um azul profundo refletiam as montanhas distantes, com os picos nevados do leste formando um belíssimo fundo contra o azul mais claro do céu. Paramos numa aldeia chamada Guaqui, onde atracam os vapores de Puno, pequeno porto situado em um extremo do lago. Quem olha um mapa sem maior atenção pode pensar que o Titicaca é pequeno, mas os barcos modernos levam doze horas para percorrê-lo de ponta a ponta.

Esses barcos a vapor foram construídos na Inglaterra e, depois de navegarem até Mollendo – porto situado no Oceano Pacífico –, foram desmanchados e transportados de trem até Puno. Ali foram remontados para seu uso. Na verdade, o Lago Titicaca é a extensão de água navegável mais alta do mundo, situando-se a quatro mil metros acima do nível do mar.

Ao deixar Guaqui, seguimos por uma excelente estrada, acompanhando a margem ocidental do lago. A paisagem era encantadora, e o ar, seco e fresco, muito agradável. Enquanto avançávamos sem pressa, tive tempo para observar tudo ao meu redor. Durante horas, meditei sobre a história e a mitologia fascinantes desses povos ancestrais. Aqui viveram os aimarás, cujo ser supremo era *Pachacamac*. Adoravam os objetos da natureza, que consideravam manifestações de seu deus, em particular, uma rocha denominada *Inti Karka*, situada na Ilha do Sol, a maior de todas do Titicaca.

Os aimarás, antiga raça de guerreiros, mantiveram sua cultura durante muitos séculos, sendo pouco afetados pela dita civilização dos brancos. Tampouco a religião ocidental os conquistou. Ainda preservam muitos de seus costumes ancestrais e demonstram desconfiança diante de tudo que lhes é estranho. Os quíchuas são mais pacíficos e adaptados aos tempos atuais.

As ruínas do *Templo do Sol* e da *Casa do Inca* revelam a magnitude das construções incaicas e o talento de seus arquitetos. Muitas pessoas as confundem com os ídolos e restos colossais dos templos de Tiahuanaco, que já descrevi, os quais têm, provavelmente, alguns milhares de anos a mais e demonstram um grau de cultura superior ao das ruínas incaicas. Nos dias atuais, os aimarás ocupam a margem setentrional do lago, até Puno. Dali em diante, nos encontramos entre os quíchuas, que falam um idioma levemente distinto. O nome Titicaca é derivado de Inti Karka, denominação aimará.

Quando os espanhóis, liderados por Pizarro, invadiram o Império dos Incas, encontraram quantidades inacreditáveis de ouro. Sem valor comercial, o ouro era considerado sagrado, sendo exposto em locais de adoração. Logo, os incas compreenderam que a principal ambição dos invasores era obter ouro. Assim, depois que o Inca Atahualpa foi morto – apesar do fabuloso resgate pago por sua liberdade –, os nativos retiraram o ouro de todos os seus templos e o esconderam. Diz-se que esse *Tesouro de Atahualpa* é o maior de todos os tesouros escondidos no mundo.

Muitas pessoas, e até expedições, perderam tempo e dinheiro procurando este e outros tesouros históricos. Até porque, durante as guerras de independência, consta que os espanhóis enterraram muitos de seus bens ao fugirem. Ouvi diversas lendas sobre tais enterros de ouro e prata, que ainda hoje atraem candidatos a se tornarem milionários da noite para o dia. Conversei com um norte-americano que passou quase vinte anos procurando em vão, porém, apesar disso, continuava tão otimista quanto no dia em que chegou.

Por continuarmos acompanhando a margem do Titicaca, Gato e Mancha puderam beber água limpa e fresca à vontade.

Foi interessante ver os indígenas ocupados com a construção de suas balsas – essas estranhas canoas que sulcam o lago. São feitas com juncos habilmente unidos, até tomarem formas compridas e pontiagudas, erguidas nas extremidades. As velas são fabricadas com a mesma planta, cujos talos são cortados ao meio e unidos, formando um tipo de pano grande e quadrado.

A balsa é guiada com o auxílio de uma vara comprida, nesse caso, servindo de leme; na falta de vento, a vara é usada para impulsionar a embarcação. Os nativos estão acostumados com as altas ondas que se formam de repente, como vi num dia em que forte tormenta açoitou o lago. Apesar das péssimas condições para navegar, os pescadores partiram em suas balsas, e fiquei assombrado com a forma como mantinham o equilíbrio, enquanto as embarcações subiam e desciam nas ondas, parecendo cavalos corcoveando.

Quando os indígenas aram uma porção de terra pela primeira vez, celebram a ocasião fincando bandeirolas em torno da área lavrada. E enfeitam os bois que puxam os primitivos arados com panos coloridos. Não usam arados de ferro, pois acreditam que esse metal envenena a terra. Dispensa-se dizer que, nessas ocasiões festivas, a *chicha* corre livremente.

É interessante lembrar que os aimarás e quíchuas são bondosos com os animais, nunca os maltratando, lição que poderiam dar a muitos brancos ditos civilizados.

## Em solo peruano

Chegamos à foz do lago chamado Desaguadero e, depois de atravessar uma ponte estreita, entramos na República do Peru. Em ambos os lados da ponte, há povoações e, no meio dela, existe uma porta de ferro que é fechada durante a noite, mais por protocolo do que por segurança, uma vez que há várias maneiras de qualquer pessoa cruzar a fronteira sem nenhum controle.

Não se via ninguém quando Mancha, Gato e eu atravessamos a ponte. As poucas casas do lado peruano pareciam desertas. Ervas cresciam entre as pedras de suas paredes, e os telhados estavam cobertos por um musgo verde-brilhante. De repente, saiu de uma dessas casas um homem fardado ao estilo dos gendarmes franceses e, preguiçosamente, veio em nossa direção. Apresentou-se como guarda da fronteira e me fez algumas perguntas banais. Quando lhe mostrei uma recomendação que levava comigo, não só me tratou de senhor como também de doutor.

Meu primeiro dia no Peru não foi agradável. Para começar, não consegui forragem naquela povoação e, apesar de já estar próximo do entardecer, tivemos que prosseguir até a aldeia seguinte. Tínhamos andado muito pouco quando estourou uma tormenta, e uma chuva gelada nos empapou até os ossos. Ao cair da noite, seguíamos procurando a tal aldeia e, quando lá chegamos, consegui finalmente encontrar alguém que me vendeu palha para os cavalos.

Com todas as minhas coisas molhadas e mal abrigado do frio durante a noite, tratei logo de retomar a viagem. Atravessamos várias aldeias interessantes e até pitorescas, situadas nas margens setentrionais do Titicaca. Algumas delas foram construídas por indígenas orientados pelos jesuítas, e ainda se conservam suas antigas igrejas e outras edificações – infelizmente, quase todas em ruínas. Mas o conjunto revela qualidade arquitetônica e bom gosto artístico. Alguns pórticos dos templos foram esculpidos com esmero. A própria delegacia de polícia onde me hospedei deve datar do mesmo período jesuítico, como pude verificar pela arcada do pórtico, as paredes grossas e outros detalhes significativos.

Quando manifestei ao dirigente local meu desejo de conhecer algumas ruínas próximas à aldeia, ele imediatamente se ofereceu para me acompanhar. Parece que quase ninguém as visita, seja por falta de interesse, seja por superstição. Quando entramos numa dessas igrejas, depois de abertas as pesadas portas de madeira, seguramente fechadas há muitos anos, a moldura superior se soltou e caiu com estrondo. Por sorte, o funcionário peruano e eu conseguimos saltar a tempo.

Como o teto dessa igreja já caíra muito antes, seu interior estava coberto de arbustos. Jaziam pelo chão estátuas de santos, e algumas tumbas haviam sido violadas, certamente por pessoas em busca de tesouros. Poucos quadros com pintura desmaiada ainda estavam pendurados nas paredes mais protegidas, mas outros, decerto, haviam sido levados pelos aldeões. Vi alguns deles em suas casas, parecendo-me de valor artístico.

Não fosse a constante preocupação em obter forragem, teria considerado como um ótimo passeio todo esse trajeto pelas margens do Lago Titicaca. Em um povoado, celebrava-se um casamento. No centro da praça, encontravam-se indígenas acocorados – as mulheres fiando e os homens mastigando folhas de coca –, enquanto passava o cortejo nupcial ao som de flautas e tambores.

Reunidos em pequeno círculo, os músicos tocavam numa esquina da praça, enquanto os bailarinos saltavam, faziam piruetas e corriam em todas as direções, sacudindo lenços pelo ar. Passado algum tempo, os músicos se transferiram para outra esquina, e todos os bailarinos os seguiram, saltando e girando como se estivessem sendo atacados por marimbondos. Depois de darem várias voltas na praça, dirigiram-se, tocando e dançando, até a casa do padrinho do casamento, onde comeram e beberam. Ainda mais animados, voltaram para a mesma praça.

O noivo estava espremido num terno, parecendo até ter dificuldade para respirar. O vestido da noiva era comum – branco, com véu e grinalda –, e ela o portava sem naturalidade, como se representasse um papel. As demais mulheres indígenas usavam saias coloridas, umas sobre as outras, o que se via ao girarem na dança, num belo efeito de caleidoscópio.

Depois de algumas visitas à casa do padrinho e à dos pais da noiva, o álcool começou a fazer efeito e começaram os tombos. E, interessante: fossem homens ou mulheres, ninguém os ajudava a se levantar. Só os nativos dançavam nessas festas, mas me disseram que não se tratava de preconceito. Nessas altitudes, o ar é tão rarefeito que somente os pulmões indígenas conseguem suportar tais esforços físicos.

Enquanto me encontrava no Peru, estava no auge o sentimento contra os chilenos. E isso me fez passar por uma experiência desagradável próximo ao Lago Titicaca. Quando me dirigia a cavalo até a praça para me encontrar com o *alcalde*, vários homens e rapazes gritavam atrás de mim frases contra os chilenos. Ao chegar à sede administrativa do município – uma casa de adobe pintada com cal –, perguntei por aquele senhor. Alguém me informou, brevemente, que ele não estava. Mostrei minha carta de recomendação, o que me permitiu acomodar os cavalos no pátio nos fundos da Prefeitura.

Levei então meus alforjes e os arreios para um quarto vazio, e saí em busca de forragem. Quando consegui alguma coisa – a preço muito alto –, fui de casa em casa até encontrar uma senhora idosa que concordou em cozinhar para mim. Naquela noite, enquanto fumava um cigarro, sentado à soleira da porta do quarto, alguns homens passaram me olhando de forma desagradável e falando uns com os outros. Inquieto, tratei de não os perder de vista.

Antes de me enrolar nas mantas e apagar a vela, fiz os preparativos para receber os visitantes. Nada aconteceu, até a hora de encilhar os cavalos, pela manhã. Foi quando apareceu o tal prefeito municipal, montado numa mula que parecia tão nervosa quanto ele, gritando para mim: *Cachorro chileno!* E alguns palavrões. Tentei falar, mas o maluco não me escutava, gritando: *Cala a boca, cachorro chileno!*

Ninguém se aproximava de mim, e fiquei ali, com meu documento na mão, esperando que parasse de gritar. Quando isso aconteceu, e ele finalmente leu o papel que lhe entreguei, gritou de imediato: *Viva a República Argentina!* Virou-se para os homens que o acompanhavam e repetiu a frase com o mesmo entusiasmo com que me insultara. Logo, todos insistiram para que eu ficasse na aldeia o tempo que quisesse. Como estava com fome, e meus cavalos também, aceitei quando me convidaram para comer alguma coisa. Também consegui boa forragem para Mancha e Gato.

Uma espécie de alga que cresce no lago é excelente alimento para o gado da região. Homens e meninos entram na água até uma profundidade razoável, formando uma fila que recolhe as algas com os pés, empurrando-as até a margem. Cavalos, vacas e cabras comem essas algas estocadas em tanques. Pareceu-me notável como mergulham as cabeças para comer, permanecendo debaixo d'água por bastante tempo.

Com os grãos de uma planta chamada *acu*, em aimará, e *pito de cañagua*, em espanhol, preparam uma farinha de alto valor nutritivo. Só é feita em pequenas quantidades, o que me dificultou encontrar um pouco para provar. Dissolvida em água, forma grumos de gosto discreto.

Depois de todas essas experiências que vivi nas margens bolivianas e peruanas do famoso Lago Titicaca, chegamos finalmente ao seu extremo norte, no porto de Puno, onde desencilhei meus cavalos. Na manhã seguinte, bem cedo, desci aos molhes para ver a chegada dos nativos em suas balsas. Dirigiam-se ao mercado, levando cereais, cabras, cerâmica, artigos de lã. Outros chegavam com burros pacientes, muito carregados. Alguns traziam galos de rinha, alojados no alto dos carregamentos ou, quando de maior valor, debaixo dos braços.

Já disse que os quíchuas e aimarás são fascinados por brigas de galos. O estilo da rinha varia de uma região para outra, sendo as aves cuidadosamente adestradas para enfrentarem seus rivais. Diante das portas de quase todas as choupanas, pode-se ver galos presos por cordas a pequenas estacas. Eles passam o dia ali, cacarejando e revirando a terra, até que o orgulhoso proprietário os desate para o adestramento diário. Isso é feito pegando o galo com as duas mãos, passando-o por cima e em torno de outro galo. Este, por sua vez, fica tão furioso com a manobra que eriça as penas, salta, retrocede, gira, tudo em reação ao que faz o homem com a outra ave nas mãos.

Quando o proprietário considera que seu pupilo está preparado, leva-o até a aldeia ou cidade mais próxima, onde espera ganhar dinheiro apostando em seu campeão. Em algumas cidades, como Lima, costuma-se fixar numa das patas do galo de rinha uma pua em forma de meia-lua. Trata-se de uma arma afiada que os galos são treinados a usar, além do bico. Pessoalmente, não sou aficionado às rinhas, talvez porque não consiga acompanhar, com a vista, os movimentos muitíssimo rápidos desses galos.

## Na direção da antiga capital dos poderosos incas

Quando as casas baixas de Puno se desvaneceram a distância, chegamos a uma cadeia de montanhas. Ao descer do outro lado, nos encontramos numa planura onde cresce um capim curto e áspero. Para minha surpresa, o terreno se tornava pantanoso; porém, como queria ganhar tempo, continuei em linha reta até uma garganta visível a muita distância.

Sabia que este era o caminho que devíamos tomar até Cuzco, porque a linha férrea que parte de Puno segue nessa direção, embora fazendo uma grande curva. Os cavalos já haviam se afundado no barro, que cedia cada vez mais ao nosso peso, quando chegamos a uma área alagada que atravessava o planalto até onde nossa vista alcançava, de ambos os lados.

Gato, que eu montava, negou-se a seguir adiante. A água tinha apenas uns dez centímetros de profundidade, mas ele empacou com a tenacidade de uma mula. Quando o forcei, encabritou-se como um potro e relinchou. Tentei todos os meios para convencê-lo, mas ele não entrou na água. Foi quando vi um indígena que, de longe, gritava agitando os braços, enquanto corria em nossa direção. Embora seu espanhol fosse precário, entendi que deveria ficar parado onde estava. Aproximou-se e, depois de recobrar o fôlego, me disse que se tratava de um lugar muito perigoso, onde poderíamos desaparecer no tremedal. E nos guiou até um ponto mais distante, por onde poderíamos passar sem perigo.

Gato me deu ali uma lição para sempre. Nunca mais teimei com ele quando se negou a avançar sobre um terreno duvidoso. Meu cavalo não esquecera as lições dos tempos em que vivera na distante Patagônia. O instinto de quem nasceu selvagem o advertiu do perigo escondido na aparente inocência daquela água. O surpreendente é que ele e Mancha não se feriram gravemente em toda a viagem, e isso, considerando que atravessamos pantanais e inundações capazes de nos engolir com carga e tudo.

*Bueno*, respirei fundo e tratei de continuar na mesma direção.

Mais ou menos próximas, as três cadeias principais dos Andes se estendem do sul ao norte da América do Sul, mas existem montanhas transversais que vão de leste a oeste. Elas formam uma rede considerável, separadas por gargantas profundas e espaçosos vales. Esses locais são chamados, curiosamente, de nós montanhosos.

Tínhamos atravessado o primeiro deles em Potosí, e agora entrávamos no segundo. Mas o pior nó foi o que tivemos de atravessar depois da cidade de Cuzco, só comparável a outro encontrado no sul do Equador. Aqui, nestas altitudes do Peru, os vales atravessados produzem extraordinárias condições atmosféricas. Às vezes, sob um sol glorioso, víamos desabar bem perto uma furiosa tormenta, com raios e trovões assustadores, um bombardeio celestial que fazia tremer a terra.

Encontramos indígenas que levavam para pastar seus pequenos rebanhos de ovelhas ou de cabras. Para mantê-las juntas, em vez de cães pastores, empregam fundas, atirando pedras com pontaria infalível em um ponto à frente do animal desgarrado, que se assusta e retorna ao rebanho. Mulheres e crianças são tão hábeis quanto os homens no manejo dessas fundas. As mulheres indígenas dessa região portam chapéus de feltro, grandes e pesados, tanto que, ao saudar alguém, precisam das duas mãos para retirá-los. Embora os homens não costumem responder com o mesmo gesto, fiz isso muitas vezes, mas com uma mão só.

Fomos surpreendidos por várias chuvaradas, sempre curtas, com o sol retornando logo em seguida para secar as roupas.

Em Chuquibambilla, sobre um planalto ao norte do Lago Titicaca, chegamos a uma fazenda experimental do governo peruano, dirigida pelo coronel Stordy, oficial veterinário da reserva do exército britânico. Ele e sua encantadora esposa me tributaram uma cálida recepção e, como gostavam muito de cavalos, Mancha e Gato também foram tratados de maneira especial. Em outros tempos, o coronel havia importado alguns cavalos da Inglaterra, que não se adaptaram a essas altitudes, morreram todos.

Foi maravilhoso me encontrar num lugar como este. Saí um homem novo do banho quente e quase não acreditei quando fui dormir numa cama macia, entre lençóis limpos e aquecidos previamente. Gostaria de ter ficado mais tempo com aquela gente hospitaleira, mas logo seguimos viagem em direção ao norte.

Diante de nós estava o vale de Cuzco, porta de entrada da antiga capital do Império Inca.

## O glorioso Cuzco

Neste vale, ao pé de um planalto escarpado, após longa peregrinação pelas montanhas, Cuzco surgiu diante de meus olhos, a cidade dos incas. Aqui bateu o coração de um poderoso império. Um destacamento militar estava acampado na cidade. Seu comandante foi tão amigável comigo que mandou levar Mancha e Gato para um dos currais instalados em um terreno amplo.

Instalei-me em um hotel e, embora habituado a quartos piores, discuti o preço elevado. Mais tarde, ao fazer amizades circunstanciais por aqui, fiquei sabendo que me cobraram o dobro de um hóspede peruano. Se fosse inglês, pagaria mais caro. Os turistas norte-americanos eram saqueados ainda mais.

Cuzco tinha cerca de oitenta mil habitantes, população menor que os cento e trinta mil do tempo dos incas, segundo cálculos dos historiadores. Assim como a maioria das cidades fundadas ou tomadas pelos espanhóis, Cuzco possui uma quantidade incrível de igrejas e capelas. As vinte principais se erguem sobre os escombros de antigas construções incaicas, e algumas possuem criptas que datam da época dos jesuítas.

São templos notáveis pela arquitetura, esculturas em madeira e suntuosos altares. O púlpito da catedral é uma obra de arte, primorosamente talhado, sendo o altar principal feito de prata maciça. Sobre a parte mais elevada, a nordeste da cidade, encontra-se a antiga fortaleza inca de Sacsayhuamán, em cujas vizinhanças existem importantes ruínas. Suas muralhas foram feitas com pedras enormes, nenhuma delas cortada em ângulo reto; no entanto, todas se encaixam com perfeição.

Os muros, construídos da mesma maneira, mas com pedras muito diferentes, formam curvas e ângulos complicados, porém, são tão perfeitamente assentadas que seria impossível introduzir uma lâmina de faca entre elas. Aqui se encontra uma relíquia chamada *rodadero*, que se assemelha a um tobogã cortado na ladeira rochosa, semelhante ao dos nossos parques de diversões. Sobre outra colina, próxima dali, existe o chamado Trono dos Incas. Assentos semelhantes, talhados nas pedras, estão dispostos de tal forma que fazem crer que fossem locais de Conselhos de Anciãos.

Existem outras ruínas importantes nos arredores de Cuzco, principalmente as de Ollantaytambo e Pisac, a poucas horas da cidade. No entanto, é muito difícil chegar a elas, especialmente à última, por estar situada no pico de uma perigosa montanha. Acredita-se que Pisac tenha sido um observatório, pois dali se tem uma maravilhosa vista do vale inferior.

Fui com um grupo de turistas, porém, nenhum de meus companheiros conseguiu ultrapassar a metade do caminho pela trilha que conduz ao alto. O ar rarefeito os obrigou a parar e sentar-se por ali, à espera do meu regresso. Subi levando uma quantidade de máquinas fotográficas para tirar fotos para eles. Meninos indígenas, com suas vestimentas coloridas, pastoreavam cabras entre as ruínas. Conversei com eles e nos demos tão bem que me permitiram fotografá-los.

Ainda se podem ver restos de um quadrante solar talhado na rocha. Mas o que sempre desconcerta os arqueólogos são os pequenos canais de água que existem em ruínas como a de Pisac, mesmo a tal altitude. Nunca se explicou como a água chegava até aqui por esses canais.

No Dia de Todos os Santos, fiz uma pequena viagem de trem para conhecer os arredores de Cuzco. Em toda parte, vi gente vendendo leitões. Muitos passageiros desciam nas estações para comprar pedaços de carne assada – e também o faziam as pessoas pobres que viajavam nos tetos dos vagões. Voltando à cidade, constatei o quanto os vendedores ambulantes negociavam carne de porco. Intrigado, fiz algumas perguntas e fiquei sabendo que comer essa carne no Dia de Todos os Santos faz parte de uma antiga tradição local.

Certa tarde, enquanto caminhava pela cidade, vi que se anunciava a exibição de um filme, o que me despertou a curiosidade. O cinema era uma casinha de madeira. A alta sociedade ocupava fileiras de bancos que constituíam a plateia. Orgulhosas, as mães cuidavam das filhas – algumas muito lindas –, enquanto os pais e outros familiares formavam uma escolta, sem a qual não sai à rua uma moça respeitável. Essas escoltas as acompanham à igreja, aos bailes e a qualquer atividade social. E também se aglomeram na sala quando um pretenso namorado as visita, depois de longas tratativas.

Voltando ao cinema, uma pianola muito castigada, à qual faltavam notas, era a encarregada da música. Um rapagão descalço dava as pedaladas e acomodava os rolos quando ameaçavam se enredar. Cavalheiros jovens, todos com os cabelos aplainados de brilhantina, vestiam suas melhores roupas. Eles preferiam ficar de pé ao longo das paredes, de onde podiam ver melhor as senhoritas bem-vestidas.

Se uma delas tinha a audácia de lançar uma olhadela pelos arredores e encontrava os olhos melancólicos de um rapaz seu amigo, que a contemplava como quem olha para a lua, saudava-o com um leve movimento de cabeça e com um sorriso nervoso. Então, toda a tropa de parentes girava suas cabeças como corujas na direção do atrevido.

As pessoas mais pobres, principalmente homens e meninos, ocupavam uma galeria de madeira, da qual se viam pendurados seus pés descalços.

Depois de muitos assobios e barulheira dos espectadores, a sessão ia começar, quase uma hora depois do aprazado. Quando a luz foi apagada, ouviu-se um ruído geral, como se todos se acomodassem em seus lugares. O filme devia ter muitos anos de rodado; vacilava tanto que me fez doer os olhos. Nem sei quantas vezes arrebentou, mas o público estava encantado. Cada vez que acontecia uma passagem emocionante, as exclamações e gritos me faziam pensar que estava numa tourada.

Durante minha estada em Cuzco, conheci, por estranhas circunstâncias, Mister W., um inglês que vivera muitos anos na Argentina. Estava aposentado, aproveitando para percorrer o Alto Peru. Durante nossa conversa, descobrimos que tínhamos vários amigos comuns e que eu havia sido professor de alguns jovens parentes seus.

O senhor W. era uma daquelas pessoas que já leram quase todos os livros escritos sobre os incas. Obedecendo a uma vocação aventureira, sonhava em conhecer os lugares que conhecia pelas leituras. Quando soube do caminho que eu tomaria para seguir viagem, ficou entusiasmado, pois por esse trajeto se passava por importantes ruínas históricas. Botânicos e outros naturalistas descreveram esses vales em cores muito vivas. Consta que até Pizarro seguiu esse caminho durante a conquista de Cuzco.

Durante uma de nossas conversas, Mister W. me disse, de repente, que iria comigo para atravessar a segunda cadeia montanhosa dos Andes. Tratei de lhe expor as dificuldades, e até os perigos que correria, sugerindo-lhe educadamente que não era mais um mocinho para suportar as mudanças climáticas naquelas altitudes. Como ele não mudou de ideia, tratamos de ajustar nossos preparativos.

Na manhã acertada para a partida, eu me despedia de alguns conhecidos quando Mister W. chegou correndo. Para minha surpresa, vestia suas roupas habituais: terno cinza e chapéu de feltro da mesma cor. Isso me fez supor que havia mudado de ideia no último momento. Mas não. Depois de saudar a todos, declarou que estava pronto para partir.

Sem perder tempo, abri um dos meus alforjes e tirei dele uma roupa de montaria. Entreguei-a a Mister W. e lhe disse que devia usá-la. Tive que discutir com ele antes que saísse para trocar de roupa. Quando se afastava, me dei conta do que ia acontecer, uma vez que ele pensava participar daquela aventura como quem dá um simples passeio a cavalo.

## No coração dos Andes

No princípio, a estrada era plana, mas logo começamos a subir. Meu parceiro ia na frente, a galope em sua mula, sem se importar com minhas advertências para que economizasse energia. Tinha-lhe recordado que estávamos numa grande altitude, onde não se deve atropelar as montarias, pois se arriscam a *apunear*, ou seja, cair e até sangrar pelas narinas. Mas ele seguiu apressado, como se estivesse ansioso para chegar aos locais de seus sonhos literários.

Logo, sua mula começou a tremer e a vacilar de um lado para o outro, até se esparramar no chão. Cumpria-se, então, o meu vaticínio: o pobre animal fora vitimado pelo *soroche*, como se chama no Peru o mal das alturas. São frequentes as mortes por esse mal, principalmente entre animais de carga e homens despreparados. No entanto, há várias maneiras de aliviá-los, e eu levava comigo o necessário para um acidente desses.

Um dos tratamentos consiste em usar uma lâmina afiada para fazer um talho no palato do animal doente, de modo que a perda de sangue alivie a pressão sobre o cérebro. Outro recurso, menos radical, consiste em macerar alho entre duas pedras, misturá-lo com álcool puro na palma da mão e soprar essa mistura nas narinas do animal. Geralmente, isso o faz reagir. Por sorte, a mula de Mister W. recuperou-se logo, sendo necessário apenas dar-lhe alguns minutos de descanso. A lição foi proveitosa, porque o inglês não mais apressou sua montaria montanha acima.

Sem abandonar o melhor caminho, atravessamos um planalto longo e monótono. Ao entardecer, chegamos ao local em cujo ponto mais alto se encontram as ruínas de um observatório incaico chamado Kcasa Cancha (Raposa Cansada). A estrada logo se transformou numa trilha empinada e áspera. Quando chegamos ao topo da elevação, descortinou-se uma paisagem maravilhosa.

Ao longe, em direção oeste, aglomerações de altos cumes surgiam do nevoeiro tropical, e o sol dava às nuvens altas o aspecto de formações chamejantes, contra o céu púrpura, verde e violeta. Mister W. ficou ali, contemplando aquela beleza selvagem, esquecido de que ainda tínhamos muito caminho pela frente antes de terminar nosso dia de viagem. Quase tive de arrastar meu parceiro, porque logo cairia a noite, e era perigoso andar no escuro por aquela senda escarpada. Como já começava a fazer frio, saí na frente pela descida em direção ao vale.

De fato, a trilha era perigosa, recomendando que eu fosse a pé, puxando os cavalos. O que já não era mais necessário, porque Gato e Mancha me seguiam como se fossem dois cachorros. Quando os animais têm que ziguezaguear por uma encosta de 45 graus, com pedras soltas e degraus naturais de até sessenta centímetros, melhor é apearmos para lhes aliviar o peso e aumentar nossa segurança recíproca. Isso também poupa o lombo dos cavalos, cujas lesões podem inutilizá-los completamente. Outro risco era torcerem uma pata ou mesmo sofrerem fraturas, sem recursos para tratá-los.

Sabendo disso, cada vez que chegava a uma trilha como esta, dividia a carga entre os dois cavalos, punha-me adiante e seguíamos montanha abaixo. Nas subidas íngremes e perigosas, colocava Mancha na frente e subia agarrado em sua cauda, torcendo-a para um lado ou outro a fim de escolher o melhor caminho. Gato não podia ir na frente, pois não se poupava, seguindo sempre até perder o fôlego. Guiá-lo pela cauda não funcionava, porque, para ele, o melhor caminho era o mais curto. Nesse caso, agia como os indígenas que, ao andar a pé nessas trilhas perigosas, nunca se desviam dos obstáculos, e sim saltam sobre eles como cabritos.

Nesse entardecer, meu amigo começou a descer montado em sua mula, mas logo lhe doía o corpo com as sacudidas e os *sofrenaços*, o que o obrigou, finalmente, a apear, seguindo meu exemplo. À medida que descíamos, o frio diminuía. Não demorou e nos encontramos no meio de uma vegetação tropical, com muitos papagaios chilreando à nossa passagem.

Descemos mais, e surgiram moscas e mosquitos a nos incomodar. Podia-se ouvir o som de águas caindo, e a atmosfera era úmida e viscosa. Compreendi que chegávamos à base do planalto. Já escuro, entramos no lugarejo chamado Limatambo, onde tivemos sorte em encontrar uma pousada decente, com teto e comida.

Em lugares semelhantes a este, morcegos-vampiros haviam atacado meus cavalos, e suspeitei que pudessem existir nesse vale estreito e quente. Perguntei e, ao me confirmarem que minha preocupação não era infundada, fui ao pátio para esfregar nos lombos dos cavalos um tipo de pimenta indígena que repele os morcegos.

Já terminara de colocá-la em Mancha e me aproximava do vulto de Gato, quando o animal me deu um par de coices que me atirou contra a parede de adobe. Fiquei ali sentado, pensando o que levara um cavalo tão manso como Gato a fazer aquilo, quando vi que o havia confundido com uma das mulas de Mister W., recebendo, assim, o merecido castigo. Por sorte, não sofri nenhuma fratura, mas senti fortes dores durante muitos dias, o que me ensinou a ser mais cuidadoso.

O nome Limatambo é uma corruptela da palavra quíchua *Rimac Tampu*, que significa "O forte que fala". Existem vestígios incaicos muito interessantes nesse povoado. Não longe dali, encontram-se as ruínas quase desconhecidas de Huatta, mas, por infelicidade, o tempo não nos permitiu essa visita. Segundo dizem, junto com as de Machu Picchu, estão entre as mais belas do Peru.

Muitas vezes me perguntaram se ainda existem descendentes dos incas. A resposta é simples. Os incas eram o que nós chamaríamos de reis ou imperadores, e a população a eles submetida recebeu dos espanhóis essa mesma denominação. É evidente que a maior parte dos indígenas bolivianos e peruanos são descendentes diretos dos antigos súditos dos incas, porque é inconcebível que esse sangue tenha mudado em menos de três séculos. Os idiomas indígenas falados hoje são praticamente os mesmos de quando aqui chegaram os primeiros espanhóis, a mando de Pizarro.

O excelente caráter dos antigos quíchuas era demonstrado pela maneira como se saudavam: "Ama llulla, ama sua, ama guela", ou seja, "Nunca ser desleal, nem ladrão, nem preguiçoso". E a resposta era: "Ceampas nocca, jinollatacc", isto é, "Que isto seja para ti, como para mim".

Tínhamos ouvido falar de umas antigas termas incaicas situadas a uns três quilômetros de Limatambo. Como Mister W. e eu não tínhamos tomado banho em Cuzco, onde tais luxos não existem nos hotéis, resolvemos ocupar o dia seguinte para conhecer as tais ruínas e nos banhar em suas termas. Chegamos ali por uma trilha pedregosa e as localizamos meio escondidas em um pequeno pântano, sombreado por grandes árvores. A água era deliciosamente morna e nos pareceu divertido ensaboar-nos e flutuar no mesmo lugar onde também fazia isso um poderoso Inca, rodeado por seus cortesãos.

Depois de Limatambo, nosso caminho passou por lindos vales arborizados, verdadeiros paraísos para quem ama a natureza. A trilha passava debaixo de enormes árvores e por espessos bosques de bambus. E as pedras, à beira de correntezas espumantes, estavam cobertas por diferentes variedades de líquens. Algumas árvores que brotaram entre as rochas exibiam raízes que pareciam enormes serpentes.

Cavalgar ali teria sido como um sonho, não fôssemos despertados por nuvens de mosquitos que nos martirizavam. Os cavalos e as mulas pateavam e sacudiam as caudas o tempo todo, tentando se livrar dos insetos. O calor era tão intenso que, à noite, quando fui pegar velas em meu alforje, descobri que estavam viradas numa pasta molenga. Assim, em nosso acampamento, tivemos que usar uma vasilha com graxa e um pauzinho aceso, iluminação comum dos povos primitivos dessas bandas.

Às vezes, tivemos que abrir caminho por vales estreitos e profundos, com muros de pedra que pareciam alcançar as nuvens. Logo, tínhamos que ziguezaguear por uma trilha que subia sem parar, tropeçando e resvalando o tempo todo. Cavaleiros e montarias cobertos de suor, num calor tão forte que tínhamos que parar para recuperar o fôlego. Subíamos lentamente, cada vez mais alto. Já não admirávamos o soberbo panorama, olhávamos somente para o chão, torcendo para acabar logo aquele pesadelo.

O caminho era sempre interrompido por uma muralha perpendicular à montanha, com um abismo sobre o rio, que, desde o alto, parecia uma fita de prata. Em alguns lugares, essas trilhas são tão estreitas que o animal cargueiro se aproxima da borda, arriscando cair, para que a carga não bata no paredão de pedras. Felizmente, o trânsito era raro, porque não havia espaço para dar passagem. Fiquei sabendo de acidentes nos Andes e de histórias incríveis de que só prosseguia viagem quem atirava primeiro, e para acertar.

Uma vez, me confrontei com uma tropa de mulas e passei um trabalho enorme num lugar como esse. Mas a verdade é que os indígenas são inteligentes e costumam caminhar a pé nessas trilhas, bem na frente dos animais, o que permite o diálogo com quem vem do outro lado.

As poucas tropas pelas quais passamos levavam álcool para o interior. O álcool puro é transportado em couros de cabra, um de cada lado do animal cargueiro e, às vezes, um terceiro sobre o lombo. Entre as lendas que transitam impunes, contaram-me uma de que esses couros só prestam para transportar álcool se as cabras forem carneadas vivas.

Meu companheiro de viagem estava muito incomodado pelos mosquitos e, apesar das minhas advertências, se coçava o tempo todo. Ofereci-lhe minhas luvas e o mosquiteiro negro que usava na cabeça, como um véu. Mas ele recusou, dizendo que essas coisas lhe davam muito calor. Em poucos dias, surgiram lesões infectadas em seu rosto e nas mãos, que pioraram cada vez mais. Por sorte, consegui tratá-lo com desinfetantes e bandagens que trazia comigo.

Andávamos sempre em fila indiana e, um dia, enquanto avançávamos devagar por uma trilha estreita, Gato chegou muito próximo da beirada, fazendo soltar algumas pedras. Pisou nelas e perdeu o equilíbrio, deslizando até a beira do precipício. Por alguns instantes, fiquei horrorizado, até que aconteceu o milagre. Uma árvore solitária evitou que caísse montanha abaixo, impedindo sua morte certa. E Gato, com sua inteligência, ficou parado, sem se mover. Tirei as esporas e desci até onde estava o meu cavalo. Ele tremia muito, mas consegui tirar a carga do seu lombo, bem devagar, enquanto Gato apenas relinchava para Mancha, que estava em lugar seguro. Não era um relincho habitual, certamente transmitia, com ele, todo o seu temor.

Retiradas carga e arreios, passei-lhe por baixo do corpo as cordas para puxá-lo. Foi quando ele esticou as patas como uma rã, e eu achei que iríamos cair os dois no precipício. Meu coração batia em total descompasso, mas consegui prender as cordas em Mancha, e fizemos juntos o milagroso salvamento.

Depois de atravessar o Rio Apurímac, chegamos à região mais abrupta que se possa imaginar. Tivemos que cruzar pequenas pontes sobre gargantas e precipícios, cada uma mais perigosa que a outra. E, como o estado do meu companheiro piorara, ele pouco podia se servir das mãos. Sua fisionomia também mudara, pois, em razão das lesões infeccionadas, não pudera mais se barbear. As secreções secavam sobre sua barba, o que o deixou com aspecto deplorável.

A maior parte dos campeiros – homens que convivem com os cavalos em campo aberto – costuma ter um vocabulário particular. Quando o cavalo faz algo inconveniente, ou a carga se solta, ou a trilha é dificultosa, a situação pode exigir expressões adequadas. Lembro-me de que, pouco depois de nos reunirmos na viagem, Mister W. me chamou a atenção para palavras que eu empregava nessas situações, dizendo que, se mantivesse esse hábito degradante, não poderia mais conviver com pessoas decentes.

Meu costume de comer cebolas cruas era outra fonte de desgosto para o inglês. Embora o sabor não me agradasse, eu o fazia por recomendação dos nativos, pois ajudavam a evitar o mal das alturas. Além disso, têm valor nutritivo e são fáceis de transportar, mantendo-se em bom estado por longo tempo. A verdade é que meu amigo também acabou aderindo ao vocabulário que me criticara e, graças ao seu conhecimento do idioma, acrescentei algumas palavras expressivas ao meu repertório. Além disso, começou a diminuir minha provisão de cebolas, as quais Mister W. passou a consumir regularmente.

Os morcegos-vampiros nos deram trabalho e, em muitas manhãs, encontrei Mancha e Gato com coágulos de sangue emanados de pequenas perfurações circulares no pescoço e no lombo. Fiquei impressionado que um cavalo ou uma mula permitissem ser assim mordidos, quando se defendiam tanto de moscas e mosquitos. Mais tarde, tendo a oportunidade de observar como esses morcegos atacam, inclinei-me a acreditar nas teorias de alguns montanheses.

Os morcegos têm uma maneira peculiar de voar em torno de um cavalo, descrevendo círculos até fazer o animal quase adormecer. Eles costumam habitar cavernas, de onde saem em noites de muito calor. Buscam cavalos que suam muito e, com suas asas, parecem abaná-los ao se aproximarem. Arejam os lugares onde vão morder e, quando o animal se acostuma com essa sensação agradável, o morcego o morde suavemente, sempre batendo as asas. Sugam tanto sangue que, às vezes, têm dificuldade para voar. Além de equinos e bovinos, também atacam galinhas que, por terem menos sangue, são encontradas muitas vezes mortas. Os nativos dizem que o morcego volta sempre a sugar sangue no mesmo lugar da primeira mordida. Assim, pode ser envenenado se colocarmos sobre ela uma cobertura de vaselina com estricnina.

Há várias maneiras de afastar os morcegos dos cavalos de montaria, sendo a mais simples cobrir o animal com mantas. Porém, como as regiões onde habitam costumam ser quentes, os cavalos não as vão suportar. Qualquer desinfetante com cheiro forte dá bons resultados, mas pode queimar a pele do cavalo. Descobri que o alho bem amassado é ótimo para prevenção, e melhor ainda se adicionarmos pimenta indígena.

A experiência ensina que os bovinos se defendem desses vampiros, capazes de debilitar o touro mais robusto. Mas meus cavalos foram mordidos em lugares onde os arreios fazem mais pressão, o que me obrigou a dar muita atenção ao tratamento preventivo.

Ouvi falar de casos em que os morcegos atacaram seres humanos. Deve ser lenda, mas dizem que o lugar preferido para morder e chupar sangue é o dedão do pé da pessoa adormecida. Nunca tive problemas com eles, embora entrassem e saíssem voando, muitas vezes, no quarto em que eu dormia.

No caminho, encontramos lugares onde algumas pessoas haviam cavado em busca de tesouros, isso porque seguíamos uma das rotas de fuga dos espanhóis, onde diziam ter enterrado ouro, prata e objetos de arte. Algumas encostas eram tão íngremes que devíamos ser cautelosos para não exigir demais das montarias. Se os antigos gregos tivessem conhecido essa região andina, seguramente teriam acrescentado aos suplícios de Tântalo essas subidas horrorosas e intermináveis. A prova são as ossadas de burros e mulas que não conseguiram chegar ao alto, uma advertência constante para não cansar demais meus cavalos.

Chegando a um vale muito fértil, descansamos numa aldeia que parecia pintada contra a montanha. Ali, meu companheiro foi obrigado a trocar suas mulas. Aquela gente, muito astuta, elevou o preço à vontade, porque sabia que, sem reposição, ele só poderia prosseguir a pé. Depois de tratar suas infecções e procurar mulas menos caras durante cinco dias, ficamos prontos para seguir adiante.

No interior do Peru, os indígenas não aceitam papel-moeda, de modo que o viajante tem que carregar pesados soles de prata. Quando partimos, a carga de Mister W. estava muito mais leve, uma vez que as mulas lhe tinham custado o preço de um automóvel. Nos lugares mais montanhosos, eu reduzia a carga ao mínimo, levando somente a quantidade de moedas de prata suficiente para chegar a uma cidade onde houvesse um banco. Vi, mais de uma vez, mercadores serem obrigados a levar uma mula especialmente carregada com as moedas para suas compras.

Enquanto estávamos na aldeia, circularam rumores de que bandidos poderiam nos assaltar, e isso só incentivou meu amigo, ansioso por voltar à civilização. Sua sede de aventuras fora saciada e não mais se sentia atraído pela beleza da paisagem. Também começara a maldizer os conquistadores espanhóis por terem escolhido lugares tão impróprios para viagens.

De minha parte, já ouvira tantas histórias de bandidos, que não prestava mais atenção. Além disso, o caminho era um só, e devia seguir por ele. Se acontecesse o pior, acreditava-me capaz de me defender. Além disso, muitas vezes os indígenas não atacam para roubar, mas somente para punir funcionários do governo e outras pessoas que os exploram. Como não era o nosso caso, sabia estarmos relativamente seguros.

Começada a subida, começou a cair uma chuva forte que logo tornou o caminho resvaladiço e ainda mais difícil. À noite, encontrei uma choupana solitária e pensei em dormir ali, na esperança de que o dia amanhecesse com bom tempo. Os donos da pequena morada eram um homem e seus dois filhos e, como não havia lugar para mais dois, nos ofereceram dormir na rua sob um telheiro. Atamos as montarias em alguns arbustos e cortamos pasto suficiente para os cavalos e as mulas. Comemos alguma coisa e estendi nossos arreios e mantas no chão para dormirmos. Eu tinha que fazer sozinho esses trabalhos, pois as mãos de Mister W. ainda estavam imprestáveis pelas infecções.

Compreendi que algo preocupava o meu companheiro, e ele logo me falou nos bandidos que poderiam nos atacar. Disse-me para preparar as armas para ele e para mim. Apesar dos curativos em suas mãos, escolheu minha carabina de repetição e fez alguns exercícios com ela. Quando ficou satisfeito, a deixou a seu alcance. A última advertência que me fez foi para não apontar para a cabeça do assaltante, mas, sim, para seu corpo.

Mister W. me acordou várias vezes durante a noite para saber se escutara um ruído, e uma vez jurou que tinham lhe roubado a carabina. Fui verificar e vi que a tinha tão próxima do corpo que suas mãos não a encontraram no escuro... Isso me divertia tanto que tive de me esforçar para não rir.

No dia seguinte, já quase chegando ao ponto culminante da passagem, surgiu um homem a cavalo, descendo em círculos em nossa direção. Mister W. se assustou de verdade, olhando para os lados para ver se havia mais alguém se aproximando. Parecia uma daquelas corujas que se postam nos postes dos alambrados. É claro que nada aconteceu, e nossa cansada procissão chegou intacta ao alto da montanha. Dali começamos a descida para outro vale de exuberante vegetação tropical, com pássaros coloridos e caturritas falando alto em seus ninhos no alto das árvores. O que mais me impressionou foram os condores fazendo círculos majestosos no céu azul.

A saúde do meu companheiro piorava, e também seu estado de espírito. Assim, fiz tudo para que lhe fosse mais leve a carga nessa parte final.

Cerca de oito quilômetros antes da cidade de Ayacucho, chegamos a uma fazenda onde nos convidaram a desencilhar. Depois de comer, conversamos bastante sobre a maravilhosa resistência dos indígenas. Nossos anfitriões nos relataram um sério acidente que acontecera com um de seus peões. Como, por acaso, encontrava-se um médico amigo na estância, mandaram um velho indígena buscar clorofórmio na clínica da cidade onde residia, para que o rapaz fosse operado. A distância de ida e volta a esse lugar era de duzentos e quarenta quilômetros, trajeto que ele fez em dezessete horas. E, cumprida sua missão, comeu alguma coisa e seguiu com suas tarefas habituais até a noite. Além da perseverança e incrível resistência, aquele quíchua certamente conhecia caminhos totalmente ignorados pelo homem branco.

## Ayacucho

Em Ayacucho, um médico atendeu meu amigo, e foi a tempo, pois suas mãos estavam gravemente infeccionadas. Desde ali, Mister W. poderia ir de automóvel até a próxima estação ferroviária, de onde pegaria o trem para Lima. O melhor hotel da cidade era do tempo colonial, muito deficiente, mas nos sentimos felizes ali. Quando os animais ficaram bem acomodados diante de suas rações, também nos alimentamos e tratamos de recuperar o sono perdido.

Ficara para trás a segunda principal cadeia de montanhas dos Andes. Meus cavalos estavam em tão boas condições que eu não tinha dúvidas de que só um acidente poderia nos impedir de chegar a Lima e ao Oceano Pacífico. Ao fim de poucos dias, meu companheiro melhorou o suficiente para partir e decidiu embarcar num caminhão que se dirigia à estação onde pegaria o trem.

Como a maior parte dos turistas, ele era um colecionador de *souvenirs* e admirador de antiguidades. Assim, como esperava encontrar algumas pechinchas na capital do Peru, trocou todas as notas que lhe restavam por moedas de prata. Quando chegou o caminhão, Mister W. estava pronto para partir, embora com as mãos cheias de curativos e com o rosto marcado pela infecção. Certamente esquecera-se de que uma das malas estava cheia de moedas, porque, embora enfraquecido, tentou levantá-la. Quando sentiu o peso, deixou escapar uma torrente de palavrões digna de um domador de cavalos ou arreador de mulas. Sim, Mister W. tinha aprendido a falar como um rude campesino...

Acabara de partir quando caiu uma chuva torrencial. Quando o encontrei novamente, três anos depois, disse-me que suas aventuras não terminaram ali, pois o caminhão teve de parar em razão da insegurança do terreno. Mais adiante, onde a água tinha arrastado algumas pontes, teve que atravessar os rios em cestas suspensas por cabos. Por fim, chegou a Lima, onde, depois de dois meses, suas feridas sararam completamente, mas ficaram as cicatrizes como lembranças de sua viagem turística pela Cordilheira dos Andes.

A história e as lendas de Ayacucho são muito interessantes. Perto desse lugar, um pequeno exército de nativos derrotou os espanhóis. Conforme antiga lenda, o inca estava em conselho com sua consorte quando surgiu um falcão na distância. Apontando para o pássaro, o inca exclamou: *Hua manca!* (*Ali vai um falcão!*). Como essa cena era considerada de bom agouro, fundou-se ali uma povoação que recebeu o nome de Huamanca.

Quando os espanhóis invadiram o Peru, essa aldeia assinalou por um tempo a linha divisória entre os territórios conquistado e não conquistado. E os invasores mudaram o nome de Huamanca para San Juan de la Frontera. Ali, os espanhóis construíram a primeira igreja de pedras da América do Sul, que ainda existe.

Em suas origens, Ayacucho situava-se a uns vinte quilômetros de onde se encontra hoje. Esse nome significa *lugar dos mortos*, e outra lenda nos conta que dois incas travaram uma batalha nas planícies vizinhas. Ao entardecer, o inca vitorioso contemplava o campo de batalha do alto de uma colina, quando indicou onde estavam muitos mortos: *Aya cucho*, disse ele. E ali foi fundada uma povoação.

Depois da Guerra da Independência, para comemorar a vitória, San Juan de la Frontera, antes Huamanca, foi rebatizada com o nome de Ayacucho. E, atualmente, mesmo sendo um vilarejo pobre, tem sete igrejas. Difícil entender como sobrevivem ali tantos padres, e não vi nenhum que parecesse mal alimentado.

Ayacucho é povoada por indígenas e mestiços, e o orgulho de todos é o monumento comemorativo da batalha que os libertou dos espanhóis. Minha principal distração foi caminhar pela praça do mercado, onde fileiras de mulheres acocoradas, muitas amamentando seus bebês, acomodam no chão objetos para vender. Outras preparam comida em vasilhas de cerâmica, abrigadas sob guarda-sóis. Ali se vende de tudo – produtos industriais e agrícolas que a região produz.

Um mendigo alto, branco, barbudo, me chamou a atenção. Parecia surdo, mudo e cego. E, de vez em quando, parava de caminhar e se contorcia em crises nervosas. Tornei-me amigo do prefeito da cidade e, um dia, enquanto estávamos almoçando, perguntei-lhe quem era aquele homem, e ouvi uma história extraordinária.

Ele fazia parte de uma família rica e recebeu excelente educação. Após a morte dos pais, herdou diversas fazendas. Jovem e sem escrúpulos, começou a frequentar a casa de um amigo casado com uma linda mulher, e tudo fez até a conquistar. Um dia, os dois amantes se esconderam numa das fazendas do rapaz. O marido traído descobriu onde era e pediu ajuda a alguns indígenas para sua vingança.

Os nativos costumam ser contrários a essas transgressões morais e concordaram em castigar o culpado. Não se sabe como, conseguiram colocar um misterioso veneno na comida do homem. E foi assim que ele retornou à cidade surdo, mudo e cego, além de ser vítima de convulsões. Médicos locais e de outros lugares não conseguiram curá-lo. Mudou-se, então, para a Europa, onde consultou especialistas famosos, sem nenhum resultado, a não ser gastar toda sua fortuna. Acabou retornando a Ayacucho, onde vive da caridade pública.

Preciso explicar por que minha estada se prolongou por aqui. Os vampiros morderam meus cavalos no local de apoio dos arreios, e algumas dessas feridas acabaram infeccionando. Teria sido imprudente retomar a viagem antes que estivessem curados. Nesse meio-tempo, aconteceu algo que eu temia: começou a estação das chuvas. Mesmo assim, apesar das informações sobre deslizamentos de terras e das dificuldades que teria para atravessar rios turbulentos, tratei de encilhar os cavalos na primeira estiagem, depois que se recuperaram. E, depois de uma ou duas horas, Ayacucho entrou para o rol das minhas recordações.

## Desmoronamentos e tormenta na montanha

As quedas de barreiras e os rios transbordados tornaram impossível seguir o caminho mais curto. Assim, fui obrigado a subir as montanhas, fazendo um amplo desvio pelo oeste. Os nativos me aconselharam a contratar um guia, porque sozinho me perderia tentando encontrar o rumo certo entre os muitos *senderos* da região.

Com a ajuda do prefeito, encontrei um indígena em uma aldeia próxima que aceitou me acompanhar, mas, infelizmente, esse homem não falava nem entendia o espanhol. Ainda assim, o contratei, compramos algumas provisões e partimos sem perda de tempo. O guia, como todos os nativos, preferiu ir a pé. E, mesmo com os cavalos ao trote, ele se mantinha ao nosso lado com facilidade. Logo nos conduziu por um caminho muito áspero e, algumas vezes, me fazia sinais para que o alcançasse. Ele tomava um atalho, desaparecia, e bem adiante eu o encontrava sentado numa pedra, mastigando folhas de coca.

Eu já atravessara pontes pênseis perigosas, mas aqui encontrei as piores de toda a viagem. Até sem cavalos, atravessar essas pontes é capaz de causar calafrios nos mais valentes. Os que não o são, só as atravessam atados dentro de espécies de cestos que são puxados sobre cabos de aço, de um lado a outro. E muitos deles, só de olhos vendados.

Vistas de longe, as pontes pênseis se parecem com redes penduradas entre as ribanceiras. São estruturas de corda, arame e fibras vegetais, com o piso feito de pedaços de pau entrecruzados e cobertos por esteiras ásperas, que evitam escorregões certamente fatais. Essas obras extraordinárias costumam ter apenas um metro e vinte de largura, por oitenta a cem metros de comprimento. No centro, afundam-se como uma corda bamba.

Dediquei-me a examinar a primeira delas atentamente. Só de olhá-la, sentia tremores, e a ideia do que poderia acontecer na travessia me gelava os ossos. Vacilei um pouco e resolvi arriscar. Até porque a alternativa era voltar para Ayacucho e esperar até a próxima estação seca.

Desencilhei os cavalos e entreguei as rédeas ao indígena, fazendo-lhe sinais para que encabeçasse a travessia com Mancha. E eu, como em outros lugares perigosos, segui atrás, segurando sua cola e falando para que se mantivesse calmo. Quando entramos na ponte, ele hesitou um pouco, cheirou a esteira com suspeita, olhou para os lados e avançou com cuidado. Quando nos aproximamos da caída do centro, a ponte começou a balançar horrivelmente e, por alguns momentos, temi que Mancha tentasse retroceder, o que teria sido seu fim. Mas não. Ele esperou apenas que diminuísse o balanço e continuou em frente.

Fiquei emocionado e segui falando com ele e batendo em suas ancas com as mãos, o que ele gostava. Passado o lugar mais perigoso, quando começamos a subir, o próprio cavalo pareceu se dar conta de que estávamos salvos, avançando em passo um pouco mais rápido. Seu peso sacudia tanto a ponte que tive de me segurar nas bordas para não perder o equilíbrio.

Quando chegou a vez de Gato, foi mais fácil. Vendo o companheiro do outro lado, atravessou a ponte com tanto aprumo quanto se andasse por uma estrada. E feita essa segunda travessia, voltamos para pegar os arreios e os alforjes.

Logo depois, ao chegarmos a uma aldeia indígena onde se vendia *chicha* e outras bebidas nativas, tomamos um trago para comemorar a feliz travessia. Enquanto isso, os dois cavalos crioulos pastavam tranquilamente, como se não tivessem feito nada de extraordinário.

Dali em diante, começaram a cair chuvas torrenciais, e as trilhas se transformaram em corredeiras que arrastavam terra e pedras soltas. Quase sempre tivemos que esperar, completamente encharcados, até que a chuvarada parasse.

O guia me indicou uma trilha que parecia subir ao céu, fazendo gestos de que devíamos escalá-la. Como me parecia impossível chegar ao alto daquela muralha, pensei que o interpretara mal. Mas ele tomou a frente, e fomos subindo por um caminho feito na pedra, parte pela natureza e parte pelos caminhantes. Era tão íngreme e resvalava tanto que não sei como todos conseguimos chegar ao topo. Terminada essa façanha, vi que outra muralha semelhante deveria ser escalada. Por incrível que pareça, acabei me acostumando, e os cavalos também, com essa sucessão de obstáculos, à primeira vista, intransponíveis.

Nessa região, os indígenas podem parecer muito primitivos, mas, para mim, foram amigáveis e hospitaleiros. Sempre recordarei a maneira como me recebeu uma mulher quando chegamos a sua cabana. Com o marido ausente, ela estava sozinha com os filhos pequenos. Preparou-nos uma boa comida, que retribuí com chocolates para ela e as crianças, uma vez que não aceitou as famosas moedas de prata. Estendemos nossas mantas debaixo de um caramanchão, onde dormimos junto com alguns leitões. Porém, quando estamos cansados e a noite é fria, qualquer proteção é recebida com agrado.

Na manhã seguinte, bem cedo, partimos com um frio que me gelava e endurecia os dedos. A nossos pés, os vales ainda estavam envoltos na obscuridade. Mais acima, os primeiros raios do sol davam aos cimos a aparência de braseiros. Aos poucos, a claridade ia se aprofundando pelas ladeiras, até que brilhou bem lá embaixo. Logo comecei a sentir que o calor voltava ao corpo, diminuindo também as pequenas nuvens de vapor que saíam das narinas dos cavalos.

Pouco a pouco, a neblina começou a se dissipar, deixando ver brechas do vale, logo cobertas por enormes nuvens. Distraía-me, adivinhando as formas que tomavam – de gigantescas cabeças humanas ou monstros que pareciam emergir de um mar agitado. Foi então que essa névoa espessa nos alcançou, transformando o sol num disco gris e umedecendo-nos por completo.

Acreditei que o nevoeiro se dissiparia ao meio-dia, mas isso não aconteceu. Seguimos dentro dele até o anoitecer, quando trovões começaram a bramir ao longe. Logo caiu a tormenta, e o guia, que levava às costas nossa pequena provisão de víveres, saiu correndo para se refugiar sob uma espécie de escavação na rocha. Ali nos abrigamos também, eu dando graças pela existência daquele abrigo.

Quando a chuva parou, o guia sumiu da minha vista. Pensando que logo voltaria, fiquei ali à sua espera. Passado um quarto de hora, chamei por ele e o procurei ali por perto. Como já estava quase escuro, desencilhei os cavalos e decidi passar a noite ali mesmo, naquela quase caverna. Talvez o meu guia tivesse decidido voltar para casa levando todos os nossos víveres. Isso porque eu o havia pago adiantado.

Não era a primeira vez que me encontrava numa situação semelhante. De modo que me conformei e tratei de aceitar os fatos como eram. Sem pasto para comerem por ali, Mancha e Gato ficaram ao meu lado, o que me levantou o moral. Sentei-me nos arreios e fumei um cigarro em paz. Depois de um bom sono, logo que clareou o dia, descobri num alforje uma grande pedra de açúcar, que dividi em três partes, um pedaço para cada um. E, assim, não partimos com tanta fome.

Para viajar pela montanha, a bússola era inútil, já que não se pode seguir na direção que indica, a não ser que exista uma trilha. Assim, fui andando ao acaso, até que, por pura sorte, chegamos a um povoado de nome Paucará, como me disse seu administrador. Ao menos, poderia comer alguma coisa.

O *alcalde* me alojou numa choupana vazia, vizinha à sua, e logo me trouxe uma fumegante sopa de centeio e uma braçada de palha para os cavalos. Eu era capaz de devorar vários pratos daquela sopa, mas essa pequena porção já me transformou num outro homem. Quando terminei de comer, vi que Mancha e Gato também tinham feito o mesmo. Preocupado com eles, saí a procurar mais forragem, disposto a pagar o preço que me pedissem. Mas apenas um indígena concordou em me vender um pouco de sua rara provisão de chala, como chamam a palha para os cavalos.

Ao entardecer, o *alcalde* me levou até uma trilha, dizendo-me que, ao final, entraria numa estação da estrada de ferro central do Peru, de nome Mejorada. Andei o dia todo sem ver nenhum trilho de trem, o que me fez pensar que estava perdido. Finalmente, já quase escuro, ao fazer uma curva, vi lá embaixo, no vale, algo como dois fios negros, paralelos, que se retorciam aos pés da montanha. Ali estava o famoso *ferrocarril*.

Preparando-me para a descida, decidi apertar os arreios. Enquanto o fazia, chegou junto a mim um homem montado numa mula, que se apresentou como Herr X., engenheiro de minas alemão. Estava faminto e infeliz por se ter perdido durante a noite. Descemos juntos em direção às casas diminutas, que não pareciam crescer a nossos olhos, até desaparecerem, pouco a pouco, na escuridão.

Chegamos já noite fechada à estação ferroviária, feita de madeira, onde havia um armazém e um pequeno restaurante. Para não perder tempo, o alemão foi direto comprar um pão e uma tira de salsichas, nas quais cravou os dentes como um puma esfomeado.

## Um mercado indígena no topo do mundo

Desde a estação ferroviária, foi fácil chegar a Huancayo, o primeiro lugar acima da média que encontramos em muito tempo.

Essa cidadezinha é notável pelo seu mercado indígena, que fica aberto todos os domingos. Trata-se, provavelmente, do mais importante de sua categoria em toda a América do Sul. Sábado à tarde e à noite, os nativos afluem para cá, vindos de lugares próximos e distantes. Cerâmica, objetos de couro, mantas tecidas à mão, tinturas, grãos, abóboras artisticamente cortadas e pintadas, ervas – tudo é vendido a preços baixos, desde que o comprador saiba negociar com os vendedores. Em Huancayo, reúnem-se cerca de trinta mil pessoas todas as semanas, e não vi em outra parte um mercado tão ativo e pitoresco como este.

Tenho certeza de que Mancha e Gato gostaram tanto daqui quanto eu, pois senti muito ter que os arrancar da alfafa que um comerciante colocou gentilmente à nossa disposição. Porém, ainda tínhamos que atravessar uma última cadeia de montanhas.

Outra vez, recentes deslizamentos de terra me obrigaram a fazer uma grande volta. Contudo, por sorte, uma estrada em bom estado me levou até Tarma – esse é o nome do povoado encantador situado num vale fértil, onde o clima é de eterna primavera. De Tarma a Oroya, existe uma *carretera*, uma estrada de verdade, pois nesta última cidadezinha a companhia mineira Cerro de Pasco tem sua fundição. Andei por ela durante alguns quilômetros, mas logo tomei um atalho pela montanha...

A empresa de mineração dispõe de um bom hotel em Oroya, onde os empregados fizeram o possível para dar conforto a mim e aos meus cavalos. Perto da fundição, os norte-americanos possuem até campos de golfe, e o Inca Club está situado em moderno edifício, com salão de danças, biblioteca, salas de música e as inevitáveis quadras de *bowling*.

Logo ali se encontram as minas de Cerro de Pasco, onde alguns funcionários ergueram as colunas de uma Loja Maçônica. E, como o lugar se encontra a cinco mil e quinhentos metros acima do nível do mar, a denominaram apropriadamente de Topo do Mundo. Visitei as fundições e prossegui viagem, dali em diante sempre pelo alto das montanhas, até outra mina explorada pelos norte-americanos, onde me trataram de forma cavalheiresca.

No outro dia, ultrapassamos Ticlio, o ponto mais elevado dessa região, como também é reconhecida sua ferrovia: a mais alta do mundo. Daqui em diante, para nossa felicidade, teremos somente descidas até Lima, a capital do Peru. No entanto, devido à pressão atmosférica, continuamos a seguir com muita cautela, porque, nessas alturas, qualquer esforço nos esgota.

Entre as gigantescas muralhas rochosas, que se elevam a cada lado de nós, seguimos estrada abaixo na direção de Lima. Por entre esses cânions formidáveis e vertiginosos abismos, avançam valentemente os trens. E, quanto mais contemplava esse trecho da Estrada de Ferro Central do Peru, mais admirava a atrevida obra de engenharia, exemplo mais alto do que pode realizar o cérebro humano.

Uma curiosidade: existe, em algumas regiões montanhosas peruanas, uma doença peculiar e misteriosa. Chamam-na de verruga, porque se manifesta por abscessos e edemas, sendo geralmente fatal. Alguns a atribuem à água, outros ao ar, mas os homens de ciência afirmam que seu transmissor é um inseto. Disseram-me para ter cuidado e não beber água em alguns locais daquela descida das montanhas. E como evitar que os cavalos e eu bebêssemos nos pequenos lagos cristalinos dessa perigosa região? Felizmente, nada nos aconteceu.

Em dois dias, estávamos atravessando as cálidas planícies próximas ao Oceano Pacífico. A súbita mudança da pressão atmosférica me afetou a audição. Meus ouvidos zuniam, e eu tinha a impressão de escutar sinos distantes.

## Lima, a majestosa cidade dos reis

Como não dispunha de outras roupas, seguia vestindo as pesadas, de couro, que me faziam sentir ainda mais calor. Tinha o rosto tão machucado pelo vento frio das alturas que não fazia a barba há muitos dias. Assim, meu aspecto era tal que os moleques dos arredores de Lima me gritaram várias vezes: *Bandoleiro!* Como eu e meus cavalos estávamos suados e cobertos de poeira, só pude dar razão à meninada.

Pela manhã, conseguindo um telefone, eu avisara ao embaixador argentino, Dr. Levillier, que chegaria à capital pelas quatro da tarde. Porém, calculando mal o tempo, cheguei ao centro da cidade uma hora adiantado. Desmontei e fiquei esperando diante do hotel onde marcáramos o encontro. Logo se formou em torno de nós uma pequena multidão. E um policial abriu caminho a cotoveladas para saber o que era. Diante de mim, olhou-me como se visse o homem selvagem de Bornéu. Disse-lhe quem era, e ele me correspondeu com um amplo sorriso, oferecendo-se para cuidar dos cavalos, a fim de que eu entrasse no hotel para saber notícias. Ao fazê-lo, as expressões dos empregados me pareceram impressionantes. Provavelmente, nunca tinham visto um ser humano desse tipo naquele vestíbulo de luxo.

Como não havia ninguém me esperando, decidi fazer uma brincadeira para passar o tempo. Como sabia que ninguém suspeitava da minha identidade, aproximei-me do balcão e pedi um quarto com banheiro. O funcionário correu a consultar o gerente e voltou, dizendo que, infelizmente, o hotel estava lotado, mas que havia outro, muito bom, logo após a esquina.

Em vez de me retirar, voltei ao vestíbulo, sentei-me numa poltrona e pedi uma garrafa de cerveja. O garçom me serviu, mas muito desconfiado, afastando-se rapidamente para me espreitar de longe.

A seguir, chegou o embaixador argentino, acompanhado por algumas pessoas importantes. Quando o gerente do hotel os viu me saudar com distinção, ficou me olhando ainda mais desconfiado, tratando de limpar as lentes dos óculos.

Um argentino, que possuía alguns cavalos de corrida, ofereceu-me imediatamente suas cocheiras. Assim, pouco depois, Mancha e Gato começaram a recuperar o que tinham perdido nas montanhas.

Comprei algumas roupas para vestir na cidade e, na manhã seguinte, depois de tomar banho e fazer a barba, sentei-me para o café da manhã. Meu aspecto estava tão diferente que o mesmo garçom da cerveja me pediu para ocupar outra mesa, pois aquela estava reservada para o cavaleiro argentino.

Os limenhos podem se orgulhar de seus edifícios históricos e dos antigos templos, que foram, para mim, as maiores atrações da cidade. Infelizmente, alguns estão descuidados por falta de verbas culturais, fato muito comum na América Latina.

A catedral, ainda que pouco chamativa do exterior, é uma joia da arte colonial espanhola e figura entre as mais lindas de toda a América. Em uma das alas, sobre um altar especial, encontram-se os restos mortais de Pizarro, o invasor do Peru. Estão num ataúde de vidro, em notável estado de conservação. Pode-se até identificar as feridas feitas por seus assassinos. Junto à catedral está o palácio do bispo – de construção recente, mas estritamente no estilo colonial, com seus balcões e adornos primorosamente esculpidos.

Lima tem seus encantos, mas adormece muito cedo. Às nove horas da noite não há mais nada o que fazer além de caminhar pelas ruas desertas, sentar-se no terraço de um café e ir para a cama. Entre seis e sete da tarde, é costume a gente mais rica se ataviar impecavelmente e desfilar para cima e para baixo pelas ruas principais. Depois disso, como diversões, só o cinematógrafo e as rinhas de galos.

Não existem teatros dignos desse nome, sendo a principal atração do ano a temporada oficial de touradas. Até os pobres conseguem assistir a esses sangrentos espetáculos. Os ricos – e seus imitadores – compram lugares caros em balcões reservados, como se fossem assistir a óperas.

Cheguei a Lima quando se inaugurava uma temporada de *toros de lidia*, e, como nunca vira nenhuma tourada, não perdi a oportunidade. Na verdade, senti-me mal ao ver serem sangrados os infelizes cavalos e tive vontade de ser um bandoleiro de verdade para acabar com tudo aquilo. Embora não haja dúvida de que a tourada é uma arte – e que o matador deve possuir talento, coragem, além da agilidade de um bailarino –, não é raro que se acorde num hospital ou saia da arena diretamente para seu velório.

As rinhas de galos são outro esporte favorito dos habitantes de Lima, onde os *riñederos* costumam estar repletos à noite. Aqui, os galos lutam com uma espora de metal muito afiada, fixa numa das patas. As apostas são altas e organizadas como nas corridas de cavalos. Também atrai muita gente as partidas de tênis, em locais fechados. Assisti a quatro moças cubanas atuando, com muitos torcedores. Também aqui, as apostas são organizadas, com um sistema complicado de *sets* e *games*.

Lima está situada a alguns quilômetros da costa, porém leva-se não mais de meia hora de automóvel para chegar ao porto de Callao, o principal do Peru. As duas cidades têm uma considerável população chinesa, principalmente num bairro onde progridem muito os comerciantes dessa nacionalidade.

Conheci um norte-americano que vivera alguns anos na China e falava correntemente o mandarim. Ele me acompanhou ao bairro chinês, onde tinha muitos amigos. Visitamos o teatro, mas, como o espetáculo se compunha de apenas dois homens pomposamente vestidos, agachados no palco e emitindo grunhidos incompreensíveis, não me senti tentado a permanecer ali por muito tempo. É claro que essa concepção de arte está acima do meu entendimento. Compreendê-la deve custar tanto a um estrangeiro quanto aprender o idioma chinês. Porém, ao irmos a um restaurante, confesso que a comida foi uma revelação para mim – não só pela limpeza da cozinha, como pelas iguarias, das melhores que até hoje provei.

Chineses, japoneses, norte-americanos e outros estrangeiros frequentam casas de ópio, ilegais, mas tacitamente toleradas. Como me interessava conhecer um desses lugares, meu amigo me serviu de guia. Andamos por uma rua movimentada até um prédio com a porta aberta de par em par, onde paramos. Uma cortina impedia a visão do interior. Meu amigo entrou num salão em penumbra, e eu o segui. Pelas paredes, a cerca de sessenta centímetros do chão, havia tábuas formando espécies de dosséis. Estavam cobertas de tapetes e almofadas, para que os paroquianos pudessem apoiar as cabeças. Ali jaziam alguns chineses, quase sempre em duplas, fumando e conversando em voz baixa, enquanto um serviçal, a seus pés, preparava as bolas de ópio.

O norte-americano era conhecido no local, pois um chinês untuoso, provavelmente o dono, aproximou-se de nós, sorrindo, e se inclinou como se fôssemos potentados ocidentais. Estendemo-nos sobre as *couchettes*, e um serviçal se aproximou com os instrumentos para preparar o ópio. Trazia uma lâmpada sobre uma bandeja de prata, coberta com um dispositivo parecido com um copo invertido, com um buraco no fundo. Num cinzeiro diminuto havia uma substância semelhante a um melado muito escuro. Surpreendido, vi que aquilo era o ópio. Também havia sobre a bandeja um instrumento parecido com uma agulha de crochê. O principal era um cachimbo com cerca de sessenta centímetros de comprimento, trabalhado com detalhes em ouro, prata e marfim.

Quando olhei a abertura onde imaginei que colocariam ópio em pó, como o fumo num cachimbo comum, verifiquei que tinha apenas um pequeno orifício, do tamanho da cabeça de um alfinete. Desejando não parecer um principiante, nada perguntei, aguardando o decorrer dos acontecimentos.

O atendente se instalou a nossos pés, esquentou a ponta da agulha na lâmpada e a submergiu no ópio do pequeno cinzeiro. Ficou um pouco da substância, e o chinês voltou a suspendê-la sobre a chama, até que ferveu e borbulhou como lacre. Mais uma vez, ele submergiu a agulha no líquido e a manteve sobre a chama até conseguir, na ponta, uma quantidade suficiente para formar uma pequena bola. Feito isso, colocou-a na abertura do cachimbo e enfiou ali a agulha para formar um furo na bolinha de ópio. O cachimbo ficou pronto para ser fumado.

Meu amigo, que era um *expert*, manteve o cachimbo sobre a chama e, quando a bolinha começou a se dissolver e soltar fumaça, aspirou as emanações. Fumou sem interrupção, até que se queimou todo o ópio.

Foi quando o serviçal preparou outra bolinha, dessa vez para mim. Como eu não sabia fumar ópio, o cachimbo entupiu várias vezes, e o chinês acudiu com água. O sabor era tão repulsivo que só aspirei umas poucas vezes e deixei que meu amigo e o serviçal consumissem o resto do ópio que tínhamos comprado. Enquanto eles fumavam e conversavam em chinês, aproveitei para observar o ambiente.

Feito isso, voltamos para casa. Acordei na manhã seguinte muito enjoado, sentindo na boca o gosto do ópio. Meu estômago demorou a se recuperar. Não fumara o suficiente para conhecer os tais sonhos maravilhosos que dizem que a droga causa. Meu amigo disse que isso são lendas e que a droga não afeta ninguém desse modo. Decidido a saber a verdade, pedi que me levasse a outra casa de ópio.

Tratava-se de um lugar mais exclusivo que o anterior, mas sempre no bairro chinês. Ali, havia mais homens e mulheres brancas entre os fumantes. Como os compartimentos estavam ocupados, nos dirigimos ao salão principal. Grupos de chineses fumavam e falavam em voz baixa – uma peculiaridade dos que estão sob o efeito da droga.

Fiquei bastante tempo fumando e não senti nada. Comecei a duvidar do efeito, ou se era mesmo ópio, e resolvi me levantar para fumar um cigarro lá fora. Quando tentei caminhar, percebi que estava intoxicado. Meu cérebro permanecia lúcido, mas o corpo parecia pertencer a outra pessoa, que caminhava atrás de mim, tropeçando. A sensação era desconcertante e quase cômica. Sentindo muita sede, pedi uma xícara de chá e me dispus a partir para o hotel. O proprietário do local ficou bastante alarmado e tentou me convencer a dormir ali mesmo, assegurando que eu fumara demais para sair assim à rua. Apesar de seu conselho, decidi partir.

O trajeto até o hotel foi extraordinário, porque minha cabeça parecia me preceder, enquanto o corpo seguia atrás, tropeçando e batendo nas paredes. Esperava ter sonhos maravilhosos, mas apenas dormi pesadamente e acordei nauseado, com gosto de ópio na boca e seu cheiro tão repulsivo impregnado na roupa usada, que mandei lavá-la. Assim terminou essa experiência, e foi satisfeita minha curiosidade.

Além de conhecer Lima e seus arredores, busquei todas as informações possíveis sobre a etapa seguinte da viagem. Até aquele momento, os melhores mapas do Peru continuavam sendo os de Raimondi, um sábio italiano que por aqui viveu há duas gerações.

Deixei crescer as crinas dos cavalos, para que protegessem a cabeça e a testa do sol implacável – e também a cola, para espantarem os insetos que os martirizam nos trópicos. Quando Mancha e Gato se aclimataram melhor ao calor, preparei-me para deixar a capital do Peru.

## Areais e desertos da costa peruana

No primeiro dia de viagem, estava previsto que eu cavalgasse trinta quilômetros até Ancón. Sabendo que seria impossível conseguir forragem ali, enviei, de trem, uma carga de feno. Na metade do caminho, fui detido por um soldado da Guarda Civil, que me exigiu a permissão para portar armas de fogo, que eu não possuía. Com amabilidade, pediu que o acompanhasse ao Departamento de Polícia, onde expliquei quem era ao capitão. Ele me concedeu o porte de armas, a fim de que eu não fosse perturbado no próximo trecho do caminho.

Esse pequeno incidente acabou sendo benéfico, porque o capitão me informou que o rio que eu iria atravessar, pouco depois, era profundo e perigoso. Assim, mandou comigo um soldado para me mostrar o melhor ponto para a travessia. Mancha e Gato são ótimos nadadores, o que me fez muitas vezes preferir que atravessassem rios a nado, em vez de forçá-los a passar sobre os trilhos e dormentes das pontes ferroviárias. Geralmente, os estimulava a passarem sozinhos a nado, atravessando eu a ponte, algumas vezes com a carga enxuta.

Poucos quilômetros antes de Ancón, entramos no primeiro deserto de areia. Ali aconteceu a última batalha entre Chile e Peru, tendo sido os cadáveres dos combatentes enterrados no próprio local onde tombaram. Com os anos, o vento removeu a areia, deixando à mostra um aglomerado de crânios e outros ossos. Um estranho lugar de descanso para quem deu a vida pela pátria...

Foi uma boa ideia remeter o feno, pois, sem ele, meus cavalos teriam passado outra noite em jejum. A água também era escassa naquele elegante lugar de veraneio, sendo vendida a dez centavos a lata.

De Ancón para o norte, praticamente até o limite com o Equador, meu projeto era seguir pela costa. As chuvas são quase desconhecidas nessas regiões, havendo lugares onde não cai uma única gota. Só existem as águas dos rios que descem da cordilheira. Quando a neve derrete, eles crescem de volume e se tornam caudalosos. Essas águas também irrigam alguns vales, onde se plantam cana-de-açúcar, arroz e algodão. Entre os rios, existem desertos de areia; ali nada cresce, e as dunas se sucedem como ondas no oceano. Nesses lugares, o calor é terrível. Mas, ali, no passado, os indígenas Mochicas, Chimus e, depois, os incas viveram durante séculos, como provam os restos de canais de irrigação e as ruínas de cidades, fortalezas e cemitérios.

Contrariando a prática dos viajantes daquelas plagas, não levei água. Para meu uso pessoal, carregava um frasco de conhaque e outro com suco de limão misturado com sal. Esta última bebida é estimulante, e seu gosto faz com que se beba muito pouco de cada vez. Quando possível, levava suco de tomate. Quanto aos cavalos, calculei que a energia gasta em transportar água não compensaria esse esforço, tendo eles, assim, bebido apenas nos rios.

Acredito que minha teoria foi correta. Com pouca carga, andávamos com maior rapidez, e os cavalos não tiveram machucaduras nos lombos, uma vez que carregar água as causa com frequência. A verdade é que somente em raras ocasiões eles passaram sede.

Depois de deixar Ancón, viajamos sobre altas dunas de areia até o entardecer. Foi quando chegamos à fazenda de um cavalheiro chinês, cuja hospitalidade foi impecável. Como a etapa do dia seguinte seria árdua, partimos antes do amanhecer. Ao encilhar, senti que os arreios estavam mais pesados do que de costume e vi que o bondoso anfitrião mandara colocar excelentes víveres nos alforjes.

Os primeiros raios do sol nos encontraram em enormes extensões de areia fina, onde os cavalos se afundavam. Como estávamos na costa, o único ruído era o das ondas do mar. O vento logo cobria de areia as nossas pegadas, e o ar se tornou tão quente que dificultava a respiração. Felizmente, em alguns lugares, conseguimos andar sobre a areia molhada – até ao trote –, para aproveitar os melhores trechos. Em outros, ondas maiores avançavam sobre a praia, assustando os cavalos.

A vastidão do oceano, o murmúrio das ondas na areia brilhante e aparentemente infinita, com as dunas imensas ao nosso lado, davam uma sensação de eternidade. Milhares de aves marinhas voavam sobre nossas cabeças. Caranguejos de todos os tamanhos corriam velozmente para seus buracos, à medida que nos aproximávamos. Enquanto deixava Mancha e Gato descansarem um pouco, consegui observar melhor esses crustáceos. Brigam muito entre si, e até se entredevoram – no que não diferem dos seres humanos.

Muitas gaivotas estavam pousadas na praia, à espera de que as ondas lhes jogassem o que comer. Erguiam-se em voo circular quando estávamos quase sobre elas, voltando logo a pousar atrás de nós. Milhares de guanos, outra espécie de pássaros marinhos, voavam em verdadeiras nuvens, mergulhando na água em busca de peixes. Pareciam aviões caindo no mar. De quando em quando, aparecia uma foca curiosa na superfície, nos olhando como a perguntar o que fazíamos ali...

O sol, abrasador, brilhando sobre a areia molhada, as ondas e as gaivotas brancas, machucava minha vista, obrigando-me a colocar os óculos de lentes verdes, que só usara nas altas montanhas. Sentia-me também mais cansado e com dores nas costas do que o habitual. Uma estranha ausência de pensamentos só era interrompida pelo desejo de me manter desperto até chegar ao rio mais próximo. O inferno de Dante é uma estupenda criação imaginativa, mas os desertos peruanos são reais, muito reais.

Na maior parte dos vilarejos, eu dormia nas cadeias das delegacias, quando existiam, e os cavalos passavam a noite em locais seguros, pois havia risco de serem roubados. Também recebia do comissário as chaves da cadeia, onde ninguém estava preso, para deixar bem cuidados meus pertences, enquanto saía para comprar forragem e água. Como não havia restaurantes, eu tinha de perguntar de casa em casa se alguém estava disposto a me vender comida pronta. E o menu era sempre o mesmo: arroz com feijão, bananas e ovos fritos, café preto. Muitas vezes, sentia-me feliz comendo isso.

Em uma dessas pequenas localidades da costa do Pacífico, conheci um espanhol. Parecia ser uma pessoa muito agradável e me disse que vivera alguns anos na Argentina. À noite, enquanto conversávamos, afirmou que a educação de um homem só podia ser completa se ele conhecesse alguns dos pequenos prostíbulos daquela região peruana, e se ofereceu para me servir de guia.

Dirigimo-nos a um local que ficava a cerca de um quilômetro, nos arredores da povoação. Era apenas uma choupana de adobe, com o interior iluminado por lampiões de querosene. Junto às paredes, estavam sentados, em bancos, alguns homens maltrapilhos e descalços. Outros, de pé, aglomeravam-se diante de um balcão feito de velhos caixotes, onde se vendia aguardente. A proprietária era uma mulher obesa, cujos cabelos lhe caíam ásperos e duros sobre a face. Várias mulheres, também repulsivas, dançavam com quem lhes pagasse dez centavos por esse prazer. Os bandidos de filmes de faroeste pareciam anjos comparados a alguns homens que vi naquele lugar.

É claro que nossa presença não foi bem recebida, e um dos homens, em especial, nos olhou de modo agressivo. Meu companheiro lhe deu o troco e logo aconteceu o inevitável: se enfrentaram como tigres. Alguém interferiu, dizendo-lhes que resolvessem o assunto do lado de fora. O espanhol, antes de sairmos da palhoça, tirou seu casaco e o entregou a mim.

Mal chegaram fora da choupana, começou a peleia. Nada se via no escuro, mas, após alguns golpes, *bufidos* e palavrões, um deles caiu no chão. E voltou o silêncio, apenas quebrado pela respiração ofegante dos dois contendores. Foi quando alguém acendeu um fósforo e vi o espanhol de pé, em frente ao adversário caído. Outros fósforos se acenderam e verificamos que o perdedor fora ferido com várias facadas.

Só então pensei em mim mesmo e na gravidade da situação. Estava sozinho com o espanhol que, afinal, conhecera havia pouco e por acaso. Os demais eram muitos, e tudo levava a supor que iriam se vingar, estando ali seu companheiro se contorcendo de dor. Como sempre fazia nas cidades ou povoados a que chegava, deixara minhas armas com as bagagens. Mas era preciso fazer alguma coisa, e de imediato. Assim, completamente desarmado, saltei sobre um muro de adobe e gritei que, se alguém se movesse, começaria a atirar.

Um deles deve ter avisado a polícia sobre a briga, pois não tardaram a chegar alguns homens fardados, muito nervosos, agitando fuzis e espadas. O único que tinha uma lanterna liderou a procissão em direção à delegacia, com todos nós e o ferido. Lá chegando, mandaram chamar o médico e o delegado, e os homens – menos o ferido, o espanhol e eu – foram trancados numa cela imunda.

A verdade é que o delegado era amigo do espanhol e, ao chegar, logo o aconselhou a tomar um barco que zarpava do lugarejo no outro dia cedo, pois o ferido poderia morrer, e ele teria que prender o assassino. Comigo não aconteceu nada, mas prometi não visitar mais nenhum prostíbulo por aquelas bandas, o que me foi muito fácil de cumprir.

Seguindo ainda pela costa tórrida e arenosa, chegamos a uma enorme plantação de cana-de-açúcar, próxima a uma fortaleza construída pelos antigos indígenas Chimus. Trata-se de uma obra colossal, toda de adobe, erguida sobre terraços que, a distância, parecem uma colina quadrangular. Perto da fortaleza principal, existem altas muralhas, e o conjunto da construção não deixa dúvidas de que esse povo tinha conhecimentos técnicos sobre a arte de fazer guerra. Em algumas paredes permanecem resquícios da pintura usada, que o tempo e o vento não conseguiram apagar. As cores vermelha, preta e amarela são idênticas às das cerâmicas desse período.

A fortaleza de Paramonga é composta por duas praças-fortes principais. Uma delas está situada sobre uma colina, e as ondas do Pacífico golpeiam seus muros inacessíveis voltados para o Oeste. A parte oriental da colina é muito elevada e arenosa. Ali foram enterradas muitas múmias envoltas em ponchos multicoloridos, descobertas pelo vento que não para de soprar sobre as dunas.

A fortaleza principal fica a meio quilômetro para leste e, provavelmente, em tempos pretéritos, as duas estiveram separadas por um pântano, hoje seco. Quanto às passagens e tumbas subterrâneas que aqui existem, os nativos evitam explorá-las, em razão de antigos relatos transmitidos de geração em geração. Devido à falta de tempo, também eu apenas fiz uma vista geral nessas importantes relíquias do passado.

De Paramonga para o norte, estende-se um enorme deserto entre um rio e outro. Para o atravessar o mais rápido possível, viajando também à noite, tive de esperar a lua cheia.

Enquanto estava numa plantação de cana-de-açúcar, declarou-se uma epidemia de peste bubônica que causou a morte de uns vinte camponeses, de uma centena que tombou doente. As autoridades queimaram os móveis, sob protestos dos proprietários, antes de desinfetar suas moradas. Um espetáculo patético foi vê-los protestando contra a destruição do que era seu.

Tomei todas as precauções possíveis para evitar essa terrível enfermidade, cuidando para não dormir sem antes pulverizar meu quarto com inseticidas. Estava ainda ali porque, por mais que devesse logo partir, precisava aguardar a lua cheia para atravessar, o mais rápido possível, esse deserto apelidado de *Mata Cavalos* – nome mais que sugestivo em relação aos meus fiéis Gato e Mancha.

Depois de quatro dias de espera, fiquei pronto para atravessar o deserto. Como não levaria água, deixei meus cavalos vinte e quatro horas sem beber, dando-lhes água à vontade pouco antes de partir. Para mim, levei apenas duas pequenas garrafas de suco de limão e, para comer, umas barras de chocolate que conseguira comprar.

Ao cair a noite, logo depois que Gato e Mancha, já encilhados, terminaram de beber, tratei de montar, e voltamos ao deserto. Ainda hoje parece que escuto o estranho som de suas patas sobre a areia. As belas cores do crepúsculo tropical se refletiam sobre as ondas do oceano. A velha fortaleza tinha um brilho dourado. Até as dunas não pareciam tão desoladas, num jogo de luz e sombra que as coloria de marrom e púrpura. Alguns pássaros voavam em direção aos ninhos nas ilhas rochosas. Pouco depois de cair completamente a noite, elevou-se do Oriente, lenta e majestosa, a mais bem-vinda lua cheia de toda a minha vida.

Cavalgar sobre a areia fina causa uma sensação estranha, que retarda nossa adaptação à marcha dos cavalos. Como sabia que eles se afundavam, principalmente o animal montado, procurava mudar de posição para ajudá-los um pouco, mas era em vão. Afundavam-se demais, eu os puxava para a beira do mar, onde nem sempre era possível chegar à praia, devido às longas formações rochosas. Quando conseguiam pisar na areia molhada, fazia-os até galopar para ganharmos tempo. No entanto, em alguns trechos, tínhamos de fazer grandes desvios sobre as dunas, impedidos pelas pedras à beira-mar. Pouco a pouco, até o brilho da lua perdeu seu encanto. E quando ela desapareceu, fui obrigado a parar na completa escuridão. Aproveitei para dar descanso a Mancha e Gato – sempre tranquilos –, apertar os arreios e fumar um cigarro. Seguir sem ver nada seria arriscar afundar meus cavalos até a barriga.

Os primeiros raios do sol da manhã já eram quentes, avisando como seriam mais tarde. Uma hora antes do meio-dia, Gato e Mancha ergueram as cabeças e começaram a cheirar o ar. Logo apressaram o passo e, se eu os tivesse deixado, teriam galopado. Pensava no motivo daquele comportamento, quando, uma hora depois, chegamos ao rio. Meus cavalos tinham percebido a aproximação da água muito antes de que eu a visse. Fiquei feliz pensando que os dois Crioulos, na essência, ainda conservavam o instinto selvagem.

Grande foi meu alívio ao deixarmos para trás o deserto Mata Cavalos, que foi uma prova definitiva da extraordinária resistência de Gato e Mancha. Admirei o esplêndido comportamento dos dois durante essa jornada, capaz, verdadeiramente, de matar cavalos menos resistentes e treinados.

Logo depois de desencilhados, beberam à vontade, e lhes dei o banho de que necessitavam com urgência. A seguir, os soltei num lugar onde havia bom capim. Depois de se rebolcarem e correrem um pouco, começaram a pastar tranquilos, como cavalos comuns que chegam de um passeio. Fiquei ali espichado sobre os arreios, observando-os, encantado, esquecido do meu próprio cansaço, à espera da comida que, no seu casebre, uma mulher preparava para mim. E foi assim que peguei no sono.

Felizmente, a boa mulher não me despertou, mantendo a comida quente para quando eu acordasse, o que só aconteceu ao entardecer. Quando me trouxe o prato, devorei cada grão de arroz e de feijão até que desaparecessem da minha frente. Tínhamos demorado exatamente vinte horas para atravessar o deserto, uma façanha difícil de repetir.

Todas as pequenas aldeias da costa e suas casinhas são idênticas: alguns ranchos raquíticos separados por ruas de areia, com alguma rara igreja, sempre de adobe, quase em ruínas. Galinhas e porcos caminham a esmo em busca de comida, e urubus, nos telhados, à espera de alguma coisa morta. Aqui e ali, homens parados, sempre sem fazer nada. No entanto, alguma coisa devem fazer, pois conseguem dinheiro para aguardente. Embriagados, falam de minas riquíssimas como se as tivessem diante de si.

A malária é comum em algumas regiões costeiras aos rios e ataca, principalmente, os indígenas que chegam das montanhas para trabalhar nas plantações de cana-de-açúcar e algodão. Quando os efeitos dessa doença tropical os tornam pessoas inúteis para o trabalho, os patrões os despedem, e poucas vezes se cumpre a lei que protege esses infelizes, quase escravos de semelhante crime.

Enquanto eu cavalgava ao lado de um nativo que se dirigia ao vilarejo próximo, tivemos uma experiência incomum. Havíamos apeado numa planura de areia para descansar, quando o homem me chamou, muito assustado. Uma pequena serpente se aproximara de sua mula, e ele me disse que sua mordida era fatal. Atiramos-lhe pedras, mas ela, em vez de fugir, começou a subir pelas patas da mula. Felizmente, muito manso e cansado, o animal não fez nada, até que consegui derrubar a cobra e matá-la com meu rebenque.

Atravessamos outra cansativa extensão de areia, onde encontramos ruínas antigas e, quando chegamos ao rio, já era noite. Eu sabia que, não longe da margem oposta, havia uma aldeia e, como não comera nada durante o dia, resolvi atravessar o rio mesmo no escuro. Segui pela margem até um ponto que considerei apropriado e fiz Mancha e Gato entrarem na água. Nunca imaginei que a correnteza fosse tão forte, e pensei até em voltar. Então, o cavalo que eu montava perdeu o pé, e fomos os três arrastados rio abaixo. Depois de uma luta desesperada, graças mais uma vez à coragem de Mancha e Gato, retornamos à margem de onde tínhamos partido. Nem cogitei tentar uma segunda travessia antes do amanhecer.

Deixei os cavalos livres, pastando o capim áspero da margem do rio. Coloquei minhas mantas sobre a areia e me acomodei para dormir. Só não sentir calor já era uma vantagem. Apesar da fome e da roupa molhada, adormeci imediatamente. Acordei várias vezes durante a noite com um ruído estranho, semelhante ao rufar de tambores ou ao motor de uma lancha no rio. Achei que se tratava de um sonho e segui dormindo até ser despertado pelo sol quente. Quando olhei ao meu redor, descobri que dormira junto a um *gentilar*, como são aqui chamados os antigos cemitérios indígenas. Há muitos nesta costa peruana e, depois de ver uns poucos, perde-se a conta dos crânios e de outros ossos que jazem sobre a areia.

Os cavalos estavam bem alimentados, o que era o principal. Assim, atravessamos o rio sem maiores dificuldades. E, ao chegar ao povoado que tanto aguardava, comi até ficar petiço. Ao conversar com algumas pessoas, contei que dormira a noite anterior junto ao cemitério, e elas quiseram saber se eu escutara o *manchang*. A palavra me pareceu chinesa e, quando perguntei seu significado, começaram a explicar em coro que a colina de areia sobre a qual eu dormira era encantada – que os indígenas enterrados no *gentilar* saíam todas as noites a dançar ao som de tambores. Contaram-me tantas histórias macabras sobre o *manchang* que me dei por feliz por ainda estar vivo.

Depois, tive a oportunidade de conversar com um cavalheiro muito culto, que foi me visitar e disse que tanto o barão Humboldt quanto Raimondi tinham investigado o estranho fenômeno daquela colina, expressando a opinião de que os ruídos são causados por correntes subterrâneas, que se movimentam com as mudanças térmicas. Outra teoria é a de que a brisa do mar sopra em determinada direção e se choca com os montes de areia da colina, causando esse barulho. Acredito que a primeira explicação seja a mais plausível, descartando-se a melhor de todas, a sobrenatural.

Depois dessas etapas cansativas, descansei dois dias. Ali o pasto era abundante, e eu também consegui obter boa comida depois de muito tempo.

Uma noite, resolvi ir ao cinema, que não era mais que um galpão espaçoso com teto de zinco. Os filmes, norte-americanos, eram velhos e desgastados, mas os espectadores pareciam felizes. De repente, o prédio começou a tremer, ouviram-se alguns gritos, e todos correram para as portas. Antes que eu me desse conta do que acontecia, vi-me sozinho no galpão vazio com duas mulheres desmaiadas. Acontecera um pequeno terremoto, que só causou alguns ferimentos pela grande correria. Ninguém quis retornar ao interior do prédio, e a sessão foi encerrada. Para minha surpresa, ninguém pediu que lhe fosse devolvido o dinheiro.

Os tremores de terra são frequentes na costa peruana. Porém, como as casas e cabanas são construídas com material leve e os telhados servem apenas como proteção contra o sol, raramente ocorrem desgraças. Como já disse, as chuvas são quase desconhecidas nessa região, de modo que as casas são cobertas com canas de bambu, barro e palha.

Atravessar alguns rios foi muito perigoso, pela largura, embora a correnteza fosse lenta. O pior eram as partes de areia movediça. Se encontrasse alguém pelas vizinhanças, oferecia alguma recompensa para me indicar o melhor lugar de passagem, mas, geralmente, tive de confiar na sorte.

Um dia, chegamos a um rio que tinha má reputação em razão das areias movediças. Por isso, não tentei atravessá-lo, seguindo à procura de informações. Um homem que vivia numa choça se ofereceu para me ajudar. Disse que tinha um petiço vaqueano em vadear o rio, e foi buscá-lo. Montado nele, dirigiu-se comigo ao local que considerava o melhor, mas não antes de receber cinco soles, moeda peruana de valor equivalente ao peso argentino. Começamos a travessia, e tudo ia muito bem, até que, pela metade mais ou menos, as patas do petiço se afundaram rapidamente.

Sabendo o que isso significava, fiz um semicírculo em torno do meu guia e consegui chegar à outra margem. Rapidamente, desprendi o laço e fui com cuidado até o lugar em que ele estava, montado no petiço que se afundava cada vez mais. Atirei-lhe o laço, que ele passou pelo pescoço do animalzinho; depois desmontou e afastou-se. Quando um cavalo está se afundando na areia movediça, é inútil tentar puxá-lo pela frente. O melhor é fazê-lo cair para um dos lados e dar-lhe uma volta sobre o lombo. É o jeito de liberar as patas, facilitando seus movimentos. Sozinho, o petiço se afundaria e morreria afogado. Fazendo muita força, conseguimos salvá-lo.

Seguindo pela costa, a meio caminho entre Lima e a fronteira do Equador, chegamos a Trujillo, uma das maiores cidades do Peru. Aqui vivem algumas das famílias mais antigas do país que, em sua maior parte, conservam as tradições dos seus antepassados espanhóis.

São interessantes as ruínas de Chan-Chan, situadas a poucos quilômetros ao norte da cidade. A primeira civilização estabelecida por aqui foi a dos Chimus, seguida pela dos Mochicas. A estes últimos se atribuem as ruínas mencionadas. O império Mochica se estendia por uns setecentos quilômetros pela costa, e Chan-Chan era sua capital, calculando-se que contava com cerca de cem mil habitantes. Como sou interessado na arqueologia sul-americana, não perdi a oportunidade de visitar essas ruínas. No entanto, por sua vastidão, não pude lhes dar toda a atenção desejada.

A maior parte das altas paredes de adobe segue intacta. E o que resta das casas e praças oferece ao visitante uma ideia bastante aproximada do que deve ter sido este lugar há alguns séculos. Hoje, tudo está seco e arenoso, mas, no passado, toda esta região era bem irrigada. A água chegava até aqui por muitos canais, alguns deles subterrâneos. Em um dos lugares que visitei, certamente existiu um lago artificial. Na vizinhança, encontram-se algumas elevações impressionantes, erguidas pelo trabalho humano, chamadas de *huacos* – antigos túmulos de caciques e nobres. Não apenas nas proximidades, mas também no caminho para o norte, encontrei várias dessas construções ciclópicas.

Cerâmicas do tipo escultórico são frequentes nas ruínas e tumbas. Na maior parte dos huacos, há representações de seres humanos, animais e frutas. Estão pintadas em duas ou três cores, e algumas fazem ruídos quando são enchidas de água. Por exemplo, um cântaro em forma de papagaio emite um som que lembra seu grasnar; outro, em forma de serpente, silva... Vi uma peça muito rara representando uma mulher que, enchida de água, fica com os olhos vertendo lágrimas.

Apesar da lei que proíbe a escavação de antigas relíquias, muita gente ganha dinheiro saqueando as tumbas. Na Sexta-Feira Santa, vi mais pessoas cavando – e me disseram que esse dia é particularmente afortunado para a caça de tesouros. No Peru, são chamados de *huaqueros* esses cavadores. Muitos têm sorte, o que impede que mais peças raras sejam estudadas e expostas em museus. É uma falha grave na proteção arqueológica peruana.

Continuando nossa difícil viagem por essas planuras arenosas, chegamos ao vale de Chicama, onde uma empresa alemã cultiva cana-de-açúcar e algodão. Ali, tive a sorte de dormir, mais uma vez, num quarto decente, comer bem e beber uma garrafa de cerveja importada.

Seguindo viagem pela costa do Peru, como nas cercanias do Lago Titicaca, algumas vezes me tomaram por espião chileno. Nunca consegui explicar a mim mesmo o que faria alguém espionando num lugar perdido como este...

O Rio Santa foi um dos que mais me deu complicações. Estava muito cheio, e me disseram que seria impossível meus cavalos o atravessarem a nado. Duvidei disso e, como não queria esperar a vazante, resolvi fazer a tentativa, apesar das advertências de que poderíamos ser arrastados para o mar. Ouvi tantas coisas ruins sobre esse rio que resolvi dar uma olhada nele. Para isso, cavalguei meia hora pela selva encharcada. Devo confessar que não me agradou o que vi. Não só era muito largo como a massa de água descia rugindo, fervendo, arrastando árvores inteiras. Além disso, tinha pedras que afloravam em alguns pontos, sendo as submersas um grande perigo.

Em tempos normais, o gado era atravessado com o auxílio de campeiros chamados *chumbadores*, bem pagos para isso. Resolvi conversar com alguns deles, e me disseram que nenhum animal conseguiria chegar à outra margem. Havia só um lugar onde seria possível aportar e, se não chegassem ali, os cavalos iriam descer água abaixo. Eu tinha atravessado muitos rios perigosos com meus cavalos fora do comum e, por essa razão, disse que eles eram capazes dessa façanha. Assim, resolvemos fazer uma tentativa na manhã seguinte.

A notícia correu como rastilho de pólvora pela região. Quando chegamos ao rio, algumas pessoas já estavam lá, e outras foram chegando, umas poucas em mulas e cavalos. Até nas pedras da margem oposta havia gente aguardando o desastre. Ali é o terminal do cabo de aço, pelo qual se pode passar o rio dentro de uma cesta. Desencilhei, e minhas coisas foram colocadas para passar no cabo. Quando estava tudo pronto, chegou uma autoridade local que, até então, fora muito amável comigo. De maneira ríspida, disse-me que não deixaria que eu entrasse no rio, porque seria como se concordasse com um suicídio.

Já estava pensando como seria desagradável ficar esperando que o Rio Santa baixasse, o que poderia demorar muitos dias, quando vi perto de mim um chumbador. Falei com ele e lhe ofereci uma boa quantia para passar a nado com meus cavalos. Ninguém se opôs a isso, porque esses profissionais nadam incrivelmente bem e conhecem todos os segredos daquelas águas. Mesmo assim, o homem só aceitou quando lhe disse que, em última instância, poderia deixar os cavalos sós para salvar sua vida.

O chumbador estudou o rio por alguns minutos e pediu a alguns companheiros que o ajudassem a escolher o melhor lugar, sem troncos descendo pela correnteza. Aconselhei-o a cavalgar Mancha, deixando Gato segui-lo solto. Para isso, montei no meu cavalo e entrei na água, pois, fora dela, ele não se deixava montar a não ser por mim. Ali, o chumbador trocou de lugar comigo sem problemas. E logo começaram a travessia, com a correnteza os arrastando rio abaixo. Gato seguia bem próximo de seu companheiro.

Os assistentes haviam feito apostas sobre se os cavalos passariam ou não. Eu fiquei com o coração na boca, sofrendo muito por alguns minutos que pareceram horas. Até que ouvi gritos de todas as partes e vi os três chegando do outro lado, quase um quilômetro abaixo de onde eu estava. O Rio Santa fora conquistado por Mancha e Gato no auge de sua enchente.

Atravessei pelo cabo e continuei minha viagem. Mas as aventuras desse dia ainda não haviam terminado. Ao chegar a uma estância onde pretendia passar a noite, encontrei a peonada em tumulto. Um homem atirara em outro, que fora levado para uma choça. Como não havia médico nas proximidades, fui ver se podia ajudar o ferido. Encontrei-o muito mal. A bala atingira os pulmões, pois ele tossia jorrando sangue. Lavei sua ferida e lhe dei de beber um pouco de láudano. Depois, fui ver o homem que atirara nele, amarrado dentro de outra cabana. Tinha o semblante de louco, com sua cabeleira desgrenhada e o olhar selvagem.

Durante a noite, meu anfitrião me acordou, dizendo que o prisioneiro estava tentando fugir. Meio vestido, acompanhei-o, com um revólver na mão e a lanterna na outra. Próximo da choça que servia de prisão, recebi uma pedrada no peito. Mirei a lanterna e vi o maluco com uma adaga na mão, tentando cortar o banco de madeira onde estavam amarrados seus pés. Rugia como uma fera e tentava se levantar. Peguei uma chapa de zinco que estava encostada na parede e a usei como escudo para me aproximar. Machuquei minha mão direita, mas consegui imobilizá-lo no chão. Foi quando se aproximaram alguns homens e mulheres, gritando e lhe dando pontapés. Ajudado por outros peões, consegui tirá-lo dali e o amarramos bem, em lugar mais seguro.

Na manhã seguinte, o encontrei atirado no meio do pátio, rodeado por algumas pessoas. Parecia mais morto do que vivo, sangrando muito nos lugares onde as cordas tinham cortado sua carne. Nada podendo fazer, alegrei-me em poder ir embora o quanto antes. E, às vezes, me pergunto o que aconteceu com o ferido e seu agressor. Memórias de um rio com nome de Santa.

Nas cadeias das delegacias, onde dormi muitas vezes, fiquei impressionado com frases escritas nas paredes: "Aqui sofreu por dois meses Juan Rodríguez, vítima inocente de inimigos políticos sem-vergonha". Ou esta outra: "O bom patriota peruano Pedro Álvarez passou fome aqui durante seis meses. Os inocentes estão na prisão, enquanto os culpados vivem no luxo de suas casas".

Também anotei algumas frases divertidas que li em cemitérios peruanos: "Aqui jazem os restos mortais de alguém que roubou uma mula". Ou esta, melhor ainda: "Aqui repousam os ossos de um homem bom, mas ruim na peleia".

Para evitar o grande deserto de Sechura, tive que mudar de rota e voltar para os Andes. De Lambayeque, seguimos por uma trilha por meio de bosques, colinas e planícies muito floridas – mudança agradável depois das eternas dunas da costa. Os cavalos pastavam pelo caminho, e eu me deleitava com isso. Em Olmos, um povoado com poucas almas, instalei-me na delegacia, como de hábito.

Na manhã seguinte, quando fui ver meus cavalos, encontrei-os na porteira do potreiro onde os deixara na noite anterior – e era fácil notar que não tinham pastado. O lugar tinha muito capim, mas de um tipo desconhecido, que eles não se arriscaram a comer, acredito que com boas razões. Assim, tratei de conseguir ração para eles.

Ouvira algumas histórias sobre Olmos, sempre de bandidagem. No entanto, no meu caso, os únicos assaltantes que encontrei ali foram os ratos, um dos quais chegou a me atacar enquanto dormia, mordendo-me uma orelha. Na manhã seguinte, encontrei um grande buraco no alforje, e isso que estava engraxado com azeite de castor, que costuma espantar os roedores. Foi grande o estrago no açúcar e nos biscoitos.

Dali em diante, seguimos por um caminho com pasto alto, graças a uma chuva milagrosa que caíra no ano passado. Árvores cobertas de lianas, de onde surgiam caturritas, pombas e outras aves em quantidade. No campo rochoso, grandes lagartos verdes e iguanas tomavam sol. De vez em quando, alguma cobra fugia, assustada pelo bater dos cascos dos cavalos. As poucas choças da região só estão habitadas quando o pasto cresce, são construídas com estacas cravadas no chão, cobertas por capim seco.

Na metade do caminho, o cenário mudou completamente. Viajamos, alguns dias, por matas subtropicais, até chegar a uma fazenda cujo proprietário fez o possível para tornar minha estada agradável.

No extremo norte, perto da fronteira, tivemos que atravessar outro rio largo. Ali, os chumbadores têm direito de cobrar pela travessia, mesmo que o viajante dispense seus serviços. Assim sendo, fui com as minhas coisas numa canoa, enquanto Mancha e Gato nadavam atrás de nós.

Era impossível seguir pela costa pantanosa do Equador, a não ser a pé. Dessa maneira, tive de subir a montanha outra vez, feliz com a perspectiva de um clima mais saudável nas terras altas. Nos limites entre países que atravessei, tive oportunidade de encontrar contrabandistas. E, nessas ocasiões, foram as únicas pessoas capazes de me aconselhar sobre o melhor caminho.

Numa ocasião, um grupo de contrabandistas me convidou para comer com eles, e nos sentamos ao redor de um fogo. Contaram alguns causos, e logo me senti à vontade. O chefe do grupo era um turco; havia dois escandinavos, um escocês, um norte-americano, um holandês e muitos nativos. Todos os estrangeiros tinham tido seus probleminhas na terra natal, considerando-se refugiados.

Na manhã seguinte, me ajudaram a encilhar os cavalos e acomodar a carga. Pelo tamanho dos alforjes, imaginei que mãos bondosas tinham posto dentro deles alguns víveres e fumo durante a noite. Depois que uma garrafa passou de mão em mão, despedi-me dos novos amigos desejando-lhes muita sorte, o que disse de todo o coração. Enquanto escrevo estas palavras, parece-me vê-los desaparecendo nas brumas, seus animais em fila indiana descendo por uma trilha, estimulados por gritos em diversos idiomas.

Quando voltamos a nos aproximar dos Andes, o terreno se tornou mais acidentado. Surgiram árvores diferentes, principalmente corticeiras barrigudas – finas perto do chão, depois grossas, e novamente finas perto dos galhos. Bandos de papagaios faziam grande ruído à nossa passagem. Por aqui cresce uma trepadeira venenosa que pode matar animais, principalmente cabras, se a comerem em grande quantidade.

Perdi tempo seguindo trilhas abertas pelo gado, sem direção certa. Mas aprendi a reconhecer sinais da passagem de gente, para escolher o caminho certo: marcas de onde foi feito fogo, por exemplo, ou de ferraduras.

O Rio Macará faz o limite entre o Peru e o Equador. Passamos a noite numa fazenda do lado peruano. Ali, como em toda aquela região, encontrei gente hospitaleira, que oferece o pouco que tem, sempre de boa vontade.

Nessas colinas, a cerca de quatrocentos metros acima do nível do mar, o clima é agradável. Ao norte e ao leste se elevam picos envoltos na bruma. Do outro lado do rio, pode-se ver Macará, um povoado equatoriano. Tive que esperar até a tarde seguinte para que o rio baixasse um pouco. Mas foi divertido ajudar os campeiros a domar algumas mulas.

Orientado pelos vaqueanos, atravessei o rio no melhor lugar e chegamos tranquilos ao Equador. Dizem que ali costuma haver uma guarda aduaneira, mas não vi ninguém. Se todas as fronteiras fossem como esta, viveríamos melhor e com menos guerras no mundo.

# A região montanhosa do Equador

Quando cheguei a Macará, procurei alguma autoridade e encontrei alguém que ficou entusiasmado ao me ver. Disse que tinha recebido ordens para me receber muito bem, caso eu entrasse no Equador por ali. Deu vivas à Argentina, o que atraiu algumas pessoas. Nessa altura, os cavalos já estavam nervosos, e Mancha, pouco acostumado com tanta algazarra, murchou as orelhas e ergueu uma pata. Gato, de temperamento mais resignado, também se mostrou inquieto.

Quando chegou o chefe político, tive que entrar pela noite adentro contando para ele e seus amigos algumas peripécias da viagem. Meus cavalos foram muito bem cuidados. Curiosamente, as crianças se aproximavam deles, chamando-os de *argentinos*.

Apesar do convite para ficar alguns dias, encilhei bem cedo e seguimos em direção aos Andes por um caminho regular. Costeando o Rio Macará e seguindo por meio de uma mata espessa, chegamos ao pé das montanhas. Por contraste, no lugar onde estávamos fazia calor, e muitos insetos – principalmente mosquitos – voavam sobre nossas cabeças. Um lugar belíssimo, mas não isento da presença da malária.

Nessa região baixa do Equador, é comum uma árvore chamada *avillo*. É do tamanho de uma castanheira e tem folhas grandes e arredondadas, de um verde lindo. Os frutos são grandes, e suas sementes costumam ser usadas como purgante *energético*. Ao se cortar a casca de um *avillo*, brota um líquido leitoso. Quando uma árvore dessas deve ser derrubada, os locais costumam fazer fogo ao lado e queimar tudo – tronco e galhos. A razão, segundo me disseram, é que, se alguém cortar a árvore e não a queimar de imediato, ficará com o rosto e o corpo horrivelmente inchados. Quase todos os *avillos* têm marcas no tronco, porque os passantes costumam lhes dar golpes de facão, como se fossem inimigos.

Ao entardecer, escolhi um lugar mais arejado, armei um mosquiteiro e dormi sobre os pelegos, com o carnal para cima. Desconfiando da água, coloquei três gotas de iodo na minha caneca. Saí bem cedo, pois me disseram que o caminho era longo e difícil, que encontraria lugares com muitas pedras soltas, onde os cavalos poderiam resvalar e cair, até mesmo quebrando uma pata.

Naquela manhã, depois de percorrer pequena distância, começamos a ziguezaguear por uma trilha estreita e empinada. Mesmo com a temperatura caindo bastante, ficamos banhados em suor. De repente, entramos numa bruma que nos impedia de enxergar a poucos metros de distância. Logo adiante, um sol glorioso, montanhês, nos deu nova vida. Depois de algumas pequenas paradas, fomos tomando fôlego até chegar a um lugar com ampla paisagem. Parecíamos estar numa ilha elevada, tendo a nossos pés um oceano branco e infinito, salpicado de montanhas. Aqui e ali, camadas de névoa, empurradas pelo vento, pareciam enormes ondas quebrando na costa. Comecei a sentir frio e, como as mudanças de temperatura são perigosas, evitei outras paradas, a não ser quando muito necessárias.

Durante os dias seguintes, seguimos por um fértil planalto. Pernoitamos em algumas aldeias, e me avisaram que, entre duas delas, ocorrera um deslizamento de terra, em que um homem e sua mula caíram num precipício. Como tinha dúvidas sobre a veracidade da informação, resolvi verificar pessoalmente.

Após algumas horas, cheguei ao local indicado e constatei que o risco de passagem era muito grande. Não havia outra alternativa senão voltar à procura de outro caminho. Mancha era quem levava a carga e ia na frente. Como a cincha de Gato estava meio frouxa, apeei-me para apertá-la. Quando levantei os olhos, vi, horrorizado, que Mancha seguia caminhando para o ponto em que a trilha estava cortada. Antes que eu fizesse um gesto, ele saltou e *aterrissou* do outro lado com a maior naturalidade. Minha alegria, com isso, logo se tornou uma grande preocupação. De um lado, estávamos eu e Gato. Do outro, Mancha, bem tranquilo, como se não tivesse saltado sobre um precipício de algumas centenas de metros de fundura...

Não era momento para ficar parado. Assim, atei as rédeas como pude e fui estudar a situação. Resolvi desencilhar Gato e deixá-lo solto. Ele saltou o obstáculo como um cabrito e ficou me olhando. Tive que saltar também. Feito isso, depois de recuperar o fôlego, peguei uma corda para atar dos dois lados do precipício, com a qual passei a carga e os arreios. Tive que saltar o precipício várias vezes nessa função. Por sorte, foi só um susto, mas que nos economizou muitas léguas.

Os urubus, aqui chamados *zopilotes*, fazem a varredura sanitária do Oceano Pacífico, tanto na América do Sul quanto na Central. Numa tarde em que eu estava sentado à porta de uma cabana solitária, costurando o serigote, observei um cachorrinho *guaipeca* que olhava para o céu. Muitos urubus voavam em direção ao horizonte, e o animalzinho estava com as orelhas em pé, o corpo tremendo. Logo saiu correndo e desapareceu numa baixada. Meu anfitrião, que estava debulhando milho, riu-se da minha curiosidade. Disse-me que o cãozinho seguira os urubus para comer algum animal morto, pois, sozinho, ainda era incapaz de caçar. Fui me deitar pensando se o vira-lata estava, afinal, matando a fome.

Naquela noite, quase não consegui dormir com a barulheira dos *borrachos*. De fato, a bebida é o grande vício dos habitantes da Cordilheira. Um dia, eu andava por uma trilha solitária, quando encontrei um homem e fiquei conversando com ele. Estava montado numa mula muito linda e disse-me que tinha vendido algumas numa aldeia distante. Tirou uma garrafa de um alforje e me ofereceu de beber, já com a língua frouxa pela *chicha*. Ao entardecer, chegamos a uma casinha isolada, onde me deram permissão para desencilhar. Como ali se vendia bebida, ele aproveitou para renovar seu estoque e seguiu viagem dentro da noite. Meu anfitrião e eu nos acomodamos no chão e tratamos de dormir.

Devia ser mais de meia-noite quando acordei com o barulho de batidas fortes na porta. Era nosso amigo, que chegava a pé, cambaleando, e nos perguntava se víramos passar alguém com sua mula. Chorando muito e tentando manter o equilíbrio, contou-nos que atara o animal a uma árvore enquanto entrava em outra choça para beber. Quando voltou, a mula – com seus alforjes e até as moedas de prata que ali guardava – tinha desaparecido. Nada pudemos fazer, senão lhe arrumar um espaço no chão e algumas mantas para que ele dormisse.

Mais adiante, quando descíamos em direção a um lindo vale, meus cavalos e eu nos surpreendemos com a aparição de um homem enorme. Era moreno, com uma cara angulosa, e seus cabelos negros caíam em mechas sobre os ombros largos. Suas calças curtas mal lhe chegavam aos joelhos, mostrando as pernas musculosas. Parecendo mais fantástico do que real, avançou em nossa direção e, antes que eu empunhasse alguma arma, mostrou-se muito pacífico. Quando me perguntou para onde eu ia, como de hábito, só lhe disse o nome da vila mais próxima. E, para minha surpresa, o monstrengo mostrou a mula atada atrás de uns arbustos e me disse que era carteiro. Montou e me acompanhou por algum tempo, dizendo-me que era um indígena runa. Depois disso, encontrei outras pessoas dessa tribo, mas nenhuma gigantesca como ele.

Os runas costumam ser agricultores, enquanto outra tribo da região – os jíbaros – é muito diferente. Há quem os chame de *caçadores de cabeças*, mas há um enorme exagero nas histórias que contam a respeito deles. Para mim, trata-se apenas de histórias escritas por pessoas sem assunto. É certo que os jíbaros são mais primitivos que os runas, principalmente quando pintam a cara depois de dar uns cortes nas bochechas ou quando colocam anéis de madeira no lábio inferior, principalmente as mulheres. No entanto, não deixam de ir aos povoados trocar papagaios, macacos e ervas medicinais por facas, pólvora, fuzis e outros objetos. Suas armas habituais, porém, são grandes lanças. Extremamente resistentes, vivem quase nus em regiões onde a neve cai com facilidade.

Quando um jíbaro mata um inimigo, corta-lhe a cabeça e a submete a um tratamento para reduzi-la, sem mudar os traços. Vi algumas do tamanho do punho de um homem. A mais impressionante foi a de uma mulher que parecia estar dormindo. Essas cabeças podem ser compradas, embora seu tráfico seja proibido na República do Equador.

Pensava em dar um descanso aos cavalos quando chegássemos a algum local onde pudesse soltá-los para pastar. A aventura, no entanto, se encontra onde menos se espera, e essa verdade foi comprovada numa vila onde descansamos por dois dias.

Mancha e Gato estavam num curral, comendo pasto trazido por um indígena de um vale próximo. Eu me hospedara num ranchinho na única rua do povoado. Uma mulher me trazia comida, e vinham com ela umas crianças que me olhavam meio assustadas. Como a cabana não tinha janelas, para ter ar e luz eu precisava deixar a porta aberta, matando a curiosidade pública.

Um rapazinho com cara de esfomeado, a quem eu dava parte da minha comida, estava sempre por ali e me seguia quando eu ia ao curral. Tinha o cabelo comprido e vestia apenas um poncho velho – um *puana*, como se diz por ali. Perguntei ao delegado por sua identidade, e ele me disse que era apenas um pobre órfão. Sugeriu que eu o levasse comigo para me ajudar a cuidar dos cavalos, do que ele gostava muito. Resolvi levá-lo, pelo menos até a próxima cidade, onde pudesse ter melhores oportunidades do que naquele povoado.

Seu nome era Victor. Ele me disse que tinha dezesseis anos, embora aparentasse, no máximo, quatorze. O delegado lhe preparou um documento com o nome de Victor Giménez, e inventamos uma data de nascimento aproximada com base na idade que dizia ter. Mandei cortar-lhe os cabelos, tomar um bom banho e vestir roupas novas que comprei para ele. Só não comprei sapatos, porque ele só sabia caminhar descalço.

Quando, alguns dias depois, chegamos a Loja, a primeira cidade no meu trajeto pelo Equador, Victor já tinha demonstrado ser tão útil que resolvi levá-lo mais adiante comigo. Além de me ajudar em tudo que eu solicitava, cuidava dos cavalos e da carga enquanto eu saía à procura de forragem e água, evitando roubos, o que já me acontecera algumas vezes. Assim, comprei-lhe um petiço, uma sela, um casaco e um par de sapatos. Nunca esquecerei de seu esforço para caminhar com eles, na primeira vez, pelas ruas da cidade – como se andasse sobre o gelo. No dia seguinte, mesmo com os pés machucados, insistiu em calçar seus sapatos.

Em Loja, visitei o governador, que se mostrou muito cortês e interessado na minha viagem. Trata-se de uma cidade muito simples, cujos principais prédios ainda remontam à época colonial. Impressionou-me o fanatismo religioso de seus habitantes – brancos, indígenas e mestiços. Sua devoção por Deus e pelos santos chega a ser idolatria, pois se ajoelham diante de qualquer imagem tosca de madeira pintada e participam de muitas procissões, que geralmente acabam em bebedeiras.

Vi uma delas em Loja. Todos os sinos das igrejas repicavam ao mesmo tempo, com a força máxima de quem puxava as cordas. Duas bandas, quase juntas, tocavam músicas diferentes. Nas extremidades da procissão, muitos homens tocavam flautas e tambores. Os habitantes do lugar – e centenas de pessoas, vindas de todas as partes – ajoelhavam-se e se jogavam de bruços ao chão para receberem a bênção do sacerdote. Todo o caminho estava coberto de flores e molhado com água perfumada. Mesmo acostumado com essas procissões, nunca tinha visto uma igual. Estava olhando tudo embasbacado, quando um funcionário equatoriano, mais culto, que já era meu conhecido, tocou-me no ombro e disse ao meu ouvido: *Vamos embora daqui. Essas coisas me deixam doente.*

Na mesma cidade, visitei um convento – experiência nova para mim. Quando uma moça ali ingressa, é para toda a vida, e nada mais verá do mundo exterior. Na entrada, meu guia puxou uma corda, e se abriu uma janelinha gradeada. Uma voz feminina perguntou o que queríamos. Como eu estava bem recomendado, nos deixaram entrar na capela pública. Ali, o silêncio era quebrado pelas vozes monótonas das freiras rezando no claustro. Dispõem de uma entrada só para elas e estão sempre atrás de barras de ferro, como numa prisão.

Saí em péssimo estado e consegui até respirar melhor pelas ruas da cidade. Como o trem não chega até aqui, todas as mercadorias são trazidas no lombo de mulas ou nas costas dos carregadores. Naquele dia, vi até um piano ser descarregado diante de uma casa. Logo adiante, uns trinta homens gemiam sob uma enorme armação de madeira, sobre a qual ia uma carga pesadíssima. Por esse trabalho insano, costumam receber alimentação e vinte centavos equatorianos.

O caminho entre Loja e Cuenca é muito concorrido, o que complica ainda mais o trajeto. Foi aberto pelos cascos de milhares de animais, e os atoleiros são comuns – os cavalos afundam até a barriga. Depois de uma chuva, torna-se quase impossível o trânsito. Mas conseguimos chegar ao destino sem nenhum acidente grave.

Após atravessar uma área desértica chamada El Silbán, conseguimos dormir numa cabana. Durante a noite, fomos acordados por batidas na porta e encontramos um homem caído, gemendo, coberto de barro e sangue. Era o meu conhecido carteiro enorme. Tinha sido assaltado e ferido a tiros, tendo sido roubada sua mula com o correio. O atendemos como nos foi possível. Felizmente, os ferimentos não eram tão graves quanto me pareceram a princípio. Muito forte, conseguiu se arrastar por uns três quilômetros – caso contrário, teria morrido. Como tínhamos passado pelo local do assalto há poucas horas, só pude bendizer a nossa boa sorte.

A região entre Loja e Cuenca, muito montanhosa, dificultou a viagem a cavalo. Mas valeu a pena pela importância de Cuenca. Mesmo sem acesso ferroviário, ali se dispõe de tudo. O clima é suave durante o verão, e a região é uma das mais lindas do Equador. Meu companheiro Victor ficou impressionado com a cidade, tudo para ele era novo, mas aprendia com facilidade.

Como plantam bastante alfafa, Gato e Mancha passaram uns dias de abastança. Os indígenas possuem pequenas chácaras e levam os produtos pessoalmente ao mercado.

A principal indústria de Cuenca é a dos chapéus Panamá. Pode-se ver operários trabalhando diante de suas moradias, tecendo com paciência as fibras longas e finas. Compradores por atacado chegam a Cuenca de lugares distantes.

Ao sair da cidade, seguimos por outra trilha muito concorrida. Mais uma vez, meus cavalos tiveram que se alimentar com uma espécie de bambu tenro, dada a ausência de outro tipo de forragem. O pior, porém, foram os trechos com atoleiros, um inferno para os animais de carga. Ainda bem que os piores deles estão assinalados com paus atravessados à sua frente.

Numa ocasião, nesse trajeto, vimos uma estranha figura junto de uma mula, ambos cobertos de barro. Fiquei surpreso quando me falou em inglês, contando como haviam caído num enorme buraco cheio de lodo. Pela pronúncia, percebi logo que se tratava de um norte-americano. Quando se acalmou um pouco, perguntou-me o que eu estava fazendo ali. Quando lhe disse que viajava por prazer, ele respondeu:

– Amigo, você me salvou a vida. Estava pensando em meter um tiro na cabeça por estar aqui neste inferno por razões de trabalho. Mas, agora que encontrei alguém mais idiota do que eu, não vou me matar.

Esse fato comprovou uma história do folclore do Equador e da Colômbia que escutei mais de uma vez pelo caminho: um gringo andava a cavalo por uma trilha estreita e coberta de barro, quando viu um belo chapéu atirado no chão. Apeou-se e o pegou. Uma voz rouca mandou que o recolocasse no lugar.

– Onde você está? – perguntou, surpreso, o gringo, reconhecendo uma forma arredondada no lugar de onde pegara o chapéu.

– Aqui embaixo – respondeu a voz.

– E o que está fazendo aí?

– Eu?! Estou viajando montado na minha mula. E tenho pressa! Me devolva logo o chapéu.

Um ramal ferroviário de Guaiaquil a Quito começou a ser construído, devendo passar por Cuenca. Infelizmente, as obras foram abandonadas por razões políticas e por falta de fundos, o que é muito comum por aqui. Andamos por alguns lugares onde já haviam colocado dormentes e trilhos, o que deixou Victor muito curioso, sobretudo quando lhe disse que veria em Guaiaquil o que mais desejava: um trem, com locomotiva e tudo.

Durante a noite, quando eu fazia anotações da viagem, o rapazinho se aproximava para me observar. Logo foi capaz de identificar os números até nove e também algumas palavras escritas.

Numa ocasião em que entramos num túnel, Victor ficou assustado de verdade. Foi difícil lhe explicar que não estávamos em perigo. Quando saímos do outro lado, nunca o vi tão feliz. E me pediu que o esperasse, enquanto voltava até o outro lado. Naquela noite, quando nos abrigamos num lugar imundo e cheio de pulgas, ele me disse para que servia o túnel: *Foi feito como um abrigo onde devem dormir os trens e seus passageiros*.

Na manhã seguinte, descendo para um vale coberto de vegetação verde-escura, abriu-se um espaço e surgiu a linha férrea que une Guaiaquil e Quito. Ao longe, como uma miniatura, aproximou-se o primeiro trem da vida de Victor. E ele ficou tão emocionado que não disse uma só palavra.

Poucas horas depois, chegamos ao cruzamento ferroviário chamado Nariz do Diabo, uma espetacular obra de engenharia que permite ao trem subir a montanha. Como não havia nenhuma trilha, tivemos que seguir com nossos cavalos pelo meio dos trilhos. Foi quando um acidente quase acabou com a viagem.

De repente, surgiu uma locomotiva diante de nós. Desesperados, saltamos para fora dos trilhos exatamente em um dos poucos lugares onde havia mais espaço. No entanto, parece que só eu me dei conta de que escapáramos da morte... Gato e Mancha começaram a pastar um bom capim que por ali encontraram, e Victor dava pulos de alegria, olhando o trem fumacento descer em zigue-zague e apitar, como em despedida.

Na cidadezinha no alto da montanha celebrava-se o dia de São Pedro, e duas bandas tocavam ao mesmo tempo. Voltei a encontrar os bêbados rezando e cantando, mas havia ali uma novidade: um local improvisado para uma tourada.

No Equador, os toureiros são amadores, dado o alto preço cobrado pelos profissionais da Andaluzia. Aqui, raramente os touros são mortos ou feridos, e não existem *picadores* com seus cavalos – vítimas habituais das corridas clássicas. É feita uma barricada circular com carroças e carretas, deixando uma única passagem. Por ali entra o touro, puxado por um laço comprido atado aos chifres. Ao ser libertado, fica a mugir e a escarvar o chão. Então, encorajado pelo conteúdo da garrafa, um homem salta para o interior da arena e provoca o touro com seu poncho na mão. O animal investe, e ele o enfrenta ou foge – sendo substituído por outro *borracho*. São comuns os mortos e feridos, o que assinala que a tourada foi boa.

À noite, fomos ver o espetáculo de fogos de artifício, sem o qual, por aqui, nenhuma festa está completa. Logo depois, assistimos ao *show da vaca louca*. Uma armação de madeira que lembra uma vaca é levada ao centro da praça. Ali colocam trapos embebidos em gasolina nas extremidades de seus chifres, feitos de arame torcido. Ateiam fogo neles, e a vaca louca, carregada por um homem, atropela e é enfrentada por rapazes que sacodem seus ponchos – como os toureiros improvisados da tarde.

O dia seguinte me trouxe uma boa surpresa: chegou o trem de Guaiaquil e, com ele, alguns jornais que devorei com entusiasmo. Porém, logo depois, caí na realidade. Minhas finanças estavam mal, e eu precisava ir a Quito ou a Guaiaquil para tirar dinheiro em um banco que aceitasse minhas cartas de crédito. Como esta última cidade era a mais próxima, deixei Victor cuidando dos cavalos e parti de trem. Foram seis horas que passaram rápidas, porque fiquei a maior parte do tempo conversando com os maquinistas e outros funcionários norte-americanos.

Um evangelista que encontrei depois, já perto da fronteira da Colômbia, escrevera versículos da Bíblia em letras negras sobre pedras próximas aos trilhos, bem legíveis para os viajantes. Frente ao declive *Nariz do Diabo*, escrevera: “Prepara-te para teu encontro com Deus”. Palavras pouco confortadoras para quem sabia dos acidentes que aconteciam ali, antes dos freios de ar comprimido. De fato, existe mais abaixo um cemitério bem povoado, onde estão enterradas as vítimas.

À medida que o trem avançava, aumentava o calor. Passamos por vilarejos com casas e pessoas pobres. Mas atravessamos também matas tropicais e lindos vales. Depois, algumas plantações de coqueiros, até chegar aos pântanos. Frente ao Rio Guayas, todos abandonamos o trem e embarcamos numa lancha que nos levou até a cidade de Guaiaquil.

Contaram-me que a frota equatoriana se compunha apenas de dois *cruzadores* muito antigos – *Cotopaxi* e *Ataualpa* – ancorados no mar, a pouca distância do porto. Um fora comprado do Chile, já idoso. Os barcos de guerra estavam enferrujados, parecendo que iriam afundar a qualquer momento. No entanto, devido à maré, levantavam suas âncoras e mudavam de posição a cada 24 horas.

Guaiaquil faz força para imitar uma cidade moderna. Algumas de suas ruas são largas e com poucas edificações, e a praça principal me deu a impressão de um pequeno deserto do Saara, com um alto monumento no meio. Existem lojas e restaurantes modernos, mas os hotéis deixam a desejar. Terminados meus assuntos, não perdi tempo em pegar o primeiro trem. Fiquei feliz em voltar para as montanhas, ao encontro de Victor e dos meus cavalos.

Prosseguimos a marcha seguindo ao lado da via férrea até Riobamba. A primeira visão da cidade, estendida abaixo de nós, é simplesmente inesquecível. Encontra-se no meio do caminho entre a costa e Quito, a capital. De Riobamba se contempla um panorama majestoso. Do lado do poente, está o Chimboraço, o majestoso monarca andino. Ao nascente, eleva-se o Altar, assim chamado pelos desenhos simétricos que nele faz a neve. À nossa frente, ao norte, obscurece o horizonte o grande Vulcão Tungurahua.

Encontrei um caminho bastante bom para ir de Riobamba a Quito. Segue pelo sopé do Chimboraço, atravessando vilas habitadas, em sua maioria, por indígenas industriosos. Ali, o clima é de eterna primavera, favorecendo o cultivo abundante de legumes e árvores frutíferas. Passamos pelo famoso Cotopaxi, um vulcão cônico coberto de neve, de singular beleza.

Victor, embora valente para quase tudo, tinha medo de cachorros, sobretudo quando latiam para ele. Fora isso, estava sempre bem-humorado, comia com grande apetite e se apegara muito aos cavalos, principalmente ao Mancha. Para ele, tinha sempre algo especial a oferecer, que lhe dava na mão. Depois do tombo que levara numa única tentativa, nunca mais tentou montá-lo. No entanto, o rapaz passava por debaixo de sua barriga, entre as patas, e limpava-lhe a cauda e os cascos sem que Mancha reagisse.

Nesse trecho da viagem, senti os pés muito quentes e doloridos. Lavei-os várias vezes, mas só pioravam. Foi quando Victor me disse que eu fora atacado por níguas (bichos-de-pé), pequenos parasitas que crescem debaixo da pele dos dedos dos pés. A inflamação vai aumentando, a ponto de envenenar o sangue. Usando uma agulha, Victor retirou pequenas bolsas que contêm os ovos do parasita, operação que exige muito cuidado e prática.

As níguas também atacam os cavalos, que batem as patas para aliviar o prurido. O melhor tratamento é feito com graxa misturada com enxofre e cânfora. Como nem sempre se encontram esses produtos nessas regiões isoladas, é comum ver pessoas com os pés deformados pelas níguas.

Finalmente, Quito surgiu no alto de uma colina, dentro de um vale cercado de montanhas. Ao sul da cidade, o Monte Cayambe brilhava com seu manto branco. Pelo caminho, muitos eucaliptos e preciosas flores.

## Quito

Passamos bons momentos em Quito. Os cavalos também, graças a um campo de alfafa situado a cinco quilômetros da cidade. Minha hospedagem foi em um excelente hotel.

A maior parte das casas data do período colonial, sendo algumas das igrejas de arquitetura preciosa. A ornamentação em ouro e as pinturas, no entanto, são prejudicadas pela escuridão no interior dos templos.

A vida em Quito é pouco dispendiosa, devido ao câmbio favorável para moedas estrangeiras. No entanto, apesar disso e de todos os atrativos da capital equatoriana, são raros os turistas.

Quem busca os prazeres de uma cidade moderna não os encontrará por aqui. Depois das nove horas da noite, a cidade dorme, com exceção de algumas mulheres, a postos nas arcadas da praça principal. De madrugada, somos acordados pelo toque de muitos sinos, chamando para a missa.

Embora o exército equatoriano tenha apenas cinco mil homens, nunca ouvi tantas bandas militares, clarins e tambores como em Quito. Parece que estamos dentro de um quartel.

Aqui se pode comprar antiguidades – legítimas ou falsas – por preços baixos, inclusive as cabeças humanas em miniatura. As ruas são varridas por indígenas de longos cabelos, com calças largas e ponchos coloridos. As mulheres carregam muito peso nas costas, cargas que poucos brancos suportariam. Os mercados têm muito movimento. Do sábado à noite até segunda-feira, são contidos pela lei seca. Embora eu não seja adepto de bebidas alcoólicas, estranhei essa abstinência dominical.

Nossa agradável permanência em Quito teve de ser abreviada devido aos meus planos de chegar em janeiro ao Panamá, época em que se inicia a estação seca, que dura apenas um trimestre. Nos nove meses seguintes, as chuvas inundam os caminhos e fazem transbordar os rios.

## A passagem da Linha do Equador

Seguimos para a fronteira da Colômbia, aproveitando uma estrada de ferro inacabada. O clima era agradável, e as noites, frias.

No segundo dia de viagem, cruzamos a Linha do Equador. Fiquei sabendo que existira ali um monumento erguido por um francês e roubado por um ricaço, para ornamentar seu jardim. Como não há nada mais que assinale essa linha, tive de calculá-la no meu mapa, para comemorar a passagem, como se faz nos navios.

Para tanto, já no Hemisfério Norte, na primeira pousada, ofereci a Mancha e Gato a melhor ração que meu dinheiro podia comprar. Tínhamos percorrido, desde Buenos Aires, cerca de sete mil quilômetros. Assim, enquanto observava os cavalos comendo, recordei um pouco da maravilhosa viagem. Fiquei ali até o sol desaparecer atrás do Cayambe – um monte que acaricia o céu. Esperei um pouco pela lua e me encantei com sua luz refletida nas camadas de neve intocadas. Enrolei-me nos cobertores e me senti muito orgulhoso e satisfeito.

# Colômbia

Quando chegamos à fronteira, as montanhas – em especial o Cumbal – estavam cobertas de neve. A passagem se dá por uma arcada natural chamada *Rumichaca*, que, em quíchua, significa *Ponte de Pedra*.

Apresentei os documentos na alfândega, sem nenhum problema, até porque já estavam avisados da minha chegada. Esse trabalho diplomático me foi muito útil para atravessar as fronteiras. Por cortesia, um soldado da patrulha fronteiriça me acompanhou até uma vila, onde as autoridades me deram as boas-vindas. Dali, seguimos por uma estrada com muitas subidas longas e cansativas.

Nessa região existem vulcões. Entre 1906 e 1924, suas erupções causaram centenas de vítimas. Passamos por uma lagoa vulcânica cujas lindas águas verdes se devem à alta concentração de enxofre.

Como em outros países que atravessei, as cidades colombianas carecem de água corrente. Em geral, há uma pequena fonte na praça principal, usada para dar de beber aos animais e lavar roupa. Ao mesmo tempo, não é raro ver pessoas ali enchendo seus jarros e até bebendo a água.

A Colômbia tem poucas estradas de ferro. Por ser montanhosa, sua construção é cara e difícil. A área mais rica e importante que atravessei foi o Vale do Cauca e, mesmo assim, suas estradas não são boas. Nesse trajeto, não chovia havia oito meses, e meus cavalos passaram dificuldades. Só consegui forragem nas terras irrigadas, e por preços inacreditáveis.

Estacionamos por alguns dias ao pé do Vulcão Galera, ao alto do qual decidi subir. A cratera é enorme, e suas erupções são frequentes. Na primeira ascensão, fui acompanhado por um geólogo. Naquele momento, só emitia uma nuvem de enxofre para o céu. À beira da cratera, testemunhamos uma cena magnífica: no centro, havia uma cratera menor, da qual saía fumaça com ruído semelhante ao de uma máquina a vapor. O geólogo insistiu em descer até ela. Acompanhei-o em duas horas de perigosa caminhada.

As rochas estavam quentes, o que me perturbava e fazia meu companheiro sorrir. Foi quando lhe disse que iria penetrar ainda mais fundo – o que fiz, por teimosia, tropeçando em pedras soltas, até chegar junto ao buraco de onde saía a fumaça.

Logo a seguir, as pedras sobre as quais me achava começaram a tremer, e fui envolvido em nuvens de enxofre. Coloquei meu lenço no rosto envergonhado e voltei tropeçando, meio às cegas. Tive que parar e me agachar. Um pouco de ar fresco clareou o caminho, e não perdi tempo em fugir daquele inferno. Começava uma erupção, e tratei de escapar dali. Ao cair da noite, uma tempestade com muitos relâmpagos e trovões complicou nossa descida do vulcão. Prometi a mim mesmo que nunca mais faria a loucura de entrar em outra cratera.

Nessa região, os indígenas usam saiotes parecidos com os *kilts* escoceses, mas sem pregas. Não usam chapéu e caminham descalços. Em grupos, costumam andar em filas, um atrás do outro. Cumprimentam os passantes, também um a um, o que torna complicado responder a todas as saudações.

Uma manhã, quando fui buscar meus cavalos no campo de pastagem, vi que um deles tinha as crinas trançadas. Procurei desmanchar a trança, mas estava muito apertada. Perguntei a Victor se fora ele quem fizera aquilo, e ele negou, dizendo que se tratava de obra noturna do *duende*. Como nada sabia do assunto, pedi uma explicação, que foi dada por um colombiano mestiço, com ascendência indígena, que estava conosco.

O *duende*, segundo eles, é um anão que vive em áreas isoladas das montanhas, onde pode ser ouvido chorando como uma criança ou imitando o som de trovões. Os nativos acreditam que ele gosta de andar a cavalo e, por ser muito pequeno, acomoda-se no pescoço da montaria, trançando as crinas como estribos para acomodar os pés. Busquei, então, outras explicações para o fenômeno, mas não encontrei nenhuma.

Mais ao sul, atravessamos o Vale de Patía, onde afrodescendentes criam cabras e ovelhas. Os lobos causam muitos estragos, razão pela qual os rebanhos são abrigados em currais durante a noite. Infelizmente, alguns desses pastores têm hanseníase – tendo um deles, com o rosto desfigurado, estendido a mão para pedir dinheiro. Com o mesmo gesto, tocou em um dos meus cavalos. Mais adiante, em um pequeno córrego, lavei e desinfetei o lugar que fora tocado.

Perto dali, aconteceu um incidente que me obrigou a me defender. Um bêbado me insultou e me atacou com seu facão. Atirei nele e tratei de ir embora, sem saber o que lhe aconteceu. Ao sair do Vale de Patía, atravessamos uma região ainda mais pobre, onde dormimos em choças miseráveis, sobre couros de boi.

Enfim, chegamos a Popayán, uma das cidadezinhas mais bonitas da Colômbia. São muitas as casas novas, construídas no velho estilo espanhol, e os parques e jardins refletem o bom gosto de seus habitantes. Ao longe, divisava-se o Puracé, vulcão em erupção, lançando fogo e fumaça. O outro vulcão, o Sotará, está extinto. Próximo, corre o Rio Vinagre, cujas águas têm gosto ácido. Nenhum peixe sobrevive ali, em razão do alto teor de enxofre. Mais adiante, passamos por pequenas minas de ouro, prata, cobre e chumbo. Segundo me informaram, as jazidas desses metais oferecem grandes possibilidades para a Colômbia.

Voltou a faltar forragem, e tive que comprar cana-de-açúcar. No começo, Gato e Mancha não gostaram, mas, com o tempo, se acostumaram, e lhes fez muito bem. Em outras ocasiões, também comeram bananas e mandioca. Uma única vez, folhas verdes de fumo. O impressionante é que nunca adoeceram com essas constantes mudanças de água e alimentação. Nenhuma cólica. E até fome passaram algumas vezes.

O Vale do Cauca é um dos mais férteis da Colômbia. Uma estrada de ferro o percorre em toda a sua extensão até as montanhas do norte. Palmira foi a primeira cidade do vale em que chegamos. Passamos a dividir espaço em boas estradas com automóveis e ônibus, principalmente em direção a Cali e vice-versa.

Como sentíamos muito calor e as estradas o permitiam, viajamos muitas vezes durante a noite, algo que não me agrada, por ser apaixonado pelas paisagens.

Os cavalos de pelagem oveira e tobiana são desconhecidos na Colômbia. Muitos cavalos se assustavam ao se deparar com Mancha, e um até disparou com seu cavaleiro quando nos viu de súbito. Gato, um baio gateado, nunca chamou a atenção de seus congêneres

## A caminho de Bogotá

Eu precisava de informações sobre o extremo norte da Colômbia e o sul do Panamá. Em Bogotá seria possível obtê-las e receber minha correspondência, que para lá fora enviada. Mas tive que dar uma volta para retomar o caminho até a capital colombiana.

Na ausência de estradas de ferro para o Vale do Magdalena, as estradas ficam tomadas por animais de tração. Viajar com meus cavalos nessa enorme volta seria demorado e inútil. Assim, decidi deixá-los descansando em um lugar adequado, aos cuidados de Victor, e prosseguir sozinho. Encontrei, perto de Santa Rosa de Cabal, uma área onde cultivam o pasto real, logo apreciado por Mancha e Gato. Por ali, levei um grande susto: ao voltar a pé do lugar onde Victor ficara com os cavalos, pisei numa cobra venenosa que dormia ao sol. Ela me mordeu, mas fui protegido pelas botas de couro grosso.

Depois de percorrer uns cinquenta quilômetros no lombo de uma mula alugada, cheguei a Armênia, uma cidade ao pé do Monte Quindio. E, na manhã seguinte, comecei sua escalada. Subi ao ponto mais alto, chamado Línea, a mais de três mil metros acima do nível do mar. Dali, fui contemplado com uma vista maravilhosa sobre o Vale do Cauca e as montanhas que o rodeiam. Comecei a descer pelo outro lado do monte e passei a noite numa pousada imunda no povoado de São Miguel. Saí antes do amanhecer, porque precisava chegar a Ibagué a tempo de pegar o trem das duas da tarde.

Passei por caravanas de mulas e bois carregados de mercadorias. Os arrieiros costumam acampar em alguns lugares com água e pasto, soltando os animais e usando as cargas para formar quatro paredes sobre as quais estendem uma lona. Dentro desses pequenos ranchos, cozinham as refeições e dormem sobre os arreios. Confesso que tive inveja deles.

À medida que descia para o vale, o calor apertava. Pouco antes do meu destino, passei pelas mais lindas plantações de café que vi até hoje, atravessadas por um córrego de águas turbulentas. Suas pequenas árvores são protegidas do sol por outras, enormes, que formam um verdadeiro teto – sombra indispensável para o cultivo do café em lugares altos.

Cheguei ao meio-dia em Ibagué e deixei a mula em um estábulo. A viagem de trem até o Rio Magdalena foi muito agradável. A linha férrea atravessa uma área plana, com lindos campos. Na estação final, deve-se pegar um ônibus e atravessar uma ponte, seguindo até Girardot, um porto fluvial de onde se pode tomar outro trem até Bogotá.

Dali, é possível ir para a costa marítima em barcos primitivos, que chegam a levar vinte dias de viagem em épocas secas. Mas uma companhia alemã mantém uma linha aérea entre Girardot e Barranquilla.

Ao amanhecer, o trem partiu para a capital da Colômbia. Subimos durante seis horas até a meseta onde se situa Bogotá – uma região com lavouras de trigo e criação de gado. Conheci um escocês no trem. Engraçado como se adaptava ao clima cambiante de altas e baixas temperaturas, tirando e colocando seu *sweater*, e depois vestindo por cima um sobretudo de dar inveja aos exploradores polares. Não se arriscava jamais a pegar uma gripe.

O trem acelerou a marcha no planalto e, duas horas depois, entrou em Bogotá. Caía uma chuva fina. Um cocheiro me levou pelas ruas numa caleça que suspirava por se aposentar ou ir para um museu. O hotel onde me alojei era bom, mas o preço, absurdamente alto. Tudo é caro por aqui. A Colômbia foi o país em que tive o pior câmbio de toda a minha viagem.

Em compensação, as autoridades colombianas me trataram com uma amabilidade extraordinária.

Dizem que a religião católica tem muito poder por aqui, o que se reflete na quantidade de igrejas. Ao nordeste, dominando a cidade, existem duas montanhas chamadas Monserrat e Guadalupe. No alto da primeira encontra-se uma capela, dizem que construída com o esforço de todos os habitantes de Bogotá. É considerada milagrosa, como outros templos do país.

Aqui também se repete um fenômeno comum nos países da costa do Oceano Pacífico: praticamente todas as classes altas detestam os norte-americanos e tudo que vem dos Estados Unidos. No entanto, quem esteve por lá gosta de falar sobre isso e dizer algumas palavras em inglês. Curioso é que deram a um pequeno parque de diversões de Bogotá o nome de Coney Island, pronunciando essas palavras de uma forma ainda mais engraçada.

Como não estava ali para passear, uma vez recolhida a correspondência e tomadas as informações que desejava sobre o trajeto até o Panamá, tratei de voltar para junto de Victor e dos meus cavalos. E quero deixar expresso meu agradecimento ao embaixador da Argentina por todas as atenções que teve comigo.

Quanto à viagem até a América Central, os técnicos me afirmaram que era impossível pelas regiões de Chocó e Darién. Ali são comuns alguns pântanos intransponíveis. As comunicações só podem ser feitas por via fluvial. Essa opinião foi confirmada pelo General Jaramillo, que tentou inutilmente atravessar essa região norte com um exército colombiano, na guerra contra os panamenhos.

Assim sendo, resolvi viajar por terra até onde fosse possível e, depois, seguir de barco até Colón, na região do Canal do Panamá.

Assim, quando voltei de trem a Ibagué, encilhei a mula e toquei para Quindio. Não podia perder tempo, porque a estação das chuvas estava próxima. Como já conhecia o caminho, resolvi viajar também à noite, e isso quase me custou a vida.

Antes de chegar a São Miguel, existe uma pequena ponte de madeira sobre um precipício, em cujo fundo rugem as águas. Ali, a estrada faz uma curva muito fechada, da qual eu não me lembrava. Na noite escura, reconheci o lugar pelo ruído da torrente. Fiz a mula avançar com cuidado, mas, de repente, ela se recusou a seguir. Tentei que fosse em frente, sem sucesso. Então, apeei e acendi um fósforo. Um arrepio percorreu todo o meu corpo quando vi que errara o caminho e estava à beira do precipício, longe da ponte. Foi o animal que me salvou.

Já de dia, começou a chover, e a estrada se tornou escorregadia. Foi quando me deparei com uma família, à frente da qual caminhavam duas lindas meninas de cabelos cacheados. Quando passaram ao meu lado, a mula de uma delas escorregou. A *niña* portou-se como exímia cavaleira, recuperou o equilíbrio e me dedicou um sorriso. Jamais me esquecerei de seu rosto alegre, molhado pela chuva que caía forte. Juro que tive vontade de abraçá-la e beijar suas bochechas rosadas.

Mais atrás, vinham os pais, com os rostos cansados. A seguir, um homem conduzia uma mula com duas grandes cestas de cada lado. Dentro delas, dois meninos muito pequenos, protegidos da chuva, espiavam pelas frestas. Fechando o pequeno grupo, outra mula sofria debaixo de uma carga enorme e barulhenta, com panelas batendo umas nas outras. Sobre a carga vinham gaiolas com pássaros e dois gatos. Vi algumas caravanas de famílias na Cordilheira dos Andes, mas nenhuma que me tocasse tanto quanto esta.

Choveu durante vinte e quatro horas, e me aconselharam a fazer um desvio, a partir de Armênia, por uma estrada melhor. Acostumado a não perder tempo, no caso, dois dias, resolvi continuar pelo mesmo caminho. Foi quando entrei numa selva fechada e me achei perdido. Era impossível reconhecer a trilha transformada numa massa de barro. Minha mula se atolou diversas vezes até a barriga, e foi difícil retirá-la.

Ao meio-dia, outro dilúvio. Para piorar, começou uma descida por onde a água corria alta, e nós dentro dela. Apesar de minha capa ser impermeável, fiquei molhado até os ossos. Já não mais levantava as pernas quando as águas eram mais profundas. Relampejava, e trovões se emendavam uns aos outros. Tudo isso durou uma eternidade. Diante de meus olhos, só enxergava manchas azuis e roxas. Acho que fiquei parado por algumas horas.

Quando o tempo começou a melhorar, embora já tivesse passado por ali na ida para Bogotá, não tinha a mínima ideia de onde me encontrava. Ao meu lado, a mula estava sentada sobre as ancas, como um cão, e mexia de vez em quando com a cabeça. Foi quando caiu um raio quase sobre nós. Meus cabelos se arrepiaram e me fincavam como se fossem alfinetes. Temi que a mula não conseguisse se levantar, mas ela ergueu-se logo que a puxei pela rédea.

Finalmente, a chuva parou, e conseguimos chegar até a vila de Pereira, onde bebi uma dose dupla de mistal, a cachaça deles. E desejei, do mais profundo de mim mesmo, que, caso tivesse uma morte violenta, não fosse por raio.

No dia seguinte, encontrei Victor, Mancha e Gato em excelentes condições. O rapaz me disse que tivera um sonho: eu havia sido atingido por um raio e me enterravam à beira da estrada. De fato, eu não acredito mais em coincidências...

## A grande barreira pantanosa

Foi muito bom retomar o caminho junto com meus companheiros, mesmo escorregando no barro. Quando chegamos a Manizales, ficamos impressionados com a destruição causada por um incêndio na maior parte da cidade. A reconstrução havia começado, dirigida por engenheiros dos Estados Unidos.

Tive o azar de encontrar um quarto num hotel onde milhares de insetos haviam escapado à purificação do fogo. Para piorar as coisas, a companhia teatral mexicana de Lupe Vélez Cacho estava hospedada no mesmo lugar. Durante a noite, ensaiavam músicas com diferentes instrumentos e dançavam ao compasso de um gramofone. E as mulheres riam alto de anedotas tolas.

Tratei logo de ir embora pela estrada montanhosa em direção ao norte. Na primeira pousada, que aqui chamam de *mesón*, já tínhamos alimentado os cavalos com cana-de-açúcar picada e comido nossos feijões, quando, com as camas improvisadas no chão, ouvimos o barulho de cascos. Dois homens em trajes civis, mas que se disseram policiais, traziam uma mulher a caminho do hospício, em Bogotá. Não conseguimos dormir com a gritaria da infeliz durante toda a noite. Pela manhã, saímos dali enquanto ela berrava para não ser colocada no dorso de uma mula – imagem que me perseguiu por muito tempo.

Por uma razão que nunca pude explicar, a maioria das povoações por aqui fica nos pontos mais altos das montanhas, em lugares de difícil acesso. Sempre se encontram pequenos comércios com os mesmos produtos: arroz, feijão, fumo, sardinhas em lata, chocolate amargo e, certamente, cachaça. Depois da viagem, nunca mais quis comer aquelas sardinhas na minha vida.

Próximo de Medellín, encantei-me com uma vista espetacular do Vale do Cauca, com seu rio prateado. É a região de cultivo de fumo. Suas grandes folhas são colocadas a secar em armações de bambu, onde o ar circula livremente. Quanto mais próximos da cidade, melhores são as casas à beira do caminho.

As pessoas dessa região são muito curiosas. Quando lhes fazia alguma pergunta sobre meu roteiro, me bombardeavam com outras: *De onde o senhor é? Aonde vai? De que se ocupa? Quanto lhe custaram os cavalos? Tem família?* Minhas respostas dependiam do estado de ânimo em que me encontrava no momento...

Medellín é a capital da província de Antióquia e tem entre setenta e oitenta mil habitantes. Os antioqueños são industriosos e empreendedores – diferentes de outros habitantes do país, até no cuidado com suas casas brancas, com janelas enfeitadas de flores. A cidade progride com rapidez e logo será a mais importante da Colômbia. Uma estrada de ferro a liga a Puerto Berrio, junto ao Rio Madalena. Dali deveríamos seguir de barco até o Panamá – ideia que não me agradava, mas para a qual não havia alternativa.

## Madalena, o rio da lama e dos crocodilos

Aqui começaram muitas complicações. Primeiro, para acomodar e alimentar os cavalos. Depois, para conseguir lugar num barco que descesse o rio. Quase todos subiam carregados de gado, em espécies de balsas amarradas aos lados das embarcações normais. Ali, os animais ficavam tão apertados que era uma crueldade.

Chegou um deles com o gado espremido como sardinhas em lata, muitos animais berrando, meio asfixiados. Isso porque o vapor das caldeiras os atinge em cheio, matando alguns durante a viagem. Outros morrem pisoteados. Mas ninguém se importa com isso.

A vida em Puerto Berrio parece um filme em câmera lenta. As pessoas se movem com a mesma lentidão do rio. Uma atmosfera viscosa, repugnante – parecida com a dos escritórios onde tomei informações. Pouca gente trabalhando e muitos casacos pendurados nas cadeiras de funcionários que saíram para cuidar de suas vidas ou dormir a *siesta*. Como ninguém me informava nada, decidi ir diretamente às embarcações e falar com seus comandantes. Mas também não os encontrei – somente estavam ali os trabalhadores de carga e descarga.

Só no terceiro dia fiquei sabendo de um barco que chegaria ainda de manhã e seguiria em direção à costa. Fui ao escritório que me indicaram e o encontrei vazio, embora com as portas escancaradas. Esperei uma eternidade até chegar um homem que se sentou em seu lugar, sem olhar para mim. Com gestos lentos, começou a fazer ponta num lápis e tirou um formulário de uma gaveta. Acendeu um cigarro, deu umas tragadas e, finalmente, decidiu me atender. Suspirei aliviado quando, alguns minutos depois, me entregou a passagem, mas não antes de assinar seu nome no papel, com uma complicada rubrica cheia de voltas, para a qual ele olhava, sacudindo a cabeça, cheio de satisfação.

Victor me esperava com os cavalos, que embarcamos sobre uma prancha de aspecto nada seguro. Havia duas classes de passageiros no barco: os da primeira podiam caminhar e dormir no convés, enquanto os da segunda tinham que se espremer entre a carga e o gado. Eu comprara passagens de primeira classe com camarote, mas, ao procurá-lo, tive que pagar seis dólares ouro adicionais – nome pomposo para o quartinho escuro como os que usamos na Suíça para revelar fotografias. A cama era só uma armação de madeira, sem colchão. Achei melhor que Victor e eu dormíssemos no chão, sobre os arreios.

Mancha e Gato sofreram mais nesse vapor do que em toda a viagem. O sol abrasava o teto de zinco do pequeno espaço em que se abrigavam, quase sem ar, entre sacos de café. De quando em quando, atirava-lhes um balde de água, a fim de refrescá-los. Essas embarcações que transitam no Rio Madalena não viajam durante a noite. Assim, consegui cobrir o telhado de zinco dos cavalos com capim duro que cortava nas paradas noturnas do barco, junto aos que saíam a recolher lenha para a caldeira. O mesmo pasto servia de forragem.

Os mosquitos eram implacáveis, principalmente à noite, atravessando com facilidade nosso mosquiteiro. Eu tomava pequenas doses de quinina para prevenir a malária. Mesmo com minha insistência, Victor nunca aceitou tomar esse remédio amargo, dizendo que era veneno.

O rio está cheio de crocodilos, principalmente deitados ao sol nos bancos de areia. A pedido do capitão, atirei em alguns dos maiores, mas suas couraças os protegem das balas – a não ser que se acerte num ponto desprotegido, junto à pata esquerda, atingindo-lhes o coração. Passamos três dias nesse barco lento. Navegamos diante do local onde uma companhia dos Estados Unidos explora petróleo. Dali parte um oleoduto até Cartagena, obra que honra os engenheiros, por atravessar pântanos e florestas, tendo sido construída em apenas dezoito meses.

Adverti Victor para não beber água de nenhum poço ou arroio durante nossas paradas noturnas. Mesmo assim, bebeu dessa água contaminada e foi atacado pela febre palustre. Também teve um ataque de malária, transmitida pelos mosquitos. Recuperou-se, felizmente, mas eu só me senti aliviado quando desembarcamos.

De Calamar, um pequeno porto, fizemos a travessia até Cartagena, à beira-mar. Pelas três horas da tarde, fui ao Palácio do Governo apresentar meus papéis às autoridades. Era hora da *siesta*. Por toda parte encontrei funcionários, até guardas sentados em bancos, roncando tranquilamente. Numa sala em que entrei, os homens dormiam sentados em suas cadeiras, com os pés apoiados nas escrivaninhas. Parecia o palácio da Bela Adormecida.

Foi quando um funcionário mexeu o braço para espantar uma mosca, abriu os olhos e me viu. Sem mudar de posição, bocejou e disse que eu havia chegado meia hora adiantado, e voltou a dormir. Segui seu conselho e voltei mais tarde, sendo muito bem recebido.

Cartagena foi uma das cidades mais interessantes que conheci em toda a minha viagem. Fundada pelos espanhóis, é uma verdadeira fortaleza. Muitos dos prédios e antigas fortificações estão intactos. Pobres ocupam alguns dos antigos calabouços. Enquanto esperava o navio para o Panamá, tive oportunidade de visitar alguns lugares históricos.

Em Cartagena conheci a senhora Kerr, uma norte-americana que passara a maior parte de sua vida nas selvas, caçando exemplares para o Museu de História Natural de Nova York. Tinha setenta anos quando a encontrei, mas parecia uma jovem esbelta e de espírito atilado. Dirigia um pequeno bazar de curiosidades, onde os funcionários da empresa petrolífera vinham conversar em inglês com ela. Tinha fama de possuir uma pontaria infalível, competindo com os melhores atiradores. Conversei muitas horas com ela no *gabinete da senhora Kerr*, como o local era chamado por seus amigos.

Assim, estava em ótimo estado de espírito quando chegou o navio holandês de nome *Crynsson*, e nos avisaram para embarcar os cavalos na manhã seguinte. Chegamos na hora marcada, mas tivemos que esperar sob um sol inclemente até as quatro da tarde. Inquietos, Mancha e Gato só se acalmavam quando lhes jogava água com uma lata. Por fim, foram içados a bordo por meio de uma grua. Gato deixou-se levar, sempre tranquilo. Mancha pateou em todas as direções até aterrissar no convés, e só se acalmou comendo um pouco da forragem que levei para bordo.

Quando tudo ficou pronto, quem acabou passando mal fui eu, vítima de uma insolação. Fui bem atendido na enfermaria do navio e logo me recuperei.

## Adeus, América do Sul!

Pouco antes do crepúsculo, quando as máquinas começaram a funcionar, fui dar uma olhada de despedida a Cartagena. Victor estava excitado ao ver o mar – que não conhecia – e também com tudo o que encontrava no navio moderno. O sol se punha no horizonte como um incêndio, enquanto o barco majestoso abria caminho entre as ondas. Lentamente, a silhueta da terra foi-se apequenando, as estrelas brilharam no céu, e o navio agitou-se em águas abertas.

Fiquei algum tempo no convés, aproveitando o ar fresco e pensando na viagem de nove mil quilômetros que fizemos de um extremo ao outro da América do Sul. Ótimas recordações, entremeadas por algumas desagradáveis. Foi quando me deu saudade de Mancha e Gato... Nada mais fácil: fui vê-los antes do jantar.

Na tarde seguinte, atracamos em Colón, no Panamá. Ali, os funcionários norte-americanos da zona do Canal são formais e cumprem suas tarefas nas horas exatas. Novamente, Mancha reclamou quando o tiraram do navio com a grua, e saiu correndo logo que o soltaram. Corri atrás dele, enquanto as pessoas se protegiam entre as cargas amontoadas no cais. Consegui alcançá-lo e o acalmei com algumas palmadas afetuosas. Com a ajuda daquele pessoal competente, meus cavalos dormiram uma noite de luxo nas cocheiras da Ferrovia do Panamá.

Estava ali havia apenas vinte e quatro horas e já fizera algumas relações. Victor estava doente, e me ajudaram a interná-lo num hospital. Compreendi que seria impossível levá-lo comigo na próxima etapa. O clima pouco saudável dessa região seria muito perigoso para ele, na situação em que se encontrava.

Chegamos a Colón no final de novembro de 1925. Embora a estação seca começasse em dezembro, continuou chovendo forte até a metade do mês. Segundo as informações meteorológicas, as chuvas da temporada atingiram 368 centímetros. A explicação foi que a corrente de Humboldt mudara seu curso, fazendo cair a temperatura em cinco graus em toda essa região.

Nunca me esquecerei da impressão que tive, certa tarde, ao chegar a uma linda casa onde realizavam um baile. Eu devia me parecer com Robinson Crusoé, pelas roupas velhas e encharcadas que usava. Parei apenas para pedir uma informação, e as damas norte-americanas, bem-vestidas, me deixaram ainda mais envergonhado. Trataram-me com cortesia, mas percebi como havia mudado nos últimos oito meses – eu, um antigo professor. Senti-me tosco e fora do meu lugar. Assim que me deram as informações, tratei de me afastar rapidamente; mas, com minhas velhas botas, parecia caminhar sobre o gelo.

Fui tomar um banho quente e fiquei pensativo... Como um jogador de xadrez, tentei me colocar na posição das pessoas que me receberam naquela linda casa e imaginar de que maneira me haviam visto. Cheguei à conclusão de que me tornara demasiadamente rústico e que aceitara permanecer assim.

Na manhã seguinte, ainda em Colón, comprei um enxoval novo e, quando o barbeiro terminou de tirar aquela barba do meu rosto, senti-me um outro homem. Como os sapatos me pareceram leves... Que satisfação vestir um traje de bom tecido e colocar sobre a cabeça um chapéu de pouco peso. Olhando-me no espelho, senti-me um impostor, mas também me senti feliz, como se estivesse de férias. De fato, deveria esperar ali que alguns rios baixassem, e meus cavalos estavam muito bem cuidados. Era a primeira vez que convivia com muitos norte-americanos, pois não conhecia os Estados Unidos. E julgar uma nação apenas por seus turistas é um erro que cometemos em muitos lugares do mundo.

Na zona do Canal, sob controle estadunidense, vigorava a Lei Seca. Mas bastava atravessar a rua – para Colón, do lado do Oceano Atlântico, ou para Panamá, do lado do Pacífico – que se podia beber e frequentar prostíbulos. O que os soldados de licença faziam com frequência. A diferença entre os lados panamenho e norte-americano é absoluta. Mesmo assim, acredito que o Panamá sairá ganhando quando recuperar o Canal, ao fim do contrato.

Victor saiu do hospital, mas sua debilidade o impediu de seguir viagem comigo. Felizmente, um norte-americano lhe ofereceu trabalho em sua oficina mecânica, uma excelente oportunidade para começar outra vida.

No dia anterior à minha partida, Victor pediu-me para passar a noite com os cavalos. Sentia por eles muito carinho, mais do que por seu próprio petiço, que vendemos a um funcionário do Canal, o qual prometeu tratá-lo bem. Para mim também foi duro despedir-me do meu querido amigo, embora o deixasse muito melhor do que o encontrara, lá longe, num povoado do Equador.

Nos primeiros dias de janeiro de 1926, Mancha, Gato e eu continuamos nossa viagem, agora em direção à Costa Rica. Fomos por uma estrada asfaltada até as comportas de Pedro Miguel. Muitas vezes, diferentes pessoas me perguntaram como atravessei o Canal do Panamá, esquecendo-se das outras travessias realmente perigosas que fiz em minha longa jornada.

Vou explicar aos leitores como essa *façanha* foi absolutamente simples: as eclusas de Gatún e Pedro Miguel têm grandes portas ao nível da água. Quando estão fechadas, pode-se passar por ali com um automóvel pequeno e, naturalmente, com dois cavalos. Sem precisar nadar, como fizeram em outras travessias, diversas vezes...

Depois de atravessar o Canal com meus cavalos, despedi-me de alguns amigos que me acompanharam até ali e seguimos em direção ao *Corte da Cobra*, onde se encontra um pequeno quartel do exército dos Estados Unidos. Um policial me acompanhou para mostrar o caminho mais curto.

Esta foi a travessia mais fácil de toda a nossa viagem de dezoito mil quilômetros.

## Mancha sofre um leve acidente

Numa estação sinalizadora, alguém pediu para tirar umas fotografias de nós três. Antes de montar, dei-me conta de que Mancha levantava uma pata traseira. Examinei-a e vi que tinha um corte profundo atrás do casco, provavelmente feito na passagem por uma cerca de arame. Fomos devagar até o quartel de Gaillard, com ele mancando. Ali, o guarda de plantão me disse que poderiam nos ajudar.

Surpreendeu-me ouvir os soldados falando em espanhol ou num inglês precário, quando todos usavam uniformes do exército dos Estados Unidos. Depois, fiquei sabendo que eram porto-riquenhos, com exceção dos oficiais.

O comandante ofereceu alojar-me no quartel até que Mancha melhorasse. Os cavalos foram levados para as cocheiras, onde logo chegou um oficial veterinário. Disse-me que o ferimento não era grave, mas, por sua posição, levaria alguns dias até que pudesse retomar a marcha. Não era uma boa notícia, pois eu precisava chegar à Costa Rica antes que recomeçassem as chuvas. Sem outra alternativa, tratei de adaptar-me ao regime militar, nada mais fácil, pois foram sempre amáveis comigo.

Ao começarem as manobras anuais do Exército e da Marinha dos Estados Unidos no Panamá, Mancha ainda não estava em condições de viajar. Assim, fui convidado – e aceitei – a acompanhar as tropas, montado em Gato, até outro quartel, a trinta quilômetros de onde estávamos. Nesse momento, já havia estabelecido ótimas relações com oficiais e soldados, principalmente com estes, depois do jantar, quando aprendi anedotas e canções, que retribuí com algumas do meu repertório.

Mancha engordou bastante com a inatividade, mas estava restabelecido. Preparei-me para partir e recebi um grande presente: todo o meu equipamento fora renovado, inclusive com troca de cinchas, loros e estribos nos serigotes. O sargento encarregado desse serviço no quartel também confeccionou para mim um par de alforjes novos, condoído do estado lastimável dos meus. Os cavalos tinham sido ferrados por um especialista, que me deu oito pares de ferraduras de reposição, na medida justa, além de cravos, uma torquês e um martelo. Eu já passara muitas horas observando o trabalho dos ferradores, que também me deram bons conselhos sobre sua arte.

Minhas ótimas férias tinham chegado ao fim.

Sem Victor a meu lado, sabia que as dificuldades para seguir outra vez sozinho com Mancha e Gato seriam maiores. Mas estava preparado para enfrentá-las. Para fortalecer essa sensação, ao entrar no território panamenho, comprei uma garrafa de aguardente e a passamos de mão em mão – eu e o grupo de soldados que me acompanhou até ali. Cada um bebeu apenas um trago, pois estavam de serviço. Logo parti *ao tranquito*, seguido por saudações de boa sorte. Das quais eu precisaria muito.

## Rumo ao Oeste

No interior da República do Panamá, a estrada é boa até Santiago. No entanto, foi difícil encontrar forragem em alguns lugares. Além disso, os cavalos estavam cobertos de mutucas e outros insetos. Para minorar o incômodo, passei a lhes aplicar pelo corpo, principalmente nas patas, uma pomada à base de vaselina, enxofre e cânfora. Também passava em mim mesmo uma esponja com creolina diluída em água. Mesmo assim, a coceira me deixava louco. E o ato de coçar produziu feridas que doíam ainda mais com o suor. Consegui algum alívio aplicando nelas uma solução de cocaína a seis por cento.

Muita gente pensa que a República do Panamá se estende do Sul ao Norte, e que o Canal vai de Leste a Oeste. Trata-se de um erro, pois o Canal atravessa o país, mais ou menos, de Norte a Sul. E, na direção da Costa Rica, o sol nascia às nossas costas e se punha diante de nós, ou seja, viajávamos em direção ao Oeste.

Depois de atravessar selvas durante dois dias, chegamos a uma pradaria sem árvores. Começaram a surgir pequenos povoados e, num deles, falei com a maior autoridade, uma espécie de prefeito, delegado e juiz. Vi logo que não pertencia à liga antialcoólica. Eu queria somente comprar forragem para Mancha e Gato. Porém, ao ver meus arreios e alforjes novos, imaginou que eu fosse um desertor do exército dos Estados Unidos. Foi quando lhe mostrei meus documentos. Vi logo que não sabia ler, sendo ajudado por um companheiro maltrapilho, que soletrou algumas palavras, enquanto o chefe, com ar de importância, grunhia um *muito bem*.

Depois disso, o tal sujeito começou a me interrogar. Queria saber onde ficava Buenos Aires, se a Argentina estava na Europa, se tínhamos rei ou presidente, qual era nossa religião. Achando graça só por dentro, respondi seriamente a todas as perguntas e fui liberado.

Iniciou-se o carnaval, e havia festas por toda parte. A dança nacional do Panamá é o *tamborito* – uma barulheira infernal. Atravessam as três noites pulando e gritando. Ninguém conseguia dormir, muito menos eu. Isso sem contar com as brigas e os tiroteios, sem os quais o carnaval não seria uma festa para eles.

Os integrantes da orquestra sentam-se de costas contra uma parede e batem em tambores primitivos com as palmas das mãos. Fazem isso sem parar, ao menos durante uma hora. Homens e mulheres se aglomeram para ouvi-los. Quando ficam animados, formam-se casais que pulam alto, de pés descalços, sem se tocarem. Depois se agacham e giram até caírem de cansaço. Brancos e negros dançam juntos, convivendo em harmonia em todo o país.

São adeptos das rinhas de galos, e vi muitos deles atados a estacas diante das choupanas. Ao contrário do Peru, aqui não usam esporas de metal, o que só faz com que as lutas sejam mais demoradas, terminando apenas quando um dos galos é aniquilado.

Em Santiago, o governador me tratou com amabilidade. É onde termina a zona do Canal, mudando completamente o aspecto da paisagem. A região é ondulada e coberta de árvores. Pode-se ver ao norte a cordilheira que divide o continente. A cidade é pequena e agradável. Mas a única diversão das pessoas, à noite, é caminhar pela praça principal, cumprimentando-se umas às outras.

Muitos panamenhos costumam usar calças largas, curtas até os joelhos, e camisas brancas bordadas. Essa indumentária se chama *chingo*. A camisa por fora das calças tem duas vantagens: a primeira, por causa do calor; a segunda, porque os paisanos podem coçar-se mais comodamente, o que adoram fazer entre a plantação e a colheita. Além disso, são brigadores natos, muito destros com o facão.

Desde Santiago, seguimos por uma trilha estreita dentro da escura mata tropical. As enredadeiras se retorcem entre as árvores, dificultando o caminho. Atravessamos diversos rios, só perigosos na época das cheias.

Numa ocasião, Gato parou e se negou a seguir. Achando que a carga havia escorregado, apeei-me para verificar a cincha. Foi quando vi que um frasco de creolina se quebrara, certamente contra uma árvore, e seu flanco esquerdo fora encharcado por essa forte substância, justamente sobre alguns cortes. No primeiro arroio, o lavei como pude. Mas a paleta estava inchada e, poucos dias depois, caiu-lhe um pedaço da pele. A ferida era feia, mas sua recuperação foi impressionante. Depois de cicatrizada, até os pelos voltaram a crescer naquele lugar.

Mais próximo da costa, surgiram grandes clareiras na mata, onde se cria gado. Ajudei uma vaca a defender sua cria recém-nascida contra alguns abutres que a atacavam.

Embora me tivessem dito que a região estava infestada de cobras, vi muito poucas. Os indígenas dessa região usam proteções nos tornozelos com muitas plumas. Os visitantes pensam que são enfeites, mas servem de defesa contra mordidas de cobra. De minha parte, cheguei a comprar e levar comigo algumas ampolas de soro antiofídico. Infelizmente, com vidro muito delgado, acabaram se quebrando pelo caminho. Carregava sempre permanganato de potássio e, na Colômbia, comprei um produto para mordedura de cascavel, chamado *curarina*. Felizmente, não precisei usar nada disso.

Existem muitas superstições, mas, segundo o povo, o que afasta de verdade as serpentes das casas é o alho. Mas não basta plantá-lo por perto, deve-se esfregar alho nas portas e janelas. Em diferentes lugares, ao longo da minha viagem, ouvi contar sobre cobras que se acostumam a sugar leite de vacas e cabras. Até mulheres teriam sido *mamadas* por elas. Veterinários e biólogos consideram absurdas essas histórias, até porque as cobras não são mamíferos e não têm capacidade de sucção.

Alguns gatos domésticos do Panamá são matadores de cobras. Uma vez, quando descansava numa pequena choça, me chamaram para ver. Fui testemunha de uma luta entre um gato e uma víbora de tamanho médio.

Por alguns momentos, o gato ficou observando a cobra, que estava posicionada, movendo a língua. Logo começou a saltar em redor dela, com muita rapidez, dando-lhe tapas com as garras afiadas. Quando ela ficou imóvel, pegou-a com os dentes e foi comê-la debaixo de uns arbustos.

Próximo à fronteira com a Costa Rica, vivem os indígenas Chiriqui. A maior parte deles, inclusive as mulheres, afiam os dentes para deixá-los pontiagudos. Muitos trabalham para os brancos e, pasmem, vi estes também com dentes afiados. Dizem que isso os protege contra as cáries...

A *balseria* é uma dança que favorece a miscigenação entre diferentes tribos. Uma vez por ano, elas se encontram nas montanhas, numa grande clareira dividida em duas partes por uma barreira central. Os indígenas colocam velas acesas sobre essa divisão. A primeira noite é dedicada ao silêncio e ao jejum. Na segunda, acendem pequenos fogos, e a *chicha* corre solta. Aqui, diferentemente da Bolívia, apenas as moças casadouras mastigam o milho para a preparação da bebida. Terminados os preparativos, na terceira noite começa a dança.

As moças não participam dela. Ficam sentadas em seus respectivos lados, onde observam e esperam. Os maridos em potencial se colocam à frente de um homem armado com um pau e começam a arrastar os pés, enquanto entoam uma canção monótona. Quando o canto chega a determinado ponto, todos se calam de repente, e o homem dá pauladas nos jovens, geralmente na parte posterior dos joelhos. Se o candidato resiste ao golpe ou consegue evitá-lo com um movimento rápido, tem direito de passar ao setor oposto e escolher uma esposa, ou mais de uma, se as puder sustentar. Quando termina a *balseria*, a tradição exige que um dos casais erga sua choça no local da dança e ali se estabeleça.

Depois de assistir à *balseria*, segui para a cidade de David, a mais importante do interior do Panamá. Andar pela selva sempre me agradou, mas aqui é preciso ter cuidado com as chamadas raízes aéreas. Os cavalos se enredam nelas e até perdem ferraduras. Felizmente, levava algumas de reposição e aprendera a recolocá-las com o ferrador do exército, como já contei.

Minha estada em David foi agradável graças à amabilidade das pessoas, embora a cidade fosse muito simples. Uma noite, fui convidado para ir ao teatro, o que me causou estranheza, pois não vira nenhum nas ruas. Tratava-se de um galpão onde colocaram cadeiras emprestadas das casas vizinhas. Uns setenta espectadores esperavam ansiosos que se erguesse o pano improvisado. As moças vestiam suas melhores roupas e estavam com os rostos pintados, sendo algumas muito bonitas. Apenas algumas das senhoras eram gordas demais, e suas cadeiras mal suportavam o peso. A peça era de terror e, pelo sotaque dos atores, concluí que fossem espanhóis da Galícia.

Como me disseram que, na etapa seguinte, eu deveria atravessar uma região montanhosa coberta de mata virgem, resolvi contratar um guia. Depois de muito indagar, encontrei um homem que atravessara essa selva para escapar de uma revolução. Era um mestiço de uns sessenta anos. Disse-me que não tinha a menor vontade de repetir a façanha. E me contou que saíra com dois companheiros e vinte mulas, perdendo onze delas durante o trajeto. Finalmente, depois de aumentar o valor do pagamento e de lhe prometer mais uma gratificação se chegássemos sãos e salvos a São José, capital da Costa Rica, ele aceitou a proposta.

Tive que comprar um petiço robusto para seu uso, pois levou muita equipagem. Embora preferisse seguir a pé, conduzindo o animal pela mão esquerda e com o facão na direita, em algumas ocasiões optou por montá-lo. Eu também comprara um *machete* desses, mas o levava dentro de uma bainha de couro, preso ao cinturão, como uma espada. Pena que não sabia manejá-lo como os panamenhos, alguns dos quais são capazes de enfrentar feras apenas com o facão. Há muita caça nessa área: jaguares, gatos-monteses, javalis, veados, antas, pavões selvagens. Os rios são procurados por caçadores de crocodilos.

De David, fomos até Concepción, o último povoado antes da selva. Quando chegamos, realizavam uma festa com rinhas de galos. A gritaria dos apostadores era grande, assim como o consumo de aguardente. E também era impressionante a quantidade de moscas.

Contaram-me a história de um viajante que chegou a uma pousada duas horas depois do almoço. Surpreso por não ver nenhuma mosca por ali, perguntou ao encarregado a razão de semelhante milagre: *Meu senhor, as moscas panamenhas são muito inteligentes e sabem as horas das refeições. Voltarão ao entardecer, a tempo para o jantar. Por enquanto, estão no fundo do potreiro, ocupando-se com um cavalo morto.*

# No labirinto verde

A partir de Concepción, atravessamos florestas por trilhas estreitas que seguem em diferentes direções. Passamos as noites em choças primitivas. A comida era tão escassa que tive de dividir nossas provisões com as pessoas que nos olhavam comer, sem ter quase nada – apenas arroz e feijão. O resultado dessa generosidade foi que logo nossos alforjes conservavam apenas roupas e outros itens não comestíveis.

O Rio Chiriquí se apresentou crescido e turbulento. Dali em diante, a selva tornou-se mais densa, e suas trilhas, indecifráveis. Só víamos o sol em alguma rara clareira, onde borboletas e beija-flores também apareciam. O terreno passou a ser muito ondulado, e as trilhas, mais difíceis. Vista do alto, a selva era tão compacta que se assemelhava a um prado verde-escuro.

Vimos muitos javalis. Macacos nos atiravam paus secos e até excrementos. De vez em quando, para me divertir, dava um tiro para o alto, e eles desapareciam. Alguns pássaros cantavam num mesmo tom, respondendo-se entre si. O que mais me agradou foi o canto dos perus selvagens, aqui chamados *guajalotes*. Mesmo assim, tivemos que matar e comer alguns deles, tanto pela escassez de suprimentos quanto por sua carne deliciosa.

Alguns nativos vivem em clareiras da mata, onde cultivam arroz, mandioca e um pouco de cana-de-açúcar. Estão sempre derrubando mais árvores, queimando-as apenas depois de estarem caídas, ao fim da estação seca.

Suas cabanas são originais, com tetos altos feitos com folhas de palmeira. Logo abaixo, sobre um assoalho de paus bem amarrados, fica o espaço onde dormem. No térreo, está a cozinha e o *comedor*. Serve de fogão um buraco no chão onde fazem o fogo. As paredes são feitas de taquaras, e a porta, de madeira, é fechada à noite para que não entrem animais domésticos, ou algum selvagem.

Como faz frio durante a noite, quando nos hospedávamos nessas choças, costumávamos, depois da refeição, sentar-nos em volta do fogo. Ali ouvíamos os nativos contarem histórias de assombrações e também fábulas envolvendo animais da mata, principalmente cobras. Enquanto os homens falavam, as mulheres seguravam os filhos pequenos, que ouviam, aterrorizados.

Na hora de dormir, subíamos por um pau grosso que servia de escada até o *dormitório*. Homens, mulheres e crianças dormiam juntos conosco, com a maior naturalidade. Certa noite, uma mulher deu à luz ali mesmo, perto de nós, como se fosse algo totalmente comum. Tanto que, na manhã seguinte, a vimos cumprindo as mesmas tarefas do dia anterior.

Vi muitos *huacos*, como chamam as tumbas indígenas. Sempre estão cobertas por uma pedra lisa, em geral fora do lugar por ter sido o túmulo violado na busca de tesouros.

Nunca prendi Mancha e Gato, deixando-os livres junto às cabanas onde dormíamos. Não se afastavam mais do que alguns poucos metros, esperando-me pela manhã diante da porta. Pareciam temer a selva, não se aventurando mais longe, mesmo quando o pasto era bom. Uma ou outra noite tentei atá-los em lugares próximos, para pastarem melhor. Relinchavam e se mantinham agitados até que os trouxesse de volta para perto da choça e os soltasse. Certamente, por terem nascido numa região selvagem, conseguiam farejar o perigo.

Mancha, principalmente, funcionava como um ótimo cão de guarda. Era o primeiro a notar qualquer ruído ou cheiro estranho, erguia a cabeça, apontava as orelhas e dilatava as narinas. Às vezes, relinchava suavemente, como se fosse um aviso. Logo a seguir podia surgir uma pessoa, ou não víamos nada. Mas eu estava certo de que ele percebera algo diferente.

Numa ocasião em que estávamos chegando perto de um riacho, os dois cavalos ficaram assustados. Foi quando o guia me mostrou pegadas de jaguar no barro da margem, onde, certamente, o animal estivera bebendo água.

Então, contei ao panamenho sobre as histórias que correm na Argentina a respeito de cavalos que voltam ao lugar onde nasceram, se, de repente, sentem-se livres. Ouvi narrativas sobre animais que percorreram distâncias imensas, atravessando até desertos, para retornarem à *querência*. Quanto mais convivem com os chamados civilizados, este e outros instintos tornam-se apenas lendas.

# San Salvador

Muita decepção para conseguir entrar no país. As *autoridades* portuárias tentaram arrancar-me dinheiro e, não o conseguindo, em razão de minhas credenciais, vingaram-se confiscando minhas armas de fogo. Reagi ameaçando criar um problema diplomático entre San Salvador e a Argentina, e o fiz com tanto vigor que eles desistiram de me importunar.

Logo segui a cavalo por uma péssima estrada em direção à capital. Sob um calor sufocante, chegamos a um pequeno povoado para passar a noite. Quase não dormi, com a música alta e a gritaria dos *borrachos*. Um menino havia morrido e fora enterrado naquele dia. Pela tradição local, a morte de crianças é hora de chorar, rir, dançar e beber.

Interessante, no caminho, foi observar os ninhos dos pássaros ditos tecedores, feitos em forma de bolsas com crinas de cavalos. Não guardei seu nome, mas são amarelos e negros. Os nativos dizem que arrancam com cuidado os fios das crinas quando os cavalos estão dormindo.

A República de San Salvador é densamente povoada e está cheia de mercados, em sua maioria, muito sujos. Neles eu comprava minha comida, raramente carne ou peixe, quase sempre expostos sob uma cobertura de moscas. Que são mortas a tapas no próprio local.

Na entrada e saída dos povoados, indivíduos vestindo uniformes esfarrapados exigiam meus documentos e me submetiam a um interrogatório. O país estava sob lei marcial e, se não estivesse tão bem recomendado, não teria conseguido atravessá-lo.

São Miguel foi a primeira cidade a que chegamos. Há doze quilômetros dela situa-se o vulcão de mesmo nome, seguidamente em atividade. Muitos lagartos ao sol, junto a arroios onde mulheres lavam roupa quase nuas, com crianças brincando por perto. A terra é fértil, e são muitas as árvores frutíferas e plantações de café. Tive que diminuir as jornadas devido ao calor, para que os cavalos pudessem se refrescar onde houvesse água e sombra.

Encontramos pelo caminho muitas carretas puxadas por bois, com rodas que chiavam. A maior parte era coberta com aros de madeira, sobre os quais se colocavam couros para proteção contra o sol e a chuva. Os nativos vestem roupas que já foram brancas e usam chapéus de palha de copa alta. Nunca saem sem facões. Encontramos diversos grupos de prisioneiros que, acorrentados de dois em dois, caminhavam sob a vigilância de guardas armados.

Nas cidades e vilas, eu deixava Mancha e Gato no pátio do hotel, pagando a alguém para levar-lhes a forragem. Assim, evitavam pegar os carrapatos que infestam os campos. Depois de atravessar uma região pitoresca, chegamos ao Rio Lapa, o maior de San Salvador, onde tivemos a sorte de encontrar um *ferryboat* – o primeiro e único que usamos em toda a viagem. Como a experiência era nova para os cavalos, sua carga e descarga foram difíceis, mas, a seguir, viajaram com conforto.

Findo o trajeto, descarregamos Mancha e o deixei na sombra de uma árvore. Estávamos nos ocupando de Gato quando ouvi um relincho e vi que Mancha olhava assustado ao redor. Desembarcamos Gato e fui ver o que acontecia. Matamos uma cobra enorme que estava por perto.

A próxima escala foi no povoado de Cojutepeque. Ali passei a noite em claro por causa da música alta, das explosões de foguetes e da gritaria de *borrachos*. Alguns jovens de boa *família* comemoravam terem recebido seus *títulos de doutores*. Nos intervalos da farra, pronunciavam discursos longos, com muitos floreios.

Atravessar uma povoação salvadorenha na hora da sesta é como visitar ruínas pré-históricas. Não se vê ninguém e só se ouve o ruído dos cascos do próprio cavalo. Como o calor é infernal, costumam deixar portas e janelas abertas, por onde vi pessoas dormindo em redes. Alguns só se acordam à noite, o que confirmei ao ver homens esfregando os olhos nas portas das casas. Espreguiçavam-se, bocejavam, se coçavam, enquanto as mulheres saíam para buscar água em grandes cabaças.

Pouco antes de chegarmos à cidade de San Salvador, passamos perto do Lago Ilopango, um belo lugar rodeado de montanhas. Como sempre, os arredores da capital são habitados pelos pobres. As estradas estão cobertas por seixos duros, e a sujeira é quase indescritível, porque jogam o lixo por todas as partes, principalmente cascas de frutas e latas de sardinha. O centro da cidade é composto por ruas limpas e pavimentadas. Os pequenos parques são bem cuidados.

Um oficial de cavalaria mandou seu ordenança levar meus cavalos para um curral, mas tive um pressentimento e fui ver como estavam. Não me surpreendeu encontrá-los numa baia onde não caberia um porco em engorda. Por sorte, um cidadão suíço colocou à minha disposição sua pequena granja nos arredores da cidade.

O edifício principal de San Salvador é o palácio do governo, onde fui apresentar meus cumprimentos às autoridades. De fora, o prédio parece bonito, mas, por dentro, é uma imundície, sobretudo o pátio, cheio de lixo. Funcionários dormiam em bancos ou estavam preguiçosamente apoiados contra as paredes. Numa *sala*, um grupo de pessoas disputava um torneio verbal. Uma delas, vestida ao estilo *palm beach*, veio correndo até mim e só parou quando sua cara quase encostou na minha. Então começou a gritar, soltando bafos de alho. Quando se acalmou um pouco, o tal homem, que depois vim a saber que era o mordomo, disse estar descontente com minha indumentária. Ao contrário daquela gente, eu estava vestido como um cavalheiro.

Bem, quando o tal sujeito soube quem eu era, desculpou-se por seu equívoco, mas, antes, custou a me escutar. Tive que apertar seu braço, que me empurrava em direção à porta, e dizer-lhe algumas palavras duras em espanhol. Foi então que consegui ser apresentado às verdadeiras autoridades do governo, que me trataram com extrema educação.

Durante minha viagem, consegui conviver um pouco com as realidades sociais e educacionais dos países que atravessei. Em regra geral, as classes superiores da maior parte das repúblicas do Sul são excepcionalmente brilhantes. Em compensação, parecem algo superficiais. Orgulham-se do verniz cultural que possuem, e sua ambição principal é a política, caminho mais fácil para a riqueza e o poder.

Os jovens de *boa família* recitam poemas e costumam ser sentimentais. Adoram fazer discursos, podendo, num ataque de oratória, falar de reforma social, filosofia, história, literatura, enfim, de qualquer coisa, do começo ao provável fim do mundo. No entanto, na hora de executar qualquer de suas ideias e projetos estupendos, descobrem que gastaram suas energias no discurso. E aceitam a realidade com calma, até renovarem as forças para outra pirotecnia verbal.

Cada vez que contemplava uma construção governamental inacabada, eu pensava na quantidade de oradores que gastaram seus pulmões na colocação da pedra fundamental. E tratava de calcular a soma de dinheiro que se fora para o espaço junto com as palavras dos patriotas.

Em San Salvador, os peões recebem salários de fome, uns poucos centavos por dia, e duas refeições de feijão com tortilhas. Estas são feitas de milho fervido e triturado entre duas pedras. Quando a massa está pronta, é achatada com as mãos e posta a cozinhar em pratos de barro. Do Panamá até a fronteira dos Estados Unidos, essa foi a principal comida que conheci.

É claro que os salvadorenhos também fazem seus desfiles noturnos ao redor das praças. E, a não ser por esse acontecimento social diário, as mulheres nunca saem de suas casas. Algumas das senhoritas são muito lindas, sendo quase todas de pele escura.

Desde a capital salvadorenha até a fronteira com a Guatemala, a viagem foi fácil e agradável. Pelo caminho, encontrei muita gente hospitaleira. Conheci a famosa lagoa Coatepeque – na verdade, uma profunda cratera cheia de água. Ela reflete o clarão do famoso Vulcão Isalco, que incendeia o céu, sendo chamado de *Farol da América Central* por servir de guia aos marinheiros.

A última cidadezinha que visitei em San Salvador foi Santa Ana, junto à qual se cultiva o melhor café do país, nas ladeiras de um vulcão extinto.

Em certas regiões da América Central, há aranhas que habitam buracos no solo e representam um perigo para os cavalos. Fiquei sabendo de várias teorias sobre sua maneira de atacar. Uns dizem que a aranha, assustada com o ruído dos cascos, sai da toca e lança um líquido venenoso nas patas do animal. Deve-se aplicar de imediato uma pomada à base de tanino, iodo e glicerina, ou leite quente com sal. Não sei se é verdade, mas afirmam que, sem tratamento, o casco apodrece.

Perto da fronteira guatemalteca, passei a noite numa pequena choça de adobe. Acordei com a música de uma marimba, espécie de xilofone, instrumento muito apreciado por salvadorenhos e guatemaltecos. São de origem indígena. A boa gente estava me dando uma serenata de despedida, que durou até o amanhecer.

Vale a pena escutar uma boa orquestra de marimbas. Até músicas clássicas são tocadas nesse instrumento, talvez inadequado para isso. Cada musicista emprega uma marimba diferente, mas todas se assemelham a uma mesa cheia de teclas de madeira que são batidas com pequenos martelos, um em cada mão. São os instrumentos preferenciais para serenatas.

Quando meus amigos pararam de tocar, embora morto de sono, fiquei grato pela homenagem. E segui em paz por uma boa estrada até a fronteira próxima.

## Guatemala, a terra do quetzal

Da fronteira até a cidade da Guatemala há uma boa estrada, com muitos declives, por onde transitam até automóveis. A perspectiva de chegar a terras altas, com um clima mais seco e frio, era um alento. Mas, primeiro, tratei de me identificar ao inspetor da alfândega, que vive numa casa ao lado do operador telegráfico. Sim, só existem duas casas naquele lugar.

Tinham chegado instruções da capital para que me ajudassem caso necessário. Assim, pude entrar em solo guatemalteco sem outras formalidades.

Segui subindo a montanha por algum tempo, até ser detido por um grupo de soldados. Iam todos descalços, usavam chapéus de palha de copa alta e abas largas e estavam armados com pistolas *Mauser*, bem antigas. Um cabo me perguntou como eu tinha direito de usar armas de fogo. Poderia ter retornado com eles até a fronteira para que o inspetor esclarecesse tudo, mas isso seria uma perda de tempo.

Não levava comigo nenhum documento específico sobre porte de armas. Lembrei-me, então, de que tinha no bolso um recibo do hotel de San Salvador e o apresentei ao militar. Por experiência ou instinto, conseguia saber se uma pessoa sabia ler e escrever, raramente me equivocando. E acertei nesse caso, porque o cabo examinou por alguns momentos o papel timbrado, devolveu-o e deixou-me passar.

Passamos por uma linda lagoa e atravessamos o Vale de Mita, com pequenas colinas de origem vulcânica. Todas se parecem com torrões de açúcar, e as imaginei, num passado distante, lançando ao ar fumaça e fogo.

Logo surgiram bosques de pinheiros e boas pastagens. Fiz uma pequena parada para que Mancha e Gato pastassem, tão felizes quanto eu pela mudança do clima e sua influência sobre a vegetação.

Começou a chover forte, nos deixando empapados. As tormentas da Guatemala são impressionantes, com trovões ensurdecedores. Mesmo assim, seguimos em frente com satisfação, completamente livres do calor.

Do alto de uma colina, contemplei a capital e gostei dela à primeira vista.

## Cidade da Guatemala

A capital desta república é relativamente nova, tendo sido reconstruída no modelo da Guatemala anterior, que foi destruída por erupções vulcânicas. *A Antiga*, como a chamam para abreviar, fica a 40 quilômetros a noroeste da cidade atual, que também, há poucos anos, foi sacudida por um violento terremoto. O que há de melhor por aqui são as colinas que circundam a capital e o clima delicioso.

Algumas linhas de bondes unem o centro da cidade aos subúrbios. São movidos a gasolina, com motores do antigo modelo T, da Ford. Fui num deles até um parque onde construíram um mapa do país, feito de cimento, na escala horizontal de 1 por 10 mil e vertical de 1 por 2 mil. Os rios, lagos e oceanos estão assinalados com água em movimento. No regresso, o bonde descarrilou, e o motorneiro nos pediu para ajudar a colocá-lo de volta sobre os trilhos. Não conseguimos, e tive de voltar a pé para o hotel.

Enquanto me achava na cidade, conheci um homem que, junto com outras vítimas, estivera prisioneiro durante dezesseis anos num porão da igreja de São Francisco. Isso aconteceu na época de Cabrera. Eram muitos, e água e comida lhes eram descidas por uma abertura – por onde também retiravam os mortos. Todos os demais morreram, sendo ele o único sobrevivente a contar a história desse calabouço diabólico.

Tomei muito cuidado durante a viagem e adotei todas as precauções contra a malária. Mas devo ter me descuidado em San Salvador, onde dormi em muitos lugares quentes e sujos, vindo a sofrer o primeiro ataque de febre já na Guatemala. No entanto, logo me recuperei, e a doença não atrapalhou meus planos.

Durante um trajeto tão longo como o que percorremos, os maiores riscos nunca foram causados por feras, cobras, piranhas, nem mesmo por indígenas canibais, como relatado por outros viajantes, talvez para impressionar os leitores. Os grandes perigos sempre foram as doenças tropicais: malária, tifo, febre amarela e peste bubônica.

## Guatemala Antiga

Aproveitei muito a estada na capital, onde fiz ótimos relacionamentos e meus cavalos se recuperaram completamente. A ponto de Mancha até dar alguns corcovos quando o montei para partir. Os novos amigos que foram se despedir de mim não podiam acreditar como ele e Gato podiam estar tão bem depois de percorrerem dez mil quilômetros em um trajeto quase sempre difícil. Entre as testemunhas desses corcovos estava Dalmau, o famoso violinista argentino, que realizava concertos na capital da Guatemala.

Seguimos diretamente para a cidade *Antiga*, onde passei dois ótimos dias.

No século XVIII, antes de ser destruída, contava com oitenta mil habitantes e possuía quarenta e quatro igrejas. O único prédio que ficou de pé foi a sede da Prefeitura – uma construção maciça, que ainda ali está. As ruínas são impressionantes, principalmente as dos templos. Enormes arcas e pilares permanecem de pé, como se brotassem no meio da vegetação. Em algumas, famílias de nativos vivem como no tempo das cavernas.

Próximos da *Antiga* estão os três famosos vulcões que destruíram a cidade: o Acatenango, com quatro mil metros de altura, o Vulcão do Fogo e o Vulcão da Água, inativos há muitos anos. Os nomes dos dois últimos referem-se ao tipo de suas erupções.

O clima é de eterna primavera. Ali nasce praticamente tudo. Bosques com árvores enormes prodigalizam sombra pelas estradas que os atravessam.

## Região de vulcões e grande beleza

Os dois dias seguintes foram encantadores. A estrada atravessava bosques de pinheiros e eucaliptos, plantações de milho, campos crescidos que se moviam com a brisa primaveril. Encontrei muitos camponeses indígenas. A maioria levava frutas e verduras para vender em mercados distantes. Os homens costumavam vestir aventais de lã com quadrados brancos e pretos. Por baixo, usavam apenas calças curtas até os joelhos. Os vestidos das mulheres eram da mesma cor em cada grupo, e de diversas cores no conjunto. Os homens são fortes, e as mulheres costumam ser bonitas. Entre si, falam o idioma kachikel, mas se comunicam perfeitamente em espanhol.

Ao chegar ao topo de uma colina elevada, depois de ziguezaguear entre pinheiros aromáticos, contemplei, lá embaixo, o Lago Atitlán. Como um espelho azul-escuro, refletia nuvens brancas que pareciam enormes dirigíveis. O lago se situa a mil e quinhentos metros acima do nível do mar e rivaliza com os mais belos lagos da Argentina. Ali começamos a descer, em meio a um panorama encantador. Lembro-me dos precipícios, que não assustavam meus cavalos, e das flores perfumadas que brotavam nesses muros perpendiculares.

Hospedei-me no pequeno hotel de um alemão, à beira do Atitlán. Como havia excelente forragem, decidi ficar dois dias ali em homenagem a meus cavalos. Também os levei duas vezes para nos banharmos no lago. Em redor do Atitlán, existem povoados indígenas. Os evangelistas dos Estados Unidos mantêm uma missão na praia, perto de uma localidade chamada Tzanjuyu. O que vieram ensinar a esses nativos pacíficos, trabalhadores e felizes? É algo que escapa ao meu entendimento.

Poucos mortais levam uma vida tão fácil e cômoda como esses missionários, em seus bangalôs importados. Dispõem de toda classe de luxos, inclusive lanchas a motor, nas quais passeiam e pescam. De vez em quando, oferecem festas aos indígenas, com muita comida gratuita, e tiram fotografias com eles. Segundo fiquei sabendo, são imagens destinadas a mostrar aos benfeitores da missão, seus financiadores.

De que serve traduzir a Bíblia para o kachikel, se as crianças indígenas que vão à escola só aprendem a ler e escrever em espanhol? Minha experiência com esses povos me ensinou que jamais entendem a religião cristã como querem os pregadores. Concordo com Kipling: o *Ocidente é Ocidente e o Oriente é Oriente*. Os indígenas são orientais, e os espanhóis ocidentais os obrigaram a adorar imagens de santos de madeira, mas o sol, a lua e as estrelas continuam sendo a base mística de suas crenças.

Os missionários querem substituir essas adorações milenares pelo sentimento cristão, mas o homem branco tem muito pouca moral para doutrinar os nativos. Basta mencionar a guerra, os assassinatos, o comércio, a prostituição, os muitos vícios, a hipocrisia... Como convencer um indígena de que um povo assim possa ter uma religião melhor do que a sua?

Enquanto me achava em Tzanjuyu, os nativos realizaram uma procissão. A velha igreja se mantinha de pé, embora maltratada pelo terremoto de 1825. Como não havia padre, os indígenas fizeram a procissão ao seu gosto. Santos velhos e descoloridos foram levados lentamente em andores. Na frente iam dois homens batendo em grandes tambores, enquanto outros tocavam pequenas flautas. As mulheres permaneceram na praça do mercado, sentadas no chão. Quase todos os participantes haviam tomado muito *guaro*, um tipo de cachaça, e caminhavam com dificuldade. Bem atrás, atiravam rojões. Terminado o desfile, os santos foram devolvidos à igreja, e fiquei admirado ao ver que uma das imagens de madeira representava um *conquistador* espanhol.

O piso do templo estava coberto de ramos de pinheiro e flores. Sobre o altar, tinham colocado muitas figuras coloridas, que eram adoradas pelo povo ajoelhado com o rosto contra o chão. Uma dessas *santas* era uma boneca loura, de fabricação alemã, vestida com roupas indígenas.

Mais adiante, jazia uma figura humana dentro de um ataúde, que os fiéis beijavam ao passar. Por toda parte, homens estavam sentados no chão, bebendo, enquanto outros já haviam caído de bêbados. Como eu estava acompanhado pelo prefeito da cidade, alguns nativos se aproximaram para lhe beijar a mão, que ele me disse ser um costume.

Até hoje, muitos indígenas pensam que os brancos são filhos do sol, e eles, da lua. Asseguram que o sol é mais poderoso do que a lua, de modo que os brancos devem necessariamente dominá-los. De fato, isso só acontece pela força dos fuzis com baionetas, os pilares mais poderosos da dita civilização.

Quando saímos da igreja, novo toque de tambores convocou a reunião do povo. Foi então lida uma proclamação do governo, em espanhol e kachikel. Ela recordava aos contribuintes que chegara a hora de pagar os impostos e enumerava as penas para quem não o fizesse de imediato.

Do Lago Atitlán, cortei caminho até Quetzaltenango. A trilha que segui, em algumas partes bem difícil, atravessava uma área montanhosa. Avisaram-me para evitar o povoado de Nahualá, habitado só por indígenas, onde não tolerariam que um branco passasse a noite. Como o desvio seria enorme, entrei no vilarejo e fui à igreja falar com o padre, único branco tolerado por eles. Tratava-se de um alemão muito simpático, que me levou a passear antes de me hospedar em sua casa, ao lado da igreja. Estranhei que fôssemos seguidos como sombras por dois guardas indígenas, e ele me disse que isso não era por minha causa, ele sempre era protegido assim.

O idioma local é o quiché, muito agradável ao ouvido. Aprendi algumas palavras, mais por curiosidade, e as empreguei sempre que pude. *Tabaná jum topoc* significa "faça-me o favor". *Jagüé uimac ve Xeljú* quer dizer: "Qual é o caminho para Quetzaltenango?" – cidade para a qual eu me dirigia. *Xeljú* é seu nome nativo; *quetzal*, nome de um pássaro, é também o da moeda guatemalteca.

Saindo de Nahualá, continuamos pelas trilhas das montanhas. Logo descemos a um vale, de onde seguimos por uma boa estrada até Quetzaltenango, cidade com alguma importância como centro comercial. Principalmente depois da guerra de 1914–1918, muitos alemães vieram aqui se estabelecer. Eles me receberam com hospitalidade – a mim e a Mancha e Gato –, exigindo que ali ficássemos, pelo menos, dois dias. Também conheci alguns mexicanos muito simpáticos.

Dali, continuamos por uma estrada recém-construída até San Marcos, cidadezinha encantadora, situada no alto de uma montanha, no extremo noroeste da República da Guatemala.

Antes de chegar a San Marcos, passei uma noite incômoda numa pequena pousada do caminho. Acomodara os cavalos no pátio e varria a sujeira do lugar onde ia dormir, quando chegaram dois homens com cara de facínoras e começaram a me observar. A seguir, um deles me ofereceu um trago de *guaro*. Agradeci e não tomei. O indivíduo voltou para junto do companheiro e começou a cochichar. Tentaram me fazer beber e, como recusei outra vez, começaram a me insultar. Ignorei-os e, por segurança, fui me deitar num galpãozinho perto dos cavalos. Foi quando ouvi Mancha bufar. Saí do meu refúgio e vi os dois homens se aproximando. Tirei meu Smith & Wesson calibre 45 do coldre e dei um tiro para cima, bem próximo da cabeça de um deles. Acredito que ainda estavam correndo ao clarear do dia...

Esta foi a última localidade guatemalteca a que chegamos. Está cercada de vulcões, dos quais o El Tajumulco, com quatro mil metros, é o mais elevado do país.

## Em direção à fronteira do México

Saindo de San Marcos, iniciamos uma perigosa descida por trilha estreita. O interessante foi a mudança da vegetação para tropical, conforme atingíamos a região mais baixa.

A meio caminho desse trajeto, fui convidado a me hospedar na plantação de café de um cavalheiro alemão. Sua hospitalidade foi encantadora, assim como a paisagem que nos circundava. Ao alto, se empinava o orgulhoso Tajumulco; e lá embaixo, de vez em quando, aparecia o Oceano Pacífico entre o nevoeiro. Cachoeiras próximas faziam um agradável ruído que me aconchegava. Poderia ter ficado vários dias nesse lugar abençoado.

Porém, cada vez que olhava para frente, algo me impulsionava a prosseguir. Se não tivesse obedecido a esse chamado, talvez tivesse perdido meu velho amigo Gato.

Depois de me despedir do excelente anfitrião, seguimos por uma trilha rumo à fronteira com o México. Quanto mais descíamos, mais a temperatura aumentava, acentuando-se o calor úmido. Plantas tropicais com grandes folhas foram surgindo, e os insetos maltratavam os cavalos, que reagiam movimentando as cabeças e as caudas. A súbita mudança de clima nos inundou, aos três, de suor.

À noite, foi difícil dormir – mesmo com mosquiteiro – por causa do calor. Desisti e fui fumar junto aos meus cavalos. Ao amanhecer, levei os dois para beber água e notei que Gato estava manco da pata anterior direita. Certamente batera com a perna em alguma pedra.

Retomamos a viagem com muito cuidado, porque Gato mancava bastante. Assim, chegamos ao Rio Suchiate e cruzamos a fronteira por uma ponte.

Finalmente, estávamos em solo mexicano.

## O país dos charros

Desde que chegamos à fronteira do México, perto de Tuxtla Chico, até cruzarmos ao trote a Ponte Internacional de Laredo, entre o Rio Grande e o Texas, a hospitalidade mexicana me impressionou profundamente.

Isso que tive de conviver com revoluções durante quase todo o tempo do trajeto, que foi de dois mil e quinhentos quilômetros, do extremo sul ao extremo norte deste país dos charros, como são chamados os pitorescos vaqueiros mexicanos. Logo na fronteira, quando disse aos guardas quem eu era, todos me abraçaram e deram prolongados vivas à República Argentina. Surgiu, de imediato, uma garrafa de tequila, que passou de mão em mão. E também, como por arte de magia, comida e cigarros. Meu único custo foi responder a um dilúvio de perguntas.

A seguir, uma escolta nos acompanhou lentamente até a próxima povoação. Gato ia tão manco que tivemos de parar diversas vezes para que pudesse descansar um pouco. A notícia da nossa chegada se espalhou, e fomos recebidos por oficiais do Exército e funcionários civis que vieram nos dar as boas-vindas. Recebi telegramas da capital – alguns do governo, outros de entidades esportivas –, todos com felicitações e votos calorosos.

Um cirurgião veterinário do Exército mexicano veio examinar Gato, cuja pata piorara, e localizou a causa da manqueira: um cravo mal colocado. Retirado o pus e feito o tratamento local, meu cavalo melhorou bastante.

Mancha e Gato foram colocados num galpão no pátio do hotel onde me hospedei, e só consegui como forragem pastos ásperos trazidos do pântano no lombo de um burro. A manqueira estava quase curada quando aconteceu outro desastre com o pobre Gato. Durante a noite, para se aproveitar da forragem, um arrieiro atou uma mula ao lado dele, que o cobriu de coices e mordidas. Uma paleta foi cortada pelas ferraduras pontiagudas do animal, e também havia um talho profundo no joelho esquerdo. A dor o fizera apoiar-se por inteiro no lado direito, exatamente o da pata em tratamento.

Lamentei que o sujeito não tivesse colocado a mula ao lado de Mancha, porque a história teria sido bem diferente...

O joelho de Gato se transformou num horrível abscesso. Tratei-o durante um mês, mas estava tão mal que até me sugeriram que o sacrificasse. Nunca pensei nisso, e me comuniquei com a embaixada argentina na Cidade do México. Eles aceitaram que eu lhes enviasse o cavalo doente pelo trem. Felizmente, havíamos chegado a Tapachula, por onde passa uma estrada de ferro para a capital. Foi a grande sorte do pobre Gato.

Quando tudo foi acertado, alguns mexicanos solidários me ajudaram a levar o cavalo até a estação e a acomodá-lo num vagão de carga, com o piso bem coberto de palha. Seguiu com ele um acompanhante que contratei. Ao ouvir o apito de partida do trem, minha garganta se apertou, pois acreditei que nunca mais veria meu querido Gato. Ele partiu relinchando para mim.

Voltei ao estábulo com alguns companheiros, onde encontramos Mancha também relinchando, muito inquieto com a separação. Passei toda a noite ao lado dele, bebendo tequila, pensando muito e me sentindo mal. Duvidava se Mancha e eu, sem a ajuda de Gato, conseguiríamos chegar até a Cidade do México. Venceríamos os pântanos e a famosa Sierra Madre, ou nossa sorte havia mudado?

Mesmo com a demora de um mês neste lugar e a perda da melhor época para viajar pela costa pantanosa – já que as chuvas haviam começado –, resolvi seguir em frente. Acima de tudo, tinha plena confiança em Mancha. No íntimo, sempre acreditei que venceríamos.

Os habitantes da costa do estado mexicano de Chiapas são muito parecidos com os guatemaltecos. Qualquer autoridade civil pode ser facilmente reconhecida porque goza do privilégio de levar consigo uma pistola automática calibre 45 e um cinturão cheio de balas. Os homens fumam muito – inclusive os meninos, desde pequenos – junto com suas famílias.

Todas as manhãs, reunia-se um grupo de pessoas no hotel onde eu estava hospedado. Algumas jogavam cartas, outras apostavam nos dados, enquanto bebiam o aperitivo. Era a hora de discutirem as notícias. Falavam muito no boxeador espanhol, de nome Uzcudún, que perdera importante luta para um norte-americano. Também comentavam sobre Al Capone e seu enfrentamento com as autoridades de Chicago. Um galego, que só trabalhava adestrando sua língua em longos discursos, afirmou que esses dois fatos eram provas inequívocas de que os gringos queriam exterminar a raça latina...

De vez em quando, ao sentir a garganta seca, o galego pedia a qualquer um que lhe pagasse um trago e, depois, se dirigia ao garçom e gritava: *Traga mais uma comida para o guachupín!* Palavra não muito amável, aplicada aos espanhóis, detestados pela maioria dos mexicanos. Algumas noites, um turco montava uma mesa de roleta num quarto dos fundos e faturava muito dinheiro.

Tapachula, a cidadezinha onde fiquei para cuidar de Gato e despachá-lo por via férrea, orgulha-se de uma linha de bondes que liga a praça à estação. Como na Guatemala, os três únicos carros são impulsionados por motores Ford modelo T, cujos radiadores fervem, espirrando espuma para todos os lados.

Durante os últimos dias da minha estada, graves problemas políticos estavam a ponto de explodir, e ocorreram alguns tiroteios. Numa única noite, toda a polícia foi desarmada e substituída por gente que mal sabia empunhar os fuzis.

A rota que eu estava seguindo, agora até Tehuantepec, percorre quatrocentos quilômetros de terras pantanosas e densas florestas. Viajar por ali com chuva é muito difícil. Fui aconselhado a levar um guia, mas os primeiros que contatei não se animaram a fazê-lo. E seguir por cima dos trilhos da estrada de ferro, aproveitando as pontes sobre os rios cheios, era impossível montado em Mancha.

Finalmente, consegui um guia e comprei dois cavalos, um para ele e outro para meu cargueiro. Escolhemos animais acostumados aos pântanos. Em Tehuantepec, onde começam as montanhas, poderia trocá-los por outros.

## Um trajeto difícil

Apesar das más condições climáticas, alegrei-me em montar outra vez e tomar o rumo do Istmo de Tehuantepec. Não havíamos andado muito, quando, em meio à selva, começou a chover forte. Isso se repetiria todas as manhãs, a partir das onze horas, mais ou menos. A péssima trilha logo se tornou um barral. No entanto, acostumado com tudo isso, Mancha andava como um trator.

Não demorou muito para as complicações começarem. O guia afundou-se num buraco cheio de lama e, em seguida, na travessia de um rio, Mancha caiu de lado e me levou com ele. Ergueu-se logo e, como eu já estava muito molhado da chuva, só fiquei ainda mais.

Apenas nos dois primeiros dias, Ángel Riso, o guia, mereceu esse nome. Dali em diante, desconhecia o caminho como eu. No entanto, era um excelente companheiro e me ajudou muito. Mantinha-se sempre alegre, mesmo quando as coisas iam mal. Sempre o recordarei como um cavalheiro nato, na sua simplicidade. Honesto, fiel, valente, era um típico mexicano da classe pobre.

A chuva apertou ainda mais, e fomos obrigados a interromper a viagem em Huehuetán, uma povoação de algumas choças cobertas de palha. Como meu guia tinha ali alguns conhecidos, nos deram refúgio em uma delas, habitada por um homem, algumas mulheres e crianças. A palhoça tinha uma única peça, que servia de sala, cozinha e dormitório. Enquanto as mulheres cozinhavam iguana com arroz e feijão, eu pensava como iríamos todos passar ali a noite.

Esse bicho, parecido com um lagarto, tem uma fileira de espinhos no lombo. Seu aspecto é repulsivo, mas, uma vez cozido, torna-se apetitoso. É até considerado uma iguaria em alguns lugares do México. O dono da casa certamente os caçara recentemente, pois havia algumas iguanas ainda vivas penduradas numa parede. Deram-me a impressão de condenadas à morte.

A violência da chuva aumentou quando todos se aproximaram do fogo para comer, e o homem começou a contar histórias de bandidagem. As crianças se agachavam junto às mulheres, seus olhos negros cheios de medo. A única luz vinha das chamas. Os cavalos comprados tinham sido atados a uma árvore, tendo Mancha, como sempre, ficado solto. Deveria ter buscado abrigo junto à choça, pois o ouvia patear.

Nosso hospedeiro nos disse que, no dia seguinte, deveríamos atravessar um arroio onde vivia um crocodilo enorme e feroz, que a fera atacava homens e mulas, tendo sido inúteis as tentativas de matá-la.

Ángel começou a ficar nervoso, até que se levantou e disse: *Virgem Maria Santíssima!* Depois, ajoelhou-se e fez o sinal da cruz várias vezes, sendo imitado pelas mulheres, que orientavam as crianças a fazerem o mesmo. A seguir, pediu-me duas velas, das que eu sempre trazia nos alforjes. Tirou da parede uma velha imagem da Virgem de Guadalupe, padroeira do México, colocou-a sobre um caixote e acendeu as velas ao lado da santa. E começou a rezar em voz alta, pedindo que intercedesse junto a Santo Inácio para nossa proteção. Foi quando uma rajada de vento apagou as velas e todos gritaram, aterrorizados, acreditando que a Virgem se negava a nos proteger.

Então, Ángel se aproximou de mim e me disse que era um erro eu não carregar comigo uma imagem de Santo Inácio, principalmente numa viagem tão longa. Reconheci minha ignorância no assunto, e todos me disseram que o santo protege os viajantes nos caminhos perigosos, inclusive na travessia dos rios.

Depois de alguma confabulação, homens e mulheres decidiram acender outra vez as velas junto à Virgem de Guadalupe. E meu guia, com muitas gesticulações, dirigiu-se a ela diretamente, dizendo-lhe que não podia falar com Santo Inácio porque não tinha sua imagem, mas lhe pedia humildemente que intercedesse a ele para nos ajudar no restante do caminho. Feito isso, com muitas reverências, apagou as velas e devolveu a imagem da santa ao seu lugar na parede. Depois, sorrindo, nos disse que tinha certeza de que sua prece fora escutada.

Os mexicanos mais simples são muito supersticiosos, e quase todas as pessoas usam medalhas de santos penduradas no pescoço. Também usam escapulários, onde a figura da Virgem de Guadalupe mal é reconhecível pelo excesso de uso. Li alguns livros e artigos sobre a religião no México. Os publicados nos Estados Unidos demonstram a influência do dinheiro em quem os escreveu e a ignorância da realidade mexicana. É um tema muito amplo para ser aqui tratado, mas acredito na sinceridade do povo desse país.

Todos nos espichamos no chão da única peça da choupana. Como fazia muito calor, homens e mulheres tiraram suas roupas com a maior naturalidade. A seguir, cobriram-se com mantas leves para se protegerem dos mosquitos. Dormi de imediato e logo fui despertado por uma goteira. Acendi um fósforo e tentei mudar de posição, mas não havia espaço. Acabei dormindo com o pingo de água um pouco para o lado, só acordando ao amanhecer.

A choça já estava cheia de fumaça e todas as pessoas em atividade. A chuva tinha parado e, ao sair para fora, Mancha me saudou com um relincho. Depois de uma boa caneca de café, preparamos as montarias, agradecemos aos anfitriões e seguimos nosso caminho. Logo atingimos uma selva onde era impossível cavalgar. Ramas, lianas e arbustos obrigaram o guia a usar seu facão. Se estivesse sozinho, teria me perdido completamente, e talvez caído no arroio do enorme crocodilo...

Depois de várias horas de lento progresso, molhados e embarrados até a cintura, chegamos à beira de uma água parada. Cercados por nuvens de mosquitos, acreditamos estar no caminho certo. A fim de não molhar nossa equipagem, levantamos os alforjes e os atamos bem em cima da carga. E começamos a travessia.

O guia ia na frente. A água atingia as paletas dos cavalos. O barranco do outro lado tinha uns três metros de altura. Ángel estava saindo da água quando a carga escorregou do lombo do cavalo cargueiro que ia entre nós. O animal se assustou e saiu correndo. Quando Mancha e eu chegamos à margem, vi o animal aos pulos entre as árvores, dando coices em nossos alforjes e maletas, inclusive as que continham as moedas de prata, único dinheiro aceito pelos indígenas da região.

O cavalo cargueiro deu a volta e correu direto até nós. Mancha se assustou e empinou-se, perdendo o equilíbrio no barro. Caímos os dois barranco abaixo até a água. Pensando no crocodilo, consegui ficar montado até Mancha se erguer. Saímos para a margem, onde estava o cargueiro todo enredado na equipagem. Apeei e o liberei com cuidado, já imaginando os prejuízos.

As maletas estavam arrebentadas nos lugares em que o cavalo as escoiceara. Uma máquina fotográfica foi toda quebrada. Remédios, açúcar e feijão tinham se misturado. Faltavam quase todas as moedas de prata. No momento, a única coisa a fazer era botar fora as coisas inservíveis, lavar a roupa e colocá-la a secar.

Ángel estava ao meu lado, coçando a cabeça e me pedindo desculpas, pois fora ele o encarregado de apertar as cordas quando colocamos os alforjes para cima. Para me consolar, repetia: *Ainda bem que não apareceu o crocodilo quando o senhor caiu na água*. Dedicamo-nos a catar as moedas perdidas e recuperamos parte do meu tesouro. Lembrei-me da infância, na Suíça, quando procurávamos ovos de Páscoa escondidos. E comecei a rir, para espanto do meu guia.

A noite chegou, então paramos de procurar, pois só faltavam uns sessenta pesos – pouca perda em relação ao que tínhamos escapado naquele lugar. Assim, tratamos de cozinhar algumas cebolas, dormimos como possível e retomamos nosso caminho ao amanhecer. Seguimos devagar por meio de selvas e pântanos traiçoeiros, passando perto de uma montanha com o topo em forma de cone. É tão característica que, vista de muito longe, serve de guia aos viajantes. Mas, cuidado: os nativos da região dizem que não se pode comer os frutos do cacaueiro, comum por aqui, nem levar suas sementes, pois se estará condenado a uma morte repentina. Seria uma maneira de impedir seu plantio e a produção de chocolate em outras plagas?

Sofremos muito nos três dias seguintes. Devido à chuva forte, tínhamos que adivinhar nosso caminho. Passamos a nado alguns rios e arroios, sempre com margens difíceis de ultrapassar. Seguimos por uma estrada abandonada depois da construção da linha férrea, já sendo reconquistada pela floresta. Bandos de papagaios e araras-vermelhas e azuis voavam sobre nós, enquanto grandes macacos nos olhavam do cimo das árvores.

A viagem continuou sendo uma luta contra a água e o barro. Seguimos muitas vezes a pé, arrastando os animais detrás de nós. Nosso único consolo era praguejar alto quase todo o tempo. Molhado por fora e suado por dentro, meu corpo formigava o tempo inteiro. Mas nunca fomos atacados por tigres ou crocodilos, como era nosso maior temor.

Certa ocasião, para atravessar um pântano, subimos na linha férrea e quase fomos atropelados por um trem. Mancha e eu, o guia e seu cavalo saltamos para fora, mas o cargueiro fugiu por entre os trilhos, tropeçando nos dormentes – só se atirando no pântano quando a máquina quase encostou nele. Passado o susto, tratamos de sair do atoleiro, de lá tirando com muita dificuldade o cavalo, que escapou por pouco.

Na etapa seguinte, levamos mais de dez horas para percorrer quatro léguas, com pequenas paradas só para recuperar o fôlego. À altura de um vilarejo, fomos detidos por um destacamento de soldados. Um deles me apontou uma *Mauser* enferrujada. Exigiu-me a permissão de levar armas e, quando a mostrei, disse que o assunto era para seu comandante. E nos escoltou até uma praça onde tinham construído uma pequena fortificação com sacos de areia.

O comandante mostrou-se cordial e pediu-me desculpas pelo ocorrido, dizendo que tais precauções se deviam a mais uma revolução que estourara. Os generais Gómez e Serrano haviam começado um movimento contra o presidente Calles. Meu guia, que ficara conversando com os soldados, me disse que desejava voltar para casa, junto dos seus. Como gostava dele, tentei convencê-lo a continuar comigo, e só o consegui quando lhe fiz a promessa de dar-lhe de presente os dois cavalos que comprara quando mandei Gato para a Cidade do México.

Foi num vilarejo do estado de Chiapas que fui testemunha do que é uma revolução nesses países, vendo os crimes que são capazes de cometer em plena impunidade. Uma noite, um jovem de dezoito anos, enquanto caminhava pela única rua do lugar, passou perto de uma casa que fora convertida em quartel. Um oficial, que estava *borracho*, mandou o rapaz dar meia-volta para casa, ordem que ele ignorou, continuando a caminhar tranquilamente. O tal tenente pegou um fuzil das mãos do soldado mais próximo e deu um tiro nas costas do caminhante. O rapaz ficou ali agonizando, sem nenhuma ajuda, até morrer.

Ninguém teve coragem de ajudá-lo, porque o assassino, aos gritos, mandara os soldados atirarem em quem se aproximasse dele. A experiência me ensinara a também me calar nessas horas. De modo que assisti a tudo isso indignado, mas em silêncio. A viagem continuou ruim até o lugar chamado Tonalá, onde os habitantes sabiam da nossa chegada e nos receberam com entusiasmo. Até apelidaram Mancha de *O Tigre dos Pampas*, em razão de sua pelagem. Quando deixamos o lugar, apertei as mãos de muitas pessoas pelo acolhimento. Mas, estando o México numa revolução e sendo os cavalos essenciais nessas guerras, temi ainda mais por Mancha.

A situação continuou a se agravar e, na vila mais próxima, nos aconselharam a não prosseguir, porque seria uma loucura. Disseram que, dali até Tehuantepec, nosso destino, a região estava infestada de bandidos. No próprio lugar, tive a ocasião de assistir a outra cena de violência. Um homem atacou outro na praça, em plena luz do dia, e foi preso por dois oficiais do Exército que estavam por perto. Com as culatras de suas pistolas, eles lhe golpearam a cabeça até o sujeito cair ensanguentado, meio morto.

Ao chegarmos a Jalisco, como nossos cavalos estavam muito cansados, fizemos uma parada de quatro dias. Pedi informações ao general que comandava as tropas da área, e ele me disse que certamente seríamos assaltados e mortos seguindo por aquele caminho. Outro general me visitou uma noite para dizer que recebera ordens do Ministério da Guerra para me oferecer uma escolta. Todos os comandantes dos destacamentos no trajeto a percorrer foram avisados e, assim, deveríamos trocar de escolta nesses lugares.

Não perdi tempo e logo partimos acompanhados de um oficial e dez soldados de cavalaria. Seus uniformes eram diferentes uns dos outros. O oficial usava um enorme chapéu de palha, de copa alta, e não colocava camisa nem túnica, só os culotes de montaria. Os cavalos também eram de diferentes raças, mas todos vindos da *meseta* mexicana e desacostumados aos pântanos. Fui testemunha de como Mancha os superava em energia e adaptação a qualquer tipo de pastagem. Mesmo alguns animais comprados da cavalaria dos Estados Unidos estavam muito abaixo da resistência do meu pingo crioulo.

Não longe da vila, o oficial me mostrou uma árvore onde tinham enforcado alguns bandidos poucos dias antes. Ali estavam expostos para exemplo dos demais, como é costume por aqui. Não entrarei em detalhes, mas fui testemunha de muitos desses espetáculos macabros. As execuções sumárias tornaram-se tão comuns que ninguém parece lhes dar atenção. No México, até os condenados encaram a morte como algo natural e não se acovardam. Nos livros e filmes, nos fizeram acreditar que um soldado dos Estados Unidos vale por cem mexicanos, o que só existe na ficção.

Vi soldados mexicanos deitarem-se no chão para dormir, depois de uma jornada dura e sem comer nada, e despertarem alegres e bem-dispostos, prontos para seguir em frente. Uns poucos feijões e uma tortilha é só o que necessitam para se manterem fortes e satisfeitos. Se não tiverem nada para comer, sustentam-se com uma planta chamada *maguey* e com algumas frutas e raízes.

Seguimos uma rota pela costa, longe da estrada de ferro. Gostávamos quando chovia, pois nos refrescávamos de tanto calor. Atravessamos florestas e passamos alguns rios a nado, sem encontrar ninguém, até chegarmos a uma casinha abandonada. Resolvemos pernoitar ali, e logo alguns cavalos da escolta, mortos de cansados, deitaram-se no barro, sem comer o pasto áspero que lhes deram. Mas os homens mostravam-se alegres e, quando lhes passei uma garrafa de *comiteco*, uma aguardente regional muito forte, que eu comprara para a viagem, vibraram como se fosse o melhor *champagne*.

Antes de dormirmos amontoados dentro da casinha de adobe, um soldado colocou azeite numa caneca, fixou dentro um pavio e o acendeu diante de uma imagem da Virgem de Guadalupe. Durante a conversa que tive com eles, outro soldado disse que essa santa é morena, ou seja, cem por cento mexicana, enquanto a Virgem Maria é branca e só cuida dos gringos. E logo começaram a gritar: *Viva a Virgem de Guadalupe! Abaixo a Virgem Maria!* O idioma dessa região é o zapoteco, de antiga origem indígena. Embora dominem o espanhol, a maioria dos nativos só se comunica nessa língua ancestral.

No dia seguinte, continuamos nossa viagem rumo ao Istmo. E logo surgiu mais um rio para atravessar. Como de hábito, Mancha saiu nadando na frente, indicando o melhor caminho para os demais. Pelo meio-dia, chegamos a uma bela planície ondulada. De quando em quando, saltava uma lebre do campo abundante. São iguais às europeias, apenas com as patas traseiras brancas. Foi quando vimos um homem a cavalo, bem ao longe, que fugiu a galope ao nos ver. Vários soldados saíram ao seu encalço, mas ele conseguiu escapar, abandonando a montaria, atravessando um rio a nado e sumindo no meio da selva. Mas trouxeram o petiço que havia sido roubado há algum tempo.

Passamos a noite seguinte num vilarejo miserável, onde dormimos no chão de uma choça, sem nada para comer. Os cães ladraram o tempo todo. Eu havia deixado Mancha num pequeno curral, a vinte metros de onde eu estava, trancado com pedaços de pau amarrados, para que fosse difícil abri-lo. E ainda colocara cadeados, que sempre levava comigo e considero indispensáveis. Os cavalos dos militares ficaram amarrados juntos numa escaca, por se entenderem bem. Levantei-me algumas vezes devido aos latidos dos cães, mas sempre encontrei Mancha tranquilo.

Quando acordei, ainda estava escuro. Fui ver meu cavalo e o curral estava vazio. Acendi um fósforo e verifiquei que alguém arrombara a paliçada. Avisei o oficial e voltei com uma lanterna elétrica e o meu revólver. Segui o rastro dos cascos no sereno até um lugar arenoso, e voltei em busca dos soldados. Todos estavam dormindo, e o oficial deu um pulo quando o acordei. Disse que não se lembrava de que o acordara antes, mas logo saímos todos à procura de Mancha.

Ao ver um madrugador sentado na soleira da porta de seu casebre, perguntei se vira passar meu cavalo. Disse que não, até que o oficial lhe apontou o revólver junto da cabeça e exigiu que corresse na frente, mostrando o caminho seguido pelos ladrões. Para minha surpresa, ele se levantou gritando: *Não estão longe! Vamos por ali!*

O oficial deu um tiro para cima, e seguimos o homem por meia légua, encontrando Mancha, que trotava em nossa direção com um laço atado no pescoço. Foi quando ele disse que vira os três ladrões laçando o meu cavalo, o que foi um grande erro. Mancha detesta ser laçado e conseguiu escapar, decerto depois que os ladrões escutaram o tiro. Para recompensar a ajuda do informante, o oficial mandou os soldados lhe darem uma surra, o que foi pouco, por nos ter mentido da primeira vez. Por menos que isso, muitos teriam sido enforcados na árvore mais próxima.

A escolta seguiu me acompanhando até o quartel da cidade vizinha, sendo substituída por um grupo descansado. Seguimos um trajeto mais ou menos paralelo à Ferrovia do Pacífico, chegando a Tehuantepec sem nenhum incidente. Ali soubemos que um destacamento da Guarda Civil saíra a nos dar as boas-vindas, mas por outro caminho, e ainda não tinha retornado. Embora bem protegida, a cidade estava temerosa de ser atacada. Por segurança, fui hospedado no prédio da Prefeitura, um antigo edifício com arcadas.

## A Tehuantepec tradicional

As mulheres dessa cidade, desde muitas gerações, gozam da fama de serem as mais lindas do México. Algumas têm antepassados franceses e espanhóis, mas todas se assemelham, inclusive na indumentária. As *tehuanas*, como são chamadas, vestem roupas pitorescas. Tive oportunidade de ver muitas delas em um baile organizado para festejar minha chegada de Buenos Aires...

Ao entardecer, muitos homens e mulheres desfilavam pela rua principal, alguns a pé, outros em carretas puxadas por bois, enfeitadas com bandeiras, folhagens e flores. Atrás do cortejo caminhava a banda, seguida por pessoas em filas duplas, andando devagar. Todos os homens vestiam blusas e calças brancas. E a *pièce de résistance*, as mulheres, também em filas duplas, portavam roupas típicas da região onde tinham nascido. Quase todas usavam penteados muito elegantes, com os cabelos presos por pentes ao estilo espanhol. São realmente lindas, mesmo a maioria andando descalça. Disseram-me que andar sem sapatos as tornava ainda mais elegantes e irresistíveis.

As *tehuanas*, em sua maioria, usam blusas de mangas curtas, bem decotadas e bordadas com perfeição. As saias são de diferentes cores e desenhos, todas feitas com a melhor lã, finíssima, ou de pura seda. Não ultrapassam os tornozelos, calçando ou não sapatos. Aliás, também achei as que andavam descalças mais sedutoras no seu andar.

O baile começou assim que surgiram as primeiras estrelas. A pista era quadrada e cercada de galhardetes coloridos. Havia também lâmpadas elétricas de cores diferentes, que projetavam lindos reflexos nas roupas das *tehuanas*. O México é o único país latino-americano em que as indumentárias tradicionais não desapareceram com a invasão moderna – homens e mulheres se orgulham disso.

Em tempo: dancei com algumas bailarinas muito gentis.

Quatro dias depois, fiquei triste quando o comandante da nova escolta me avisou de que partiríamos logo após o pôr do sol. Fui conquistado pela Tehuantepec tradicional, mas meu destino ainda estava longe dali.

Se não fosse pela revolução, teria continuado pelo Istmo até Puerto México, na costa atlântica, seguindo mais ou menos a linha da estrada de ferro. Mas isso seria pouco prudente, pois a luta se concentrava nesse setor. Um bando de malfeitores agia por ali, aproveitando a topografia favorável às emboscadas. Assim, o que me restou foi atravessar a Sierra Madre até as terras altas, rumo a Oaxaca.

A outra escolta já havia partido de volta a seu destacamento e, no dia seguinte, chegou-nos a notícia de que, ainda próximos de Tehuantepec, os soldados haviam capturado alguns bandidos. Nosso plano era cavalgar durante a noite, em parte para evitar o calor diurno e também por outras razões evidentes. Cada um dos integrantes da nova escolta conhecia muito bem a comarca, sendo certo que não nos perderíamos pelo caminho. Algumas pessoas fizeram questão de me oferecer uma bela despedida, ajudando-me a enfrentar a nova etapa.

Seguíamos em fila indiana por uma região arenosa, entre árvores e arbustos. Logo escureceu e, cada vez que o comandante que liderava o grupo tinha dúvidas sobre o trajeto, usava uma lanterna para indicar onde estava. As estrelas cintilavam no céu, e milhares de insetos zumbiam ao nosso redor. Aqui e ali brilhava um vaga-lume. O silêncio era rompido apenas pelo piar característico das aves noturnas, pelos cascos dos cavalos e por algum relincho isolado. Quando se cavalga à noite, tem-se a sensação de que as distâncias são intermináveis.

Depois da meia-noite, a lua apareceu sobre a linha das montanhas e banhou a paisagem com sua luz fria e azulada. Passamos a identificar silhuetas de enormes cactos que pareciam figuras fantasmais. De repente, o seco estampido de um fuzil nos obrigou a parar. Ouviram-se outros disparos, e o silêncio voltou, cortado pelo ruído característico do bufar dos cavalos quando sentem perigo. Alguns soldados apearam, tiraram suas sandálias pesadas e entraram pelo matagal. Não deviam estar longe quando se ouviu uma voz gritando: *Alto!*

Logo os soldados voltaram com um prisioneiro, que foi interrogado e assegurou não ser bandido, apenas um morador dos arredores voltando para seu povoado. O comandante não se satisfez com a resposta e nos dirigimos ao local onde o homem fora capturado. Após breve busca, encontraram um fuzil escondido entre arbustos. Examinando os bolsos do prisioneiro, encontraram munições correspondentes àquela arma, cujo estampido ouvimos há pouco. O homem foi amarrado e levado conosco. Não sei o que aconteceu com ele depois que a escolta me deixou na etapa seguinte.

Pouco antes do amanhecer, chegamos a um rio caudaloso, desses que descem das montanhas. Atravessamos suas águas com facilidade, pois estávamos acostumados a isso –homens e cavalos. Logo chegamos a uma povoação chamada Japala del Marqués, onde pudemos comer alguma coisa e nos deitar. Mas dormir foi impossível por causa do calor e das moscas.

Antes de escurecer, tive que assistir a uma festa, embora preferisse tentar dormir. Mesmo sem linhas férreas nem telégrafo, as notícias por aqui circulam em grande velocidade. Por isso, sabiam quem eu era e festejavam nossa chegada na maioria dos vilarejos, uma boa desculpa para dançarem e beberem.

Por aqui há uma dança típica, exclusiva para mulheres idosas, que muito se divertem com ela. A banda ataca uma melodia alta e alegre, e as velhas senhoras saem para a pista sacudindo grandes xales nas mãos, como se fossem capas de toureiros. Logo surgem homens que se jogam contra os xales imitando touros furiosos. Cada vez que conseguem, dão palmadas nas mulheres, que se movem para os evitar. E segue o baile até ser interrompido pelo cansaço. Embora com muito sono, gostei de assistir a essa dança reservada às famílias.

Finda a festa, o sol se pôs, e partimos. Sempre montanha acima, entre rochas e cactos. No povoado seguinte, onde minha escolta foi substituída, aumentaram o número de soldados, como acontecia em áreas de maior perigo. Em uma delas, por incrível que pareça, chegaram a me acompanhar trezentos soldados de cavalaria... Claro que não existem hotéis nem pousadas nessas regiões por onde passam poucas pessoas. Dormimos no chão, diante da sede do governo local, uma simples casa de adobe. Os cavalos ficaram no pátio dos fundos.

Eu estava muito cansado por ter viajado à noite e dormido pouco nos últimos dias. Mesmo assim, tive que assistir a mais uma festa, encerrada com bebedeira – dessa vez foi tanta que alguns festeiros brigões tiveram que passar a noite na cadeia da nossa sede municipal, de onde ouvi seus gritos durante o resto da noite.

Minha nova escolta não estava pronta para partir. Assim, consegui descansar um dia inteiro. Choveu forte durante a tarde e, quando vi alguns soldados destacados para me acompanhar correndo para a igreja, achei que estavam assustados com o trajeto a percorrer e tinham ido rezar. O que era verdade.

A etapa seguinte até Oaxaca, cerca de duzentos quilômetros no alto das montanhas, foi muitíssimo penosa, principalmente a travessia de rios com rápidas correntezas. Alguns soldados não sabiam nadar e iam agarrados às colas dos cavalos, inclusive à de Mancha. Meu crioulo foi, outra vez, o ponteiro a mostrar o melhor caminho para os demais. Sem ele a se atirar com energia nas águas turbulentas, acredito que os outros cavalos não teriam conseguido atravessá-las. Mancha aprendeu por conta própria o que a escola francesa de equitação denomina *glissade*, ou deslizamento. Isso significa atravessar a correnteza nadando de forma oblíqua e sempre oferecendo o peito à força das águas, nunca os flancos.

Não encontramos nenhum habitante nesse trajeto. Algumas vezes, acampamos em povoações em ruínas, abandonadas há muito tempo por causa das revoluções.

Não sei por que, dessa vez, eu não levava ferraduras de reposição. Assim, quando Mancha perdeu uma delas, tive que pedir ao comandante da escolta para pararmos e darmos volta, procurando o tesouro perdido. Um soldado achou a ferradura. Como eu tinha alguns cravos, tratei de colocá-la, usando uma pedra como martelo. Meu cavalo tolerou tudo isso como se soubesse a importância do que eu estava fazendo.

Mais ou menos na metade do caminho, acampamos numa cabana solitária e em ruínas. Já era noite avançada quando chegaram alguns indígenas que se dirigiam a Tehuantepec. Buscaram refúgio ali, e o espaço se tornou ainda mais exíguo. Fui sendo empurrado para um canto e, quando consegui dormir, logo acordei atacado por formigas, pois estava sobre um formigueiro. Saí para tirar minhas roupas e as sacudir. Depois, resolvi me sentar numa pedra, fumar e ver os cavalos pastando. E ali fiquei até a hora de partirmos.

Quando nasceu o sol, já havíamos percorrido algumas léguas, porque esta era uma etapa longa e difícil. Estávamos com fome, mas ninguém se queixava disso, como é da natureza dos mexicanos. Quando chegamos, finalmente, a um povoado, seus habitantes nos ofereceram o pouco que havia para comer. Felizmente, tínhamos caçado um cervo, que foi assado e sua carne dividida entre todos. Junto com café e *tortillas calientes*, essa foi uma refeição para esquecer a penúria.

Fui bem recebido no México, embora, em geral, os nativos não tivessem quase nada para oferecer. Mesmo dormindo muitas vezes no chão, tinham o hábito de me entregar um travesseiro limpo. Como o conseguiam nas condições em que viviam foi sempre um mistério para mim.

Entre Tehuantepec e Oaxaca, na estação seca, o transporte de trigo e outros produtos agrícolas é feito com burros. Dadas as subidas e descidas, usam travessas largas de couro no peito dos animais, onde costumam escrever frases em grandes letras: "Adeus, senhoritas! Adeus, amigos! Vamos com coragem!" Também as roupas dos campeiros são diferentes: usam grandes chapéus de feltro e jaquetas de couro de gamo bem curtido, cheias de borlas.

Minha escolta estava sem cavalos. Assim, quando algum soldado se cansava de andar a pé, tomava um burro dos indígenas, que não protestavam frente aos homens armados. Incrível como esses animais tão pequenos podiam carregar tanto peso sem quebrarem o espinhaço.

Durante um trajeto feito no escuro, um soldado desviou-se do caminho e caiu num precipício, dando um grito. Acreditamos que tinha morrido, mas logo escutamos que nos chamava, parecendo não estar muito longe. Eu levava uma lâmpada de acetileno, muito útil quando acabava a pilha da minha lanterna elétrica. Quando a acendi, descobrimos que ele caíra sobre uma pedra que se sobressaía do precipício como uma sacada. Com ajuda de um laço, conseguimos puxar o rapaz, que nada sofreu além do susto. E um colega lhe ofereceu um burro rengo para continuar a viagem.

Foi como uma cansada procissão que chegamos a um vilarejo a umas sete léguas de Oaxaca. Minha escolta estava exausta, mas ninguém se queixava. Quando clareou o dia, vi que alguns proprietários dos burros nos tinham seguido para recuperá-los, quando possível.

Passando por um mercado, vi que vendiam alguns alimentos com pouca higiene, mas disse aos soldados que podiam servir-se por minha conta. Não tive que insistir. Enquanto engolia minha comida, olhei ao redor e fiquei feliz ao ver uns fardos de alfafa empilhados. Não é preciso dizer que comprei todos que Mancha e os burros conseguiriam comer. O que fizeram com o mesmo prazer que todos nós.

Como o caminho para Oaxaca é bom e os soldados da escolta ainda estavam cansados, resolvi continuar sozinho no dia seguinte. Voltei a apreciar a paisagem e a mergulhar em meus pensamentos. Embora goste de conversar com as pessoas, nunca me aborreci em viajar apenas com a companhia de Mancha e Gato. Durante toda a viagem, a preocupação em obter-lhes alimento também me ajudou a ocupar o tempo livre. Quando estávamos apenas os três, acostumei-me a conversar com eles – que pareciam gostar da minha voz. E até entender algumas palavras... Se eu exclamava: *Epa! O que está havendo?*, eles apontavam as orelhas. Bastava a exclamação: *Vamos!* para que saíssem a caminhar. Ou: *Tsst!*, para interromperem a marcha. Reações simples, mas que nos bastavam.

A estrada larga e arenosa para Oaxaca estava concorrida naquela manhã. Havia muitos homens e mulheres a pé ou montados em burros. Algumas carretas puxadas por bois, com sólidas rodas de madeira que chiavam o tempo todo. Dentro delas, pessoas bem-vestidas, algumas dedilhando violões e cantando em voz bem alta. Pelo caminho, havia locais onde vendiam comidas e bebidas.

A razão de todo esse movimento era a Festa do Tule, celebrada anualmente durante três dias. Tule é um cipreste gigantesco que deu nome a uma cidade mexicana. Existem alguns no país, mas acredito que vi um dos maiores e mais antigos, o qual os entendidos afirmam ter mais de cinco mil anos...

## Oaxaca

A cidade está situada entre pitorescas montanhas. Nela, fui recebido por muita gente, mesmo estando a noite avançada. Avisaram-me que, logo que estivesse descansado, iríamos visitar as ruínas de Mitla, a uns cinquenta quilômetros de Oaxaca.

Em realidade, Mitla é uma joia sobrevivente de uma civilização há muito desaparecida. O que mais me impressionou foram os desenhos que ainda existem sobre paredes inteiras dos prédios hoje em ruínas – parte pelo tempo, parte pela mutilação feita pelos espanhóis, que arrancaram pedras valiosíssimas para construir suas igrejas.

O local sempre recebe visitantes estrangeiros, o que estimula a venda de antiguidades de fabricação caseira, cujos preços vão caindo à medida que mostramos desinteresse em comprá-las. Os vendedores são impedidos de retirar qualquer material das ruínas por fiscais do governo. Um deles, que faz papel de guia, insistiu em dizer-se capaz de prever quanto tempo de vida ainda tem uma pessoa. Aceitei fazer o teste, e ele me tomou diversas medidas antes de me prometer muitos anos ainda pela frente, talvez na esperança de receber uma gorjeta proporcional à sua profecia.

Dada tanta hospitalidade e o muito que havia para ver, não foi fácil deixar Oaxaca, o que fiz acompanhado de uma escolta de cavalaria. Os cavalos que os soldados montavam ainda não estavam bem domados, e muitos corcovearam, derrubando seus ginetes. Mais de uma vez tivemos que correr atrás de um potro para trazê-lo de volta ao soldado que fora derrubado. Esses animais novos não tinham sido ferrados, e alguns começaram a mancar quando a estrada se tornou rochosa.

O Exército federal, ao qual pertencia minha escolta, estava em alerta. Esperava-se que o general Serrano, das tropas revolucionárias, cercado em Veracruz, tentasse escapar pelas montanhas e florestas até a costa do Oceano Pacífico. Era evidente que minha escolta, com os cavalos em tais condições, não poderia atravessar as montanhas, ainda mais pela maneira como eram tratados. Na primeira noite, que passamos no quartel da polícia de uma vila, os soldados encerraram os cavalos nas celas vazias de prisioneiros. Passaram a noite ali, apertados, sem nada para comer. Perguntei a razão ao oficial em comando, e ele me disse que era uma maneira de impedir que corcoveassem no outro dia.

Sabendo que aqueles cavalos não poderiam atravessar as montanhas desferrados, o oficial, com muita relutância, aceitou que eu prosseguisse a viagem sem escolta.

## Nas montanhas

Tive que eleger entre duas rotas: uma que se perdia entre enormes gargantas e outra, abandonada há muito tempo, que seguia pelas montanhas. Escolhi a última, que percorri durante dois dias, subindo e descendo por encostas empinadas. Caía constantemente uma chuva fina, e o frio era penetrante.

Do outro lado da montanha, encontrei um vale encantador, com árvores carregadas de frutas, mangueiras com galhos pesados até o chão. Pássaros de plumagem brilhante voavam sobre as mangas douradas.

Dormi outra vez no chão, sob as arcadas da Prefeitura de uma aldeola chamada Chilar. O prefeito se preocupou em oferecer-me o melhor que podia. Quando parti, acompanhou-me um guia, pois o caminho era difícil e teríamos de atravessar a nado o Rio de Las Vueltas – largo, profundo e caudaloso.

Logo que deixamos Chilar, penetramos em vales arenosos, entre montanhas onde cresciam cactos enormes. O rio fazia jus à denominação, pelas muitas voltas que dava – verdadeiros cotovelos próximos uns dos outros. Depois de atravessá-lo com muita dificuldade, tivemos que repetir a proeza no dia seguinte, algumas léguas adiante. Por sorte, consegui passar a equipagem e os arreios por uma ponte ferroviária e, depois, atravessar nadando com os animais. A maior dificuldade, ao atravessar um rio tão rápido, não é a entrada, e sim a saída, pelos muitos paredões. Nas águas turbulentas, temos que nos cuidar com as pedras e árvores submersas, que podem até destripar um cavalo.

Muitas vezes, me confundiram com um oficial mexicano e me pediram notícias sobre os combates. Há quem pense que os mexicanos gostam de revoluções e são pessoas sem lei, mas isso não é verdade. A maioria do povo vive no campo. Trata-se de gente pacífica e trabalhadora. Até bem pouco tempo, um obstáculo sério era a falta de instrução. Porém, sob a presidência do General Calles, foram feitos grandes esforços para aumentar e melhorar o ensino público. Mas, é claro, ainda há muito a fazer para atingir o nível de países da Europa, adiantados em algumas gerações. Para citar um só exemplo do que os mexicanos conseguiram nos últimos tempos, mencionarei o estado de Oaxaca, onde a maioria dos habitantes é indígena. Foram abertas mil e duzentas escolas – algumas muito simples, mas já um bom começo.

Nossa trilha continuou por enormes vales desabitados e profundos precipícios, até chegarmos a Tehuacán, uma bela cidade com muitas fontes de água mineral. Eu vinha tendo febre nos dias anteriores e temia outro ataque de malária. O comandante da guarnição veio me visitar para avisar que só poderia oferecer uma pequena escolta, já que esperava um movimento rebelde para os dias seguintes. Disse-me que, talvez, o mais prudente fosse viajar sozinho, pois, se caísse nas mãos dos revolucionários junto com soldados, o certo é que nos fuzilariam. Discutimos o assunto e concordei com ele, dispensando a escolta. Logo depois, soube que uma cidade próxima fora atacada, levaram todas as armas de fogo, o dinheiro e os víveres.

Meus temores quanto à malária não eram infundados. Eu me sentia debilitado pela falta de sono. Uma coisa é estar doente numa boa cama, com remédios ao alcance. Outra, cavalgar o dia inteiro, dormir no chão, sem abrigo nem alimentação adequada. Sentia-me tão mal que percebia cada passo do cavalo. Quando tocava a cabeça, doía a raiz dos cabelos, sintoma certo de malária. No entanto, devia continuar, mesmo sem prestar atenção no que me cercava. Não fui atacado por ninguém e, quando cheguei ao planalto do México, comecei a melhorar e a interessar-me novamente pela vida.

Essa região é muito diferente das outras que atravessei. À minha frente, estendiam-se ondulações arenosas com muitos cactos e arbustos. Ao longe, o níveo Vulcão Orizaba se destacava numa paisagem belíssima. O céu azul-escuro era bordado por nuvens levemente coloridas. Em Tepeaca, tive uma recepção popular em grande escala. Ainda adoentado e exausto, tratei de não desapontar o povo, fingindo alegria. Quando me levaram para almoçar, confessei que não estava bem. *Cognac* e quinina me ajudaram bastante, um como estimulante, o outro como medicamento.

Tepeaca é um importante centro agrícola, situado a uns dois mil metros acima do nível do mar. Faz muito frio à noite, sendo a temperatura agradável durante o dia. Todos os sábados há *tianguis* (como chamam os mercados semanais), e a cidade se enche de gente. Chegam até comerciantes de estados vizinhos. Pouco depois da conquista espanhola, por sua importância, Cortés tornou Tepeaca capital da Nova Espanha. Para tanto, ordenou a construção do convento de São Francisco, fortaleza inexpugnável naqueles tempos, que ainda se encontra em perfeitas condições.

A cidade tem vinte e uma igrejas, sendo a catedral a mais notável por sua arquitetura. Na praça principal, ergue-se, desde 1547, um monumento onde foi instalado recentemente um relógio público. Em sua parte superior, existe uma plataforma onde os condenados pela Inquisição eram expostos acorrentados, na presença de milhares de fiéis, que acompanhavam o espetáculo enquanto os infelizes sofriam o *auto de fé*.

Próximo de Tepeaca, existe um lugar chamado *Santos Sepulcros*, onde foram encontrados materiais de grande valor arqueológico, junto a ossos de interesse para a ciência médica e a antropologia. Alguns crânios humanos estudados comprovam que, há dois mil anos, já existia a sífilis. Também foram encontrados dentes adornados com ouro, o que distinguia os notáveis daquela época longínqua.

Embora a distância de Tepeaca a Puebla seja de apenas seis léguas, numa boa estrada, pensei que jamais terminaria esse percurso. Estava com o corpo tão dolorido que não conseguia cavalgar. Assim, fiz todo o trajeto a pé, apoiando-me em Mancha, que parecia entender que eu estava doente. Passamos por uma multidão de indígenas levando mercadorias para os *tianguis*, que muito teriam me interessado em outra situação.

Fui me apresentar ao prefeito de Puebla, deixando Mancha e o cavalo cargueiro aos cuidados de um policial, diante da sede da municipalidade. A notícia de nossa chegada se espalhou rapidamente. De modo que, ao sair da Prefeitura, uma multidão nos seguiu até o quartel onde ficaram alojados os cavalos. Por sorte, só me esperavam no dia seguinte, o que evitou que eu comparecesse de imediato a uma recepção – isso teria sido uma catástrofe no estado de esgotamento em que me encontrava.

Falei com alguns jornalistas e representantes de clubes sociais, que logo perceberam minha situação e me levaram a um médico. Ele me aplicou uma injeção e recomendou repouso. Dormi num cômodo hotel, mas já recebi visitas pela manhã e tive que participar de um almoço e um jantar festivos. Sem ter melhorado, recebi outra injeção antes de assistir a um baile em minha homenagem.

Na manhã seguinte, os charros me ofereceram um *jalipeo*, ou seja, uma festa campeira com doma de cavalos e provas de habilidade com laço, que eles chamam de *reata*. No terceiro dia, após mais uma injeção, participei de outro baile, depois do qual só tive tempo de encilhar Mancha e cavalgar até San Martín, um lugar a nove léguas de distância, onde, finalmente, achei que poderia dormir em paz. Ledo engano. Um grupo de alegres pueblistas veio me buscar de automóvel e me levou de volta à cidade. Tive que fingir divertir-me a noite inteira e só encontrei sossego ao retornar a San Martín, às oito da manhã.

*Bueno*, para que não viessem me buscar de novo, tratei de seguir viagem pela estrada que serpenteia em direção à Cidade do México. Quando reunia forças suficientes, admirava o precioso panorama. Lindos bosques cobriam as montanhas até próximo das crateras dos vulcões Ixtaccihuatl e Popocatepelt – nomes astecas que significam *Mulher Dormindo* e *Montanha de Fumaça*.

Passaram muitos automóveis, e tive de desmontar algumas vezes para falar com pessoas que vinham só para me saudar. Foi bom, pois, como me encontrava, talvez até caísse do cavalo dormindo. Durante a noite, ouvi um forte barulho de motores, e logo apareceu um grupo de motociclistas da polícia da capital. Para minha surpresa, pararam ao meu lado e um deles se apresentou como o chefe do Departamento de Trânsito. Abraçou-me calorosamente, da típica maneira mexicana, e tornou-se de imediato um dos bons amigos que fiz durante minha estada inesquecível na capital do México.

Depois do abraço, ele me disse que tinham preparado uma recepção em minha honra e pediu que eu me apressasse em seguir para um lugar onde antes havia uma linda fazenda, hoje em ruínas por conta das revoluções anteriores. Concluídas as doze léguas percorridas naquela jornada, cheguei ao local indicado e desencilhei. Não havia nada para eu comer, nem forragem para os cavalos, mas logo chegou um automóvel da capital com muito mais do que necessitávamos. Estava tão cansado que dormi imediatamente dentro de uma choupana.

Ao amanhecer, uma mulher me ofereceu uma xícara de café, e ouvi vozes lá fora. Um operador cinematográfico, diversos fotógrafos e jornalistas tinham chegado da Cidade do México. Depois de posar com Mancha em vários ângulos, um jornalista me contou um segredo que me deixou eufórico: entre as surpresas que me esperavam, Gato, meu velho companheiro, viria me receber junto com um enorme grupo de charros. Acrescentou que ele estava curado e cheio de vida.

Pensando no meu querido Gato, tratei de encilhar e seguir ao trote pela boa estrada, sem prestar muita atenção numa aeronave que fazia voltas dando-me as boas-vindas. Apenas me cuidava dos automóveis que me acompanhavam de perto. Segui trotando, embora Mancha suasse muito, porque sabia o quanto ele também ficaria feliz ao reencontrar Gato. Pensava como seria sua atitude ao nos ver depois de tanto tempo.

De longe, vi a poeira levantada pela multidão de cavaleiros. Logo reconheci os grandes *sombreros* e os bordados de ouro e prata brilhando ao sol. Quando ficamos próximos, os charros deram grandes vivas, enquanto os automobilistas aplaudiam. Logo foi um redemoinho: abraços, ruídos de muitos cascos, gritos de entusiasmo.

De repente, abriu-se um espaço diante de meus olhos e vi a cabeça do meu amigo Gato. Esqueci de tudo o que me rodeava e fui até ele, acariciando seu pescoço e testa, como muitas vezes fizera no passado. Quando ele viu Mancha, abriu as narinas e lançou um relincho baixo. Os dois cavalos se encostaram um no outro, enquanto eu verificava, com alegria, que Gato estava em perfeitas condições, completamente curado.

A seguir, fomos todos almoçar e festejar numa *hacienda* próxima. Os charros vestiam suas melhores roupas, e as selas de seus cavalos eram esplêndidas. Algumas damas usavam o traje nacional de chinas *poblanas* – e não se pode imaginar algo mais estético. O doutor Eduardo Labougle, o embaixador argentino, e outros membros do corpo diplomático estavam presentes – alguns vieram a cavalo, outros de automóvel. O general Roberto Cruz, chefe de polícia do México, liderava os charros, todos de famílias importantes, e alguns, altos funcionários do governo.

Os fotógrafos e cinegrafistas registraram imagens dos grupos alegres e, depois, começaram os discursos. Então, fui saudado por um emissário oficial, que me deu as boas-vindas à Cidade do México. Em seguida, começou uma sessão espontânea de humor, ao estilo mexicano, com trocas de frases que despertaram muitas risadas. Fizeram também sucesso um poeta local e um argentino residente no México – alegria que se acentuou com os efeitos do *champagne* e do *cognac* trazidos num caminhão repleto.

Eu ainda estava com minhas roupas de viagem, a barba crescida e sentindo os efeitos da malária e das noites mal dormidas. Porém, era tanta a simpatia dos que me rodeavam que lutei para demonstrar o que meu coração sentia.

Logo iniciamos a cavalgada até a Cidade do México, acompanhados por muitos automóveis e outros que nos esperavam pelo caminho. Todos nos unimos em procissão, escoltados por duas filas de motociclistas da polícia. Foi algo esplêndido ver o garbo natural com que os charros e as senhoras cavalgavam pelo centro da cidade. Fomos até uma escola de equitação, onde Gato e Mancha seriam alojados, e onde nos esperavam com mais *champagne* e *cognac*.

Quando, por fim, consegui me liberar, fui até o hotel onde me hospedaria. Ali, dei instruções rígidas aos funcionários para que ninguém me perturbasse. Dormi vinte horas seguidas, o que me ajudou a começar uma série de banquetes, festas e excursões que se prolongaram por duas semanas inteiras.

# A Cidade do México

Os mexicanos nasceram cavaleiros e amantes de aventuras ao ar livre. Dentre todos os países que atravessei, foram eles os que mais valorizaram a minha cavalgada, compreenderam seu significado e demonstraram publicamente suas opiniões.

Dos muitos banquetes que me ofereceram, o mais brilhante e pitoresco foi o da Associação Nacional dos Charros. Aconteceu, com propriedade, no salão Dom Quixote de um dos melhores hotéis do México. O corpo diplomático se fez representar em peso, e todos os comensais que eram charros estavam vestidos com roupas campeiras características de cada região. Só os chapéus devem ter custado uma fortuna, pois todos eram bordados com ouro e prata, e alguns com pedras preciosas. A famosa Banda Policial da Cidade do México nos animou com sua música. Quando os discursos chegaram ao fim, alguns artistas cantaram canções mexicanas clássicas, e diversos casais executaram o *Jarabe Tapatío*, uma dança tradicional. De fato, como se costuma dizer, para contar em detalhes todas as recepções com que me honraram, seria necessário um outro livro.

Visitei algumas das principais autoridades do governo mexicano e diversas embaixadas. Tive a honra de encontrar-me com o ex-presidente Calles no antigo castelo de Chapultepec. Fiquei impressionado com a maneira franca com que me tratou e seu senso de humor. É evidente que tem um caráter forte e inflexível, mas não esconde a expressão bondosa de seus olhos penetrantes.

Talvez o espetáculo mais popular a que assisti tenha sido a tourada, pois essa arte é apreciada de maneira frenética pelo povo. Tive a grande honra de ser convidado para representar o ritual de *partir plaza*, ou seja, entrar a cavalo na arena, deter-me diante do presidente e pedir-lhe a chave para abrir os portões e encabeçar o desfile dos toureiros.

Aconteceu um fato divertido enquanto eu cumpria o ritual dessa cerimônia, a maior homenagem que eu poderia receber dos mexicanos. Como ignorava os detalhes do que iria ocorrer, tudo me foi explicado e, chegado o dia e a hora, com o enorme estádio de cimento com sua lotação completa, ficamos esperando em um lugar quase escuro, de onde ouvíamos o rugir da multidão.

Embora a pontualidade não seja por aqui muito cultuada, a tourada começa com precisão infalível às quatro horas da tarde. Retardar um minuto poderia provocar uma revolução sangrenta. Por isso, quando os ponteiros do grande relógio da arena se aproximam da hora marcada, o povo grita em grande excitação.

Para não me arriscar com um atraso, cheguei à *plaza de toros* uma hora antes do começo do espetáculo e, quando ouvi o frenético alarido dos aficionados, propus aos toureiros que estavam comigo que entrássemos na arena, embora faltassem dez minutos para o desfile. Eles me olharam como se tivessem acabado de descobrir que eu era um leproso e, quando recuperaram a fala, disseram-me que isso seria um sacrilégio, que eu devia esperar que os ponteiros chegassem aos lugares que assinalam as quatro horas.

Foi quando soou um clarim e o portão foi aberto. Mancha, que estava muito nervoso, começou a corcovear, e eu tive de meter-lhe as esporas. Pouco acostumado a isso, meu cavalo entrou na arena em grande disparada, enquanto milhares de vozes nos aclamavam. Esses gritos e a mudança brusca da obscuridade para a luz deixaram Mancha ainda mais nervoso, fazendo-o dar saltos e cabriolas. Sentindo-se homenageada, a multidão passou a sacudir lenços e gritar ainda mais. Eu só pensava se a cincha estava bem apertada e lutava para manter-me teso sobre os arreios.

Por fim, para deleite da multidão, consegui chegar diante da tribuna presidencial, recebi a chave e voltei a galope até junto dos toureiros. Não sei como não levei um tombo no meio de tantas piruetas. Mas isso quase aconteceu no momento em que estávamos saindo da arena e me descuidei um pouco, pensando que Mancha se acalmara. Foi quando ele deu alguns corcovos ferozes, considerados uma representação teatral por todos, menos por mim. Só me senti feliz quando me sentei na tribuna de honra e parei de pensar no fiasco que seria cair do cavalo diante de todo aquele povo em delírio.

A Associação Nacional dos Charros me ofereceu uma exibição que inaugurou suas novas pistas com domas de potros, tiros de laço e coleada de novilhos. Essa prova difere do *bulldogging* dos *cowboys* dos Estados Unidos, porque o charro corre atrás do novilho, o pega pela cauda, passa sua perna direita por cima dela e faz o cavalo seguir para a esquerda, derrubando o animal. Embora essa façanha pareça simples ao observador, exige muita habilidade do cavaleiro e de sua montaria.

A festa chegou ao fim com danças folclóricas e uma tourada, sendo o matador o General Velazco, chefe do Departamento de Trânsito. Não usaram cavalos e, embora os touros fossem pequenos, preferi encontrar-me nas galerias, e não na arena...

A imprensa mexicana me ofereceu um banquete nos jardins flutuantes de Xochimilco, a Veneza do México. Depois, meus amigos motociclistas da polícia me deixaram impressionado com suas arriscadas provas acrobáticas. Convites para espetáculos de teatro, uma visita às pirâmides de Teotihuacan e muitas outras mostras de simpatia me mantiveram ocupado todos aqueles dias.

Junto com alguns argentinos, tive o prazer de retribuir um pouco das numerosas provas de amizade dos mexicanos, oferecendo-lhes um churrasco típico, ao qual compareceram centenas de convidados.

Um espetáculo natural inesquecível que vi naquela região foi o nascer do sol do alto do Cerro da Estrela, um pouco distante da capital. O Vale do México estendia-se a nossos pés, envolto em trevas iluminadas como vaga-lumes pelas luzes da cidade. As montanhas se erguiam para o céu sem lua, como toscas silhuetas negras, enquanto milhares de estrelas esparziam uma leve claridade. Pouco a pouco, ao leste, o horizonte foi tomando uma tonalidade roxa e azul-esverdeada. E, quando a luz se fez mais intensa, surgiram todas as tinturas possíveis e os picos começaram a brilhar. Quando irromperam os primeiros raios do sol, nosso pequeno grupo não conseguiu resistir: como se assistíssemos ao final de um concerto primorosamente executado, todos aplaudimos o maravilhoso espetáculo.

Acredito que o México continuaria tratando-me como um rei por muito mais tempo, mas eu devia me preparar para continuar a cavalgada, que prometia ser muito mais fácil dali em diante. Senti muito ter de deixar para trás tanta gente amiga, mas, cedo ou tarde, deveria fazê-lo.

Tratei, então, de fazer minhas despedidas e de exercitar um pouco Mancha e Gato, que passaram quinze dias em excelentes cocheiras, com forragem da melhor qualidade. Eles eram visitados todos os dias, especialmente por duas damas norte-americanas que lhes levavam alguma gulodice especial. Foi o que me contaram, pois nunca as conheci. Mesmo assim, reservei a elas um lugar especial no meu bem-querer, e tenho certeza de que meus pingos crioulos as recordarão se, por essas façanhas do destino, voltarem a se encontrar.

Completados os preparativos, decidi partir no dia seguinte. Com grande surpresa, vi surgir uma multidão de charros a cavalo, que decidiram me acompanhar nas primeiras quatro léguas do trajeto. Foi, então, chegado o momento em que, depois de muitos abraços e apertos de mão, contemplei com tristeza o grupo se afastando numa nuvem de poeira.

Esses charros, em sua maioria altos chefes do governo, tinham deixado suas ocupações para render-me essa última homenagem, como também o fizeram na minha chegada.

*Au revoir*, cavaleiros do México.

## A meseta mexicana

Embora os rebeldes tivessem sido derrotados, os distúrbios revolucionários continuavam. Pequenas escaramuças ainda aconteciam aqui e ali, o que me mantinha preocupado.

Seguimos por uma estrada que fora importante antes de ser destruída pelo exército revolucionário de Carranza, quando marchou até a Cidade do México. Praticamente abandonada desde então, viam-se em suas margens ruínas de fazendas que foram prósperas. A seguir, algumas planuras arenosas que percorremos me fizeram recordar o altiplano da Bolívia. Próximas de algumas fazendas, existiam grandes depósitos – escavações com muros de pedra – para guardar a preciosa água.

O cacto *maguey* cresce por todas as partes. Dessa planta se faz o *pulque*, bebida denominada vinho mexicano. Como no deserto não se pode plantar outra coisa, esse cacto domina a paisagem, e a bebida dele extraída está ao alcance de todos.

A fabricação do *pulque* é muito interessante. Quando o *maguey* atinge certa altura, cortam-se as folhas do centro com uma faca e faz-se um buraco em direção às raízes. Passadas algumas horas, esse recipiente se enche com um líquido cristalino, muito doce, que é extraído introduzindo-se nele uma cuia em forma de flauta e realizando a sucção. O líquido é então colocado em recipientes feitos com couro de cabra ou de vaca. Depois de repousar apenas uma noite, já pode ser levado no lombo de burros, uma mala de couro de cada lado, para ser vendido e consumido.

O *pulque* tem um típico sabor medicinal, mas seu gosto pode ser melhorado com adição de frutas e outros ingredientes. Para fabricar *mescal* e *tequila*, extraem-se as grandes raízes do *maguey* e, depois de fervidas durante algumas horas, são amassadas em espécies de moinhos de pedra, movidos por um boi ou mula em movimentos circulares. O líquido obtido corre para depósitos onde fermenta, antes de ser destilado.

As bebidas alcoólicas, junto com a maconha, são responsáveis por muitos dos problemas do México. A maconha é uma erva que se fuma misturada ao tabaco, causando um efeito similar ao do ópio, embora mais leve e irritante. Sua intoxicação afeta as pessoas de modo estranho: algumas se tornam violentas, enquanto outras sussurram como se tivessem algo importante a nos segredar.

Essa droga tem grande aceitação entre os soldados e, mesmo sendo ilegal o cultivo da planta, pode ser obtida com facilidade. Diz-se que, depois de ser proibida nos Estados Unidos, grandes quantidades de maconha passam pela fronteira, e também a *tequila* e o *mescal* têm aceitação, principalmente nos estados do sul. Comprovei isso pessoalmente ao atravessar essas áreas e encontrar muitas garrafas jogadas às margens das estradas.

Cavalgando na meseta mexicana, perdi-me algumas vezes porque o capim cobre por completo a estrada. Esses lugares são habitados por indígenas que vivem em palhoças de pedra, com tetos de palha. As numerosas encruzilhadas existentes por ali também confundem os viajantes. Dormi em lugares muito curiosos, mas pude descansar bem porque não sabiam quem eu era.

Próximo de San Juan del Río, um grupo de charros veio ao meu encontro. Não esperava mais recepções depois da capital mexicana, porém, estava equivocado. Ao entrar na cidade, fui aclamado pelo povo. Vi até cartazes colados nas paredes, convidando os habitantes a colaborar com o brilhantismo da hospitalidade, que foi estupenda em três dias de almoços, discursos, bailes e outras festas. Eu, que decidira bater um recorde no trajeto da Cidade do México até os Estados Unidos, pensei que a fronteira estava cada vez mais longe.

Em San Juan del Río conheci Sidney Franklin, um moço de vinte e cinco anos, o único toureiro dos Estados Unidos. Nascido em Nova York, aprendeu essa estranha profissão aqui no México. Acompanhado por cavaleiros de uma vila ou cidade a outra, passei a cavalgar sempre no meio da poeira, durante horas, sem trégua. Em algumas delas, até os sinos das igrejas tocavam... O certo é que comecei a invejar meus cavalos que, pelo menos, podiam descansar durante as noites. Os amigos mexicanos só festejavam em suas cidades, e eu, em todas elas.

Desde Querétaro, percorri uma vasta planície arenosa que se estende até o noroeste, entre fileiras de montanhas sempre visíveis a distância. As fazendas que existiram nesses lugares desapareceram completamente, depois de abandonadas e destruídas pelas revoluções. A terra agora é um semideserto onde só se veem cactos, escassos arbustos e, coisa estranha, salsos chorões junto aos poucos lugares onde existe água. Segundo me contaram, depois de saquearem as propriedades, levando tudo que podiam, as tropas de Carranza queimavam o que ficava para trás.

Quando consegui viajar só com Mancha e Gato, fiquei feliz com isso, mas comecei a enfrentar a falta de água. Onde ela existe, habitam alguns poucos nativos rijos e trabalhadores, embora ganhem quase nada, uns cinquenta centavos por dia. Assim, só conseguem manter as famílias porque todos comem apenas tortilhas e feijão.

Fiquei sabendo que essas antigas fazendas, como lei não escrita, tinham sempre uma igreja ou capela. Escolas e hospitais quase não existiam na região. Tive oportunidade de ouvir gente do povo discutindo a situação religiosa e, apesar de alguns sentirem falta das missas, ninguém parecia valorizar uma Igreja que não conseguiu atenuar os males causados pelas diferenças sociais e culturais no país.

Na esplêndida cidade de San Luís de Potosí, me ofereceram mais recepções durante três dias. Ali, os charros realizaram uma façanha que eu desconhecia. Montado em seu cavalo, o campeiro perseguiu uma égua xucra e, quando ficou lado a lado, saltou em seu lombo. Depois de resistir a todos os corcovos, a fez galopar e emparelhar com seu cavalo anterior e saltou novamente para o lombo do animal. Essa prova espetacular, feita com muita elegância, sem nada forçado, denomina-se *passagem da morte*. Fora do comum, porque, além do cavaleiro, exige muito do cavalo perfeitamente adestrado. Uma coisa é ser domador, como os charros, *cowboys* e gaúchos do pampa. Outra é tornar seu cavalo um verdadeiro artista, como nessa façanha.

O longo trecho para o norte, que se estende de San Luís de Potosí a Saltillo, é um deserto cercado por distantes serranias de cor azul-escuro. Quebram a monotonia da paisagem arenosa apenas um ou outro indígena sentado à sombra de enormes cactos que parecem tubos de órgãos de igreja. Junto deles, algumas cabras mordiscam o que podem. Os caprinos são os únicos animais que sobrevivem aqui, além de algumas poucas lebres assustadas. Essa parte do México se parece muito com a província argentina de Santiago del Estero, situada a uma altitude quase igual, uma ao norte, outra ao sul da Linha do Equador.

Sobrevivi bebendo a água salobra dos cabreiros e comprando deles, quando possível, feijão e tortilhas. Muitas vezes, saí das choças de mãos vazias, atravessando um dia inteiro apenas com uma caneca do café da manhã. Mancha e Gato também comiam muito pouco, quase só capim seco, mas a falta de alimentos nutritivos não parecia os debilitar. A verdade é que, quando foi possível, nunca deixei de gastar quantias absurdas para lhes oferecer uma boa forragem.

Coisa curiosa: nessa região, enormes redemoinhos de areia são comuns, surgindo à nossa frente como gigantes mitológicos.

Em Matehuala, povoado mineiro, presenciei festas muito interessantes, entre elas uma tourada que me dedicaram. Nesse caso, depois de matar o touro com sua espada, o toureiro retira o chapéu bicórneo e o joga para a pessoa homenageada. O gesto só é válido se feito com muita elegância e deve ser retribuído. Em geral, coloca-se algum dinheiro dentro do chapéu e devolve-se com um gesto também elegante. Acontece que, nesse dia, eu tinha uns poucos pesos no bolso e fiquei petrificado. Mas só por alguns segundos, pois logo um mexicano me acudiu, colocando ali uma quantia adequada, que eu lhe devolvi depois, naturalmente.

No dia seguinte, comemos uma *barbacoa* feita com cabeças de touros mortos na arena. A maneira mexicana de prepará-la é original. Abre-se um buraco no chão e revestem-se suas paredes com pedras. Acende-se um fogo ali dentro e, quando só restam brasas, retira-se tudo e cobre-se o buraco com folhas de *maguey*. Colocam-se as cabeças de touro, que são cobertas com outras folhas e, finalmente, com cinzas quentes e terra. Quando se prepara de tarde, a *barbacoa* estará pronta para ser servida no almoço do dia seguinte. A carne, tenra e deliciosa, separa-se facilmente dos ossos.

De Matehuala, seguimos sempre que possível junto à linha férrea, em direção a Laredo. Também uma região árida e pouco habitada. Os nativos ali sobrevivem trançando fibras de *maguey* para fazer cordas e até reatas, como chamam os laços.

Um vento gelado e violento varria a meseta, despertando desejos de um bom fogo sob um teto protegido. Talvez por causa da malária que contraíra nos trópicos, eu sentia muito frio, apeando-me várias vezes para caminhar entre meus cavalos. Começava a passo e depois os fazia trotar, obrigando-me a correr entre eles, aquecendo o corpo com esse exercício. Mancha e Gato pareciam entender tudo e colaboravam comigo, talvez também sabendo que avançávamos mais rápido para algum lugar abrigado e com ração para eles.

Mesmo nas cabanas pobres, feitas com madeira de *maguey* e cobertas com suas folhas secas, mantém-se a hospitalidade mexicana. Dividiam os poucos alimentos comigo e conseguiam alguma forragem para os cavalos. E, na hora da partida, era uma verdadeira batalha convencê-los a aceitar o pagamento.

Já no fim do percurso da meseta, chegamos a uma fazenda e nos dirigimos à entrada, onde alguns homens acompanhavam meus movimentos. Depois de saudá-los com um "boa-tarde", pedi para desencilhar, o que me foi concedido de imediato. Perguntaram-me de onde vinha e, ao ficarem sabendo, foram saudar e acariciar os pescoços dos cavalos. Alguns deles riam e, como fiquei preocupado, me explicaram que, de início, haviam me confundido com algum chefe revolucionário derrotado, que fugia para a fronteira dos Estados Unidos. Sabendo disso, também ri junto com eles.

Mais um pequeno trecho sobre altas colinas e a descida abrupta para Saltillo, uma cidade importante. Ali se fazem os famosos *serapes*, mantas multicoloridas sem as quais nunca está completa a indumentária dos charros e das *chinas poblanas*.

Dali a Monterrey, levamos dois dias por uma boa trilha, mas pouco marcada nas muitas encruzilhadas entre as montanhas. Suas formações rochosas lhes deram denominações adequadas. Um pico é chamado El Agujero, porque, de sua ponta, uma abertura circular permite ver o céu. E o outro, La Silla, parece uma sela mexicana com sua extremidade em forma de pera.

Quando chegamos aos arredores de Monterrey, quase não acreditei em meus olhos ao ver a quantidade de chalés com pequenos jardins na frente. A cidade é muito diferente das demais que visitei no México, também pelas enormes chaminés das fábricas, em maior número que as torres das igrejas. Cidade industrial, sua fábrica mais importante é uma cervejaria, cuja fama é digna do seu produto leve e excelente.

Embora convidado a ficar alguns dias, dirigi-me logo para a fronteira, onde devia estar esperando minha correspondência. Ali, pretendia descansar bastante.

## Em direção ao Rio Grande

Quando passei por lá, uma moderna estrada estava sendo construída entre Monterrey e Laredo. Mas apenas pequena parte estava pronta, o que tornou a jornada bastante complicada. Por essa estrada, a distância até a fronteira dos Estados Unidos é de mais ou menos duzentos quilômetros e, como a região é quase um deserto, encontramos apenas uma povoação realmente digna de ser assim identificada.

Quando me dirigi ao prédio municipal, alguns homens estavam sentados em um banco. Dali se levantou um charro alto e moreno, com o grande chapéu típico, e me saudou como se eu fosse um velho conhecido. Disse-me que há muito queria me encontrar e, como fiquei surpreendido, explicou-me a razão. Ele combatera na Nicarágua sob as ordens dos generais Moncada e Sandino, e estava me esperando ali para me aconselhar a ficar afastado dessas comarcas, se minha intenção fosse atravessá-las em tempos tão turbulentos. Acrescentou que eu devia me considerar muito feliz por não ter perdido os cavalos. Diante do meu assombro, entregou-me um mapa que eu havia extraviado na América Central, dizendo-me do prazer que tinha em devolvê-lo pessoalmente.

Ainda atordoado com esse fato, prossegui pela estrada em construção, com um vento frio assobiando pelas crinas de Mancha e Gato. Acredito que também os olhos deles estavam cheios de lágrimas, como os meus.

Ao norte do México, encontrei uma nova espécie de insetos, entre as muitas que me atormentaram em toda a viagem. Eram pulgas famintas e tenazes. Usei todas as minhas técnicas para localizá-las, mas só conseguia me coçar ainda mais. Até que descobri um bichinho com forma de torpedo na costura da minha camisa. Quando o esmaguei com as unhas, senti estalar sua carapaça transparente. Abri todas as costuras e encontrei uma quantidade desses parasitas diminutos, conseguindo exterminá-los.

Naquele deserto, um dia nos atacou uma vaca furiosa, que fugiu quando disparei uns tiros para o ar. Foi o único fato digno de nota, além das pulgas. A verdade é que suspirei de alívio ao ver recortada contra o céu a silhueta de Laredo, a cidade fronteiriça.

Um grupo de cavaleiros avançava em nossa direção e logo se identificaram. Eram membros da polícia da fronteira, charros e outras pessoas, liderados pelo chefe da alfândega. Esse cavalheiro, simpático e prevenido, sabendo como era deserta a região que eu atravessava, mandara trazer para mim uma cesta com excelentes alimentos e um fardo de feno para meus cavalos famintos.

Depois de comer bastante, partimos para a cidade acompanhados por longas fileiras de charros. Nos arrabaldes, juntou-se a nós a banda militar, abrindo o desfile com sua música até a praça central. Ali, depois de alguns discursos, desencilhamos os cavalos e participamos de um banquete em minha honra.

Mancha e Gato foram instalados na *plaza de toros*, podendo rebolcar-se à vontade na arena. Eu fui alojado numa casa limpa, com jardim, onde pude descansar sem ser perturbado, a maior prova de consideração que poderia receber naquele momento.

Sentado numa poltrona confortável, enquanto fumava um cigarro, meus pensamentos voaram por estranhas regiões. Tive de rir de algumas desventuras, e uma série de paisagens e rostos desfilaram em minha memória. Antes de me deitar, não resisti à tentação de caminhar até a margem do Rio Grande, onde a ponte internacional leva aos Estados Unidos. Olhava e quase não acreditava que Mancha, Gato e eu tínhamos conseguido chegar até ali. Desci até às águas e me sentei para contemplar as luzes dos prédios do outro lado do rio. Vi pessoas e carruagens que passavam pela ponte em ambos os sentidos. Imaginei o que as fazia transitar tanto de um país a outro.

Quando senti sono de verdade, resisti à tentação de voltar para minha linda casinha e fui visitar meus cavalos. Encontrei-os muito bem, cercados de montes de feno. Quando se aproximaram de mim, acariciei suas testas, dizendo-lhes: *Velhos amigos macanudos, aqui estamos de verdade.* Tenho certeza de que estavam, como eu, muito satisfeitos com tudo que fizeram.

## A caminho de Washington e Nova York

Minha cavalgada pelo México foi muito interessante, mas, apesar da hospitalidade e das esplêndidas recepções, devo admitir que atravessava a ponte do Rio Grande com sentimentos contraditórios. Sentia tristeza por deixar esse país onde fui tratado como um amigo, algumas vezes como um irmão. Mas também estava aliviado por deixá-lo, diante da insegurança que experimentei em diversas ocasiões. De fato, tive muita sorte em conseguir chegar até essa fronteira sem ter sido vítima de nenhum assalto. Por várias vezes, senti-me à beira do perigo, mas consegui, com muita ajuda, superar essas situações.

Descrever com detalhes minha viagem pelos Estados Unidos seria algo fastidioso, em razão da semelhança das condições que imperam na maior parte dos lugares. Entrar aqui significa estar num país onde os serviços públicos funcionam, abundam as estradas pavimentadas e, havendo recursos, sempre existiu comida para mim e forragem de qualidade para meus cavalos. Tive experiências agradáveis, mas nada aconteceu que pudesse ser chamado de uma aventura, enquanto Gato, Mancha e eu trotávamos pelo Texas, por Oklahoma e dos Ozarks até Saint Louis.

Na capital do Missouri, tive de deixar Gato aos cuidados de um homem abastado e conhecedor de cavalos, porque estava difícil trafegar com ele e Mancha por estradas com muito trânsito de automóveis, ônibus e caminhões. Depois de atravessar o Mississipi, seguimos por Indianápolis, Colúmbia, por meio das montanhas Blue Ridge e das pradarias de Cumberland, até que apareceu no horizonte a cúpula do Capitólio de Washington. E ali chegamos tranquilos, com Mancha caminhando com muita decisão.

Passei alguns dias na capital dos Estados Unidos antes de poder, por minha conta, caminhar sozinho pela cidade. Compromissos oficiais e visitas a diversos clubes me mantiveram ocupado, embora não me possa queixar de momentos tão agradáveis.

A princípio, pretendia terminar meu *raid* na cidade de Nova York, mas, tendo visto muitos acidentes pelas estradas, achei melhor concluí-lo em Washington, com o sabor de uma cavalgada desde Buenos Aires, ou seja, de capital a capital. Também porque Gato não estava conosco, e não quis submeter Mancha a novos riscos. Afinal, os dois cavalos crioulos tinham provado, de sobra, o seu valor. Além disso, o curto trecho até Nova York não somaria nada à imensa viagem e poderia ser considerado uma simples busca de publicidade.

Assim sendo, embarquei Mancha para Nova York, onde o Exército, mais uma vez, tomou conta dele. Sem que eu pedisse, o comandante do Forte Jay, na Ilha do Governador, ofereceu-se para cuidar do meu parceiro. Desde essa ilha, que se encontra bem perto do porto de Nova York, a vista de Manhattan é maravilhosa, com seus arranha-céus colossais, principalmente quando dourados pelo pôr do sol.

Fiquei enfeitiçado durante um longo momento. Olhei para Mancha e depois desviei o olhar até esses edifícios enormes de cimento e aço. Um produto da longínqua Patagônia na cidade mais moderna da civilização humana. Foi quando lhe disse em voz alta, como falando com um amigo: *Sim, esta é Nova York, mas sei que tua querência está te chamando. Tem paciência. Logo te levarei de volta para a Argentina, porque tu bem o mereces.*

## Últimos dias nos Estados Unidos

Depois que Mancha foi colocado numa confortável cocheira, fui levado a conhecer o quartel do Exército instalado em toda a Ilha do Governador. Depois, tomei o *ferryboat* para a cidade. Logo me perdi no torvelinho de Nova York, sempre impressionado com os arranha-céus. O trânsito me lembrava alguns rios caudalosos que atravessara durante a viagem. Os numerosos veículos pareciam árvores arrancadas descendo pela correnteza. No entanto, a diferença é que os daqui são domesticados, obedecendo aos sinais vermelhos e verdes, à organização e à disciplina.

Fui hospedado no Clube do Exército e da Marinha, onde me senti em casa. Mancha também estava muito bem na *Governor's Island* – tanto que um sargento que o montara para fazer algum exercício me disse: *Que classe de animal selvagem é esse seu cavalo?!*

Contou-me, então, que Mancha *estava manso como uma ovelha* até o momento em que foi montado. Então, *saltou como se fosse dinamite*. O sargento desistiu da cavalgada e só se consolou quando eu lhe disse que ele não fora o único a ter essa experiência... Que Mancha era assim com todos os desconhecidos.

James Walker, o prefeito da linda cidade – popularmente conhecido como *Jimmy* –, recebeu-me na Prefeitura e me distinguiu com a outorga da Medalha da Cidade de Nova York. Assistiram à cerimônia o Embaixador da Argentina, Manuel Malbrán, e outras personalidades. Dessa vez, vesti-me com as *pilchas* tradicionais do gaúcho, e Mancha foi arreado com uma sela antiga com ornamentos de prata. Todos esses itens me foram gentilmente emprestados por Gustavo Muñiz Barreto, um portenho colecionador de antiguidades.

Depois da cerimônia, alguns policiais a cavalo e amigos em automóveis me escoltaram no trajeto pela Broadway e Quinta Avenida até o Central Park, onde Mancha estava agora alojado. Fomos muito aplaudidos pelo público, o que muito me honrou, mas, devido ao meu temperamento avesso a ser o centro das atenções, aquele percurso pareceu-me interminável. Mancha, ao contrário, mostrou-se muito tranquilo e feliz com essa ovação entre os arranha-céus.

Depois que fui buscar Gato em Saint Louis, levamos os dois para o Madison Square Garden, onde passaram dez dias na Exposição Internacional de Cavalos. Foi quando aproveitei para voltar a Washington.

Ali, tive a honra de ser recebido pelo Presidente Coolidge na Casa Branca. Às 10 horas e 30 minutos da manhã, como estava previsto, fui levado ao escritório presidencial por algumas autoridades. O presidente levantou-se para me receber e tratou-me com muita naturalidade. A conversa centrou-se na projetada Estrada Pan-Americana e na topografia dos países que atravessei. Ao final, ele me cumprimentou pela *façanha* e presenteou-me com um par de *boleadeiras* ricamente trabalhadas, brinde oferecido em nome do Clube dos Oficiais da Reserva do Exército e da Marinha. Saí da Casa Branca profundamente impressionado e orgulhoso.

Ainda em Washington, a Sociedade Nacional Geográfica me honrou com o privilégio de proferir sua conferência inaugural no auditório da cidade. Foi um grande desafio encontrar-me diante daqueles microfones, frente a cinco mil pessoas. Não foi fácil resumir os principais aspectos de uma viagem de dezoito mil quilômetros no prazo acordado de uma hora. Fui muito aplaudido ao final, o que pode significar que a palestra foi apreciada, ou apenas uma prova de educação para com uma pessoa em apuros.

Possivelmente, foi essa conferência que salvou minha vida e a dos meus cavalos. Antes de aceitar sua apresentação, eu pensara em tirar passagens no infortunado *Vestris*. Cem pessoas morreram no naufrágio desse barco, salvando-se, entre outros passageiros, dois afortunados amigos meus.

Já sentindo saudade da capital dos Estados Unidos, segui para Nova York, onde me esperavam Mancha e Gato. E comecei os preparativos para a volta a Buenos Aires.

Minha última atividade em Nova York foi inesquecível. Montado em Mancha, nos campos de polo de Meadowbrook, encabecei o desfile dos cavaleiros argentinos que participaram dos jogos internacionais. Naquela ocasião, a representação da Argentina – excelência mundial em polo – foi formada por Luis Lacey, Jack Nelson, Manuel Andrada e Gazzotti. Todos foram muito amáveis comigo e insistiram para que eu ficasse mais algum tempo nos Estados Unidos. Mas meu dever estava cumprido e sentia uma imensa vontade de voltar.

No dia 1º de dezembro de 1927, meus cavalos estavam bem instalados em cômodas cocheiras sobre a coberta inferior do vapor *Pan-América*, prontos para viajar como hóspedes de *Mister Munson*, o diretor-geral da companhia de navegação. Os regulamentos não permitiam o transporte de cavalos nesses navios de passageiros, mas, em caráter excepcional, Mancha e Gato foram aceitos a bordo. Mais uma prova de amizade recebida nos Estados Unidos, país ao qual sempre serei agradecido.

## Adeus aos USA – Regresso ao Pampa

Fiquei emocionado com o grande número de lenços que me abanavam enquanto o *Pan-América* se afastava lentamente do cais. Então, as máquinas começaram a vibrar mais forte e, pouco a pouco, a imagem de Nova York foi desaparecendo em meio à neblina.

Saindo do porto, dispensamos o piloto – um ato que pareceu interessar muito aos passageiros. Ali começou a ser quebrado o gelo das conversações que nos uniriam durante todo o trajeto.

Fizemos uma viagem maravilhosa, tendo os marinheiros gostado muito da presença dos cavalos. A cada noite, tarefas cumpridas, um grupo deles se reunia junto às cocheiras para fumar seus cachimbos e conversar. Gato e Mancha, respirando a brisa da noite, também pareciam apreciar a companhia dos *sailors*.

Fizemos escalas na linda cidade do Rio de Janeiro, em Santos e Montevidéu. E, depois de vinte dias de tranquilidade, Buenos Aires surgiu diante de nossos olhos. Apesar do calor de um meio-dia de verão, uma multidão nos aguardava no cais, dando-nos uma calorosa recepção enquanto o navio atracava.

Logo depois, fui envolvido por muitas pessoas que me abraçavam, batiam em minhas costas, faziam perguntas. Foi tanta a euforia que acabaram me derrubando no chão. Levantei-me e consegui até achar graça da situação. Gato e Mancha foram desembarcados com cuidado, e numerosos admiradores nos acompanharam até as cavalariças da Sociedade

Rural Argentina, em Palermo, o mesmo lugar de onde havíamos partido há quase três anos.

Logo que as recepções terminaram, levei os cavalos outra vez para o pampa, para voltarem a viver em estado mais natural. Algumas pessoas sugeriram que Mancha e Gato fossem colocados em um parque público, para que todos pudessem vê-los. Tratei desse assunto com o doutor Solanet e decidimos que o melhor seria levá-los logo para uma estância, no sul da Província de Buenos Aires, onde poderiam viver em paz o resto de seus dias.

Quando escrevo estas últimas linhas, posso vê-los galopando até desaparecerem de vista na imensidão do pampa. Pensando em meus cavalos com afeto, revejo os diferentes lugares que visitamos juntos, alegrias e tristezas, dificuldades e prazeres, e também os rostos daqueles que, em tantos países, nos demonstraram respeito e amizade.

Boa sorte a todas as pessoas que nos ajudaram.

Boa sorte a vocês, Mancha e Gato, meus queridos amigos.

The End!

Aimé Félix Tschiffely

Mancha e Gato

Tschiffely, Mancha e Gato

Mancha e Gato na margem do Lago Titicaca

Gato, Emilio Solanet, Aimé Tschiffely e Mancha.

né Tschiffely com sua máscara e óculos de proteção
alto da cordilheira dos Andes

Ricardo Jiménez, presidente da Costa Rica, com Mancha e Aimé Tschiffely e o embaixador Argentino, Atilio Barilari, com Gato.

"... Não sou um herói, com cavalos como os dois que tenho, qualquer preguiçoso chega aqui; tudo o que precisa é de um pouco de força de vontade."

Quito,
25 de Julio de 1926
Extraído da carta de Tschiffely a E.Solanet

Mancha e Tschiffely finalmente chegaram a Nova York em 20 de setembro de 1928.

Capa e projeto gráfico e ilustrações: Marco Cena
Revisão: Gaia Revisão Textual
Produção editorial: Bruna Dali e Maitê Cena
Assessoramento de edição: André Luis Alt

T879e Tschiffely, Aimé
Uma epopeia de dois cavalos crioulos : Mancha e Gato - A cavalgada de Buenos Aires e Nova Iorque / Aimé Tschiffely ; tradução de Alcy Cheuiche. – Porto Alegre : BesouroBox, 2025.
200 p.

ISBN 978-85-5527-179-3

1. América - Descrições e viagens. 2. Viagens à cavalo. 3. Viagens. I. Título.

CDD 20. ed. 910.4

BCip – Catalogação na Publicação
Tamara da Rosa Silva CRB-10/2812


Rua Brito Peixoto, 224 - CEP: 91030-400
Passo D'Areia - Porto Alegre - RS
Fone: (51) 3337.5620
www.besourobox.com.br

Impresso no Brasil
Agosto de 2025.